풀베개
草枕

풀베개
草枕

나쓰메 소세키 지음

오석륜 옮김

책세상

차례

풀베개 · 9

작품 해설 · 191

작가 연보 · 213

독후감-장정일(소설가, 시인) · 221

풀베개

* 각주는 모두 옮긴이주다.

1

산길을 올라가면서 이렇게 생각했다.

이지理智에 치우치면 모가 난다. 감정에 말려들면 낙오하게 마련이다. 고집을 부리면 외로워진다. 아무튼 인간 세상은 살기 어렵다.

살기가 지나치게 어려워지면, 살기 편한 곳으로 옮기고 싶어진다. 어디로 이사를 해도 살기가 쉽지 않다고 깨달았을 때, 시가 태어나고, 그림이 생겨난다.

인간 세상을 만든 것은 신도 아니고 귀신도 아니다. 역시 보통 사람이고, 이웃끼리 오고 가는 그런 사람이다. 보통 사람이 만든 인간 세상이 살기 어렵다고 해도 옮겨갈 나라는 없다. 있다면 사람답지 못한 나라로 갈 수밖에 없다. 사람답지 못한 나라는 인간 세상보다 더 살기 힘들 것이다.

옮겨 살 수도 없는 세상이 살기가 어렵다면, 살기 어려운 곳을 어느 정도 편하게 만들어서 짧은 생명을, 짧은 순간만이라도 살기 좋게 만들지 않으면 안 된다. 여기서 시인이라는 천직이 생기고, 화가라는 사명이 주어진다. 예술을 하는 모든 사람은 인간 세상을 느긋하게 만들고, 사람의 마음을 풍성하게 해주는 까닭에 소중하다.

살기 어려운 세상에서 살기 어렵게 하는 번뇌를 없애고, 살기 힘든 세계를 직접 묘사해내는 것이 시고 그림이다. 또는 음악이고 조각이다. 자세히 말하면 묘사해내지 않아도 좋다. 그저 직접 보기만 하면 거기서 시도 생기고, 노래도 샘솟는다. 착상을 종이에 옮기지 않더라도 옥이나 금속이 서로 부딪쳐서 아름답게 울리는 소리는 가슴속에서 일어난다. 색채는 이젤에 색을 칠하지 않아도 그 오색찬란함이 저절로 심안心眼에 비친다. 그저 자기가 사는 세상을 이렇게 관조할 수 있고, 어지럽고 혼탁한 현실 세계를 마음의 카메라에 맑고 아름답게 받아들일 수 있으면 된다. 이런 까닭으로 무성無聲의 시인에게는 시 한 구절 없고, 무색無色의 화가에게는 그림 하나 없어도 이렇게 세상을 관조할 수 있다는 점에서, 이렇게 해탈한다는 점에서, 이렇게 청정세계에 출입할 수 있다는 점에서, 또한 이처럼 동일하지 않은 유일한 하늘과 땅을 세울 수 있다는 점에서, 사리사욕의 속박에서 벗어날 수 있다는 점에서 부잣집 자식보다도, 만 명의 병사와 수레를 거느린 군주보다도, 모든 속계의 총아보다도 행복하다.

세상에 살게 된 지 20년이 지나서야, 이 세상이 살 만한 보람이 있는 곳이라는 것을 알았다. 25년이 지나서야 명암이 안과 밖을 이르는 것처럼, 햇볕이 드는 곳에는 반드시 그늘이 드리운다는 것을 깨달았다. 서른이 된 지금에는 이렇게 생각하고 있다. 기쁨이 깊을 때 근심 또한 깊고, 즐거움이 클수록 괴로움도 크다. 이것을 분리하려고 하면 몸이 견디지 못한다. 정리해버리려고 하면 세상살이가 되지 않는다. 돈은 소중하다. 소중한 것이 늘어나면 잠자는 동안에도 걱정이 될 것이다. 사랑은 기쁘다. 기쁜 사랑이 쌓이면, 사랑을 하지 않던 옛날이 오히려 그리워질 것이다. 각 부처 장관의 어깨는 수백만 명의 다리를 지탱하고 있다. 등에는 무거운 천하가 업혀 있다. 맛있는 음식도 먹지 않으면 아쉽다. 조금 먹으면 만족스럽지 못하다. 마음껏 먹으면 그 후가 불쾌하다….

내 생각이 여기까지 표류해왔을 때, 오른발이 갑자기 놓인 모양새가 좋지 않은 네모진 돌의 끄트머리를 헛디뎠다. 균형을 유지하기 위해서 잽싸게 앞으로 뻗어나간 왼발이 실수를 메움과 동시에 내 엉덩이는 딱 알맞게 사방 1미터쯤 되는 바위에 앉았다. 어깨에 걸친 화구 상자가 겨드랑이 아래서 흔들렸을 뿐, 다행히 아무 일도 일어나지 않았다.

일어서면서 건너편을 보니, 길 왼쪽에 양동이를 엎어놓은 것 같은 산봉우리가 솟아올라 있다. 삼나무인지 노송나무인지 알 수 없지만 산 아래 자락부터 꼭대기까지 온통 검푸른 가운데 산벚나무가 불그스름하게 얼룩덜룩 가로로 길게 뻗어 있고, 그 경계가 확실하게 보이지 않을 만큼 안개가 짙다. 조금 앞쪽의 벌거벗은 산 하나가 다른 산봉우리들 속에서 유난히 시야에 들어온다. 벗겨진 옆면은 거인이 도끼로 깎아내렸는지 날카로운 평면을 무턱대고 골짜기 바닥으로 파묻고 있다. 산꼭대기에 한 그루 보이는 것은 소나무일 것이다. 나뭇가지 사이로 하늘마저 뚜렷하게 드러난다. 길은 200미터쯤에서 끊어져 있지만, 높은 곳에서 여행하는 사람이 움직이며 내려오는 것을 보니, 올라가면 벌거벗은 산 쪽으로 나가게 될 것이다. 길은 무척이나 험하다.

흙을 평평하게 다지는 정도라면 그다지 힘이 들지 않겠지만, 흙 속에는 큰 돌이 있다. 흙은 평평하게 고를 수 있어도 돌은 그렇게 되지 않는다. 작은 돌은 깰 수 있어도 바위는 어찌할 수가 없다. 파헤친 흙 위에 느긋하게 높이 솟아올라 있어서 우리를 위해 길을 내줄 것 같지도 않다. 상대가 말을 들어주지 않는다면 넘어가든지 돌아가든지 해야 한다. 바위가 없는 곳이라도 걸어가기 좋은 것은 아니다. 좌우가 높고 한가운데가 푹 파여서 마치 1미터 80센티미터 정도 되는 폭을 세모꼴로 파고, 그 정점이 한가운데를 꿰뚫고 있는 것 같다고 평해도 좋다. 길을 간다고 말하기보다는 강바닥을 건넌다고 하는 편이 어울린다. 처음부터 서둘러 가는 나그넷길이 아니기 때문에 어슬렁어슬렁 꼬부랑길로 접어든다.

갑자기 발밑에서 종달새 소리가 들리기 시작했다. 골짜기를 내려다보았지만 어디서 울고 있는지 그림자도 형체도 보이지 않는다. 그저 소리만이 분명하게 들린다. 부지런히 바쁘게 쉴 새 없이 울고 있다. 사방 몇 리의 공기가 온통 벼룩에 물려서 쩔쩔매는 것 같은 기분이 든다. 그 새가 우는 소리에는 조금의 여유도 없다. 화창한 봄날을 울며 보내고, 울며 지새우고, 또 울며 보내지 않으면 마음이 편안하지 않은 것처럼 보인다. 게다가 끝없이 높이 올라간다. 언제까지고 올라간다. 종달새는 틀림없이 구름 속에서 죽을 것이다. 올라가고 또 올라간 끝에 구름 속으로 흘러 들어가서 떠돌아다니는 동안에 그 모습은 사라지고, 울음소리만이 하늘에 남을지도 모른다.

날카롭게 튀어나온 바위 모퉁이를 돌아서 맹인이라면 거꾸로 떨어질 만한 곳을, 오른쪽으로 아슬아슬하게 돌아서 옆을 내려다보니 온통 유채꽃 핀 것이 보인다. 종달새가 바로 저곳으로 떨어지지 않을까 하는 생각을 했다. 아니, 저 황금 들판에서 비상하는 것이 아닌가 생각했다. 그다음에는 떨어지는 종달새와 날아오르는 종달새가 열십자로 서로 엇갈리는 것이 아닐까 하는 생각을 했다. 마지막으로 떨어질 때도 날아오를 때도 또 열십자로 엇갈릴 때도 힘차게 줄곧 울어댈 것이라고 생각했다.

봄에는 졸린다. 고양이는 쥐 잡는 것을 잊고, 인간은 돈 빌린 사실이 있다는 것을 잊는다. 때로는 자기 혼이 있는 곳조차 잊어버리고 어리둥절해한다. 다만 유채꽃을 멀리 바라다보았을 때는 눈이 번쩍 뜨인다. 종달새 소리를 들었을 때는 혼이 있는 곳이 명료해진다. 종달새는 입으로 우는 것이 아니라 혼 전체가 우는 것이다. 혼의 활동이 소리로 나타난 것 가운데 그렇게까지 활기찬 것은 없다. 아, 유쾌하다. 이렇게 생각하고, 이렇게 유쾌해지는 것이 시다. 갑자기 셸리[1]의 시 〈종달새에게〉가 생각나서 기억나는 구절만 입속으로 외워보았지만, 두세 구절에 지나지 않았다. 그 두세 구절에 이런 것이 있다.

> We look before and after
> And pine for what is not:
> Our sincerest laughter
> With some pain is fraught;

1 퍼시 비시 셸리Percy Bysshe Shelley(1792~1822). 19세기 영국의 낭만주의 시인이다.

Our sweetest songs are those that tell of saddest thought.

앞을 보고, 뒤를 보고,

가지지 못함을, 우리는 안타깝게 여긴다.

진심 어린 웃음이라도,

거기 괴로움이 있으리라.

가장 아름다움이 넘치는 노래에는 가장 슬픈 생각이 맺혀 있음을 알라.

정말이지 시인이 아무리 행복하다고 해도, 저 종달새처럼 마음껏 오로지 한마음으로 앞뒤를 잊고 자신의 기쁨을 노래할 수는 없다. 서양의 시는 말할 것도 없고 중국의 시에도 흔히 만곡萬斛의 시름〔愁心〕[2]이라는 표현이 나온다. 시인이기 때문에 만곡이지, 보통 사람이라면 한 홉도 안 될지 모른다. 그러고 보면 시인은 보통 사람보다 근심이 많고, 보통 사람의 곱절도 넘게 신경이 예민할지도 모른다. 세속을 초월한 기쁨이 있겠지만, 헤아릴 수 없는 슬픔도 많을 것이다. 그렇다면 시인이 되는 것도 생각해볼 문제다.

얼마 동안은 평평한 길이 계속되어 오른쪽으로는 잡목이 우거진 산이고, 왼쪽으로는 줄곧 유채꽃을 바라볼 수 있다. 발밑으로 가끔 민들레꽃을 밟는다. 톱니 같은 잎이 거리낌 없이 사방으로 뻗어나가 한가운데 있는 노란 구슬을 지키고 있다. 유채꽃에 마음을 빼앗겨서 밟은 것에 미안한 생각이 들어 뒤를 돌아보면, 노란 구슬은 여전히 톱니 속에 바르게 앉아 있다. 태평스럽다. 다시 하던 생각을

---

2 '헤아릴 수 없는 슬픔'이라는 뜻이다. '곡斛'은 곡식의 분량을 헤아릴 때 쓰는 그릇의 하나. 또는 열 말의 용량을 나타낸다.

계속한다.

시인에게 근심은 따르기 마련인지 모르지만, 저 종달새 울음소리를 듣는 마음이 되면 티끌만 한 괴로움도 없다. 유채꽃을 보아도 그저 기뻐서 가슴이 뛸 뿐이다. 민들레도 그렇고 벚꽃도…. 벚꽃은 어느새 보이지 않았다. 이렇게 산속에 와서 자연의 경치를 접하면, 보는 것도 듣는 것도 재미있다. 재미있을 뿐이지 특별히 괴로운 생각은 들지 않는다. 그런 생각이 든다면 다리가 좀 아프고 맛있는 음식을 먹을 수 없다는 것 정도일 것이다.

그런데 괴로움이 없는 것은 왜일까. 단지 이 경치를 한 폭의 그림으로 보고, 한 권의 시로 읽기 때문이다. 그림이고 시인 이상 땅을 얻어서 개척할 생각도 나지 않을 것이고, 철로를 놓아서 돈 한번 벌어보자는 욕심도 생기지 않는다. 그저 이 경치가, 배가 부르지도 않고 월급에 보탬도 되지 않는 이 경치가, 경치만으로 내 마음을 즐겁게 해주고 있으므로 고생도 걱정도 동반하지 않을 것이다. 자연의 힘은 이런 점에서 소중하다. 우리의 성정性情을 순간적으로 길러서 순수한 시의 경지로 들어가게 하는 것이 자연이다.

사랑은 아름다울 것이고, 효도도 아름다울 것이며, 임금에 충성하고 나라를 사랑하는 일도 그럴 것이다. 그러나 자신이 그 일에 처하면, 이해관계에 마음을 빼앗겨 아름다운 일에도 훌륭한 일에도 그만 눈이 멀고 만다. 따라서 어디에 시가 있는지 자신도 모르게 된다.

이것을 이해하기 위해서는 이해할 만한 여유가 있는 제삼자의 위치에 서지 않으면 안 된다. 제삼자의 위치에 서기 때문에 연극을 구경하면 재미가 있다. 소설도 읽으면 재미가 있다. 연극을 구경하고 재미있다는 사람도 자신의 이익과 손해는 모른 체하고 문제 삼지 않는다. 보고 듣는 동안만은 시인이다.

그것조차 보통의 연극이나 소설에서는 인정人情을 벗어날 수 없다. 괴로워하고, 화를 내고, 떠들고, 울고 한다. 보는 사람도 어느덧 그 속에 동화되어 괴로워하고, 화내고 떠들고 울기도 한다. 받아들일 점이 있다면 사리사욕이 끼어들지 않는다는 것일지 모르지만, 그것이 섞이지 않는 만큼 그 밖의 정서는 다른 경우보다 더 많이 활동할 것이다. 그것이 싫다.

괴로워하고 화내고 떠들고 울고 하는 것은 사람 사는 세상에서는 일어나기 마련인 일이다. 나도 30년 동안 줄곧 그렇게 해왔기에 이제는 진절머리가 난다. 그런데도 연극이나 소설로 비슷한 자극을 되풀이한다면 큰일이다. 내가 원하는 시는 그런 세속적인 인정을 고무하는 것이 아니다. 속된 생각을 버리고 잠시라도 속된 세상을 떠난 마음이 될 수 있는 시다. 아무리 걸작이라도 인정을 떠난 연극은 없다. 도리나 도리가 아닌 것을 초월한 소설은 드물 것이다. 어디까지나 세속을 벗어날 수 없는 것이 그것들의 특색이다. 특히 서양의 시는 인간사가 바탕이기 때문에, 이른바 시가詩歌 중에서 순수한 것이라도 그 경지를 해탈할 줄 모른다. 동정이라든가, 사랑이라든가, 정의라든가, 자유라든가, 세속의 만물상에 있는 것만으로 볼일을 해결한다. 아무리 시적이라 하더라도 땅 위를 뛰어다니며 돈 계산을 잊어버릴 틈이 없다. 셸리가 종달새 소리를 듣고 탄식한 것도 무리는 아니다.

기쁘게도 동양의 시가 중에는 그것을 해탈한 것이 있다.

採菊東籬下

悠然見南山³

동쪽 울타리 밑에서 국화를 꺾다가,

느긋하게 남산을 바라보네.

그저 이것만으로도 숨이 막힐 것 같은 세상사를 잊어버린 듯한 광경이 나타난다. 울타리 너머로 이웃집 처녀가 들여다보는 것도 아니고, 남산에 친구가 공직에 근무하는 것도 아니다. 초연하게 세속을 벗어나 이해득실의 땀을 완전히 씻어낸 마음이 될 수 있다.

獨坐幽篁裏

彈琴復長嘯

深林人不知

明月來相照⁴

홀로 대나무 숲속에 앉아,

거문고 타다가 또다시 길게 휘파람 분다.

깊은 숲속이라 남들은 알지 못하고,

밝은 달만 내려와 서로를 비추네.

겨우 스무 자 속에 실로 별천지를 만들어놓았다. 이 하늘과 땅의

---

3 중국 진나라의 시인 도연명陶淵明이 지은 〈음주飮酒〉라는 시의 한 구절.
4 중국 당나라의 시인 왕유王維가 지은 〈죽리관竹裏館〉.

고마움은《호토토기스不如歸》[5]나《곤지키야사金色夜叉》[6]에서 받은 고마움이 아니다. 배, 기차, 권리, 의무, 도덕, 예의로 완전히 지쳐버린 뒤에 모든 것을 잊어버리고 푹 잠들어버린 것 같은 고마움이다.

20세기에 수면이 필요하다면, 20세기에 이런 비세속적인 시의 맛은 소중한 것이다. 애석한 일은 지금은 시를 쓰는 사람도, 시를 읽는 사람도, 모두 서양식으로 물들어버렸기 때문에 일부러 한가한 쪽배를 띄우고 도원을 찾아 올라가는 사람은 없는 것 같다. 나는 원래 시인이 직업이 아니니까 왕유王維나 도연명陶淵明의 경지를 지금 세상에 널리 알릴 생각은 조금도 없다. 다만 나에게는 이런 감흥이 연회보다도, 무도회보다도 더 약이 된 것처럼 생각된다.《파우스트》보다도《햄릿》보다도 고맙게 여겨진다. 이렇게 혼자서 화구 상자와 이젤을 메고 봄날의 산길을 어슬렁어슬렁 걷는 것도 바로 이 때문이다. 도연명과 왕유의 시적 경지를 자연에서 직접 흡수해 잠깐만이라도 비인정非人情[7]의 천지를 거닐고 싶은 것이 소망, 일종의 취흥이다.

물론 나는 인간의 한 분자이기에 비인정이 그렇게 오래 계속될 수는 없다. 도연명 역시 날이면 날마다 남산을 바라다보았던 것은

---

5 일본의 근대 소설가 도쿠토미 로카德富蘆花가 1898년에 발표한 소설. 가와시마 다케오와 그의 아내 나미코의 애정이 봉건적인 가족제도 때문에 무너지는 비극을 묘사한 가정소설로, 사람들에게 널리 사랑받았다.

6 일본의 근대 소설가 오자키 고요尾崎紅葉가 1897년에 발표한 사회소설. 돈 때문에 약혼자에게 배신당한 주인공은 고리대금업자가 되고, 마지막에는 사랑의 승리를 묘사하고자 했으나 미완으로 끝났다. 메이지 시대의 소설 가운데 대중에게 가장 사랑받았으며, 우리나라에서는 신소설 〈장한몽〉으로 번안되어 주인공 이름인 '이수일과 심순애'로 널리 알려진 작품이다.

7 인간의 의리나 인정 따위에서 벗어나 그것에 구애되지 않는 일.

아닐 것이며, 왕유도 기꺼이 대나무 숲속에 모기장도 치지 않은 채 자지는 않았을 것이다. 그들 역시 남은 국화는 꽃집에 팔았을 것이며, 자라난 죽순은 채소 가게에 넘겨버렸을 것이다. 이렇게 말하는 나도 마찬가지. 아무리 종달새와 유채꽃을 좋아한다고 해도 산속에서 잘 만큼 비인정이 강하지는 않다. 이런 곳에서도 사람들을 만난다. 등솔기 자락에서 20센티미터쯤 위를 집어 옷의 띠 속으로 찔러넣고 수건을 쓴 사람도, 빨간 속치마를 입은 허리춤이 엿보이는 처녀도, 때로는 사람보다 얼굴이 긴 말도 만난다. 100만 그루의 노송나무에 둘러싸여 해수면을 넘어 수십 미터 높이의 공기를 들이마셨다가 내뱉었다고 해도, 사람 냄새는 좀처럼 빠지지 않는다. 뿐만 아니라 산을 넘어 자리 잡을 오늘 밤 묵을 곳은 나코이의 온천장이다. 다만 사물은 보기에 따라서 조금씩 달라진다. 레오나르도 다빈치는 제자들에게 "저 종소리를 들어라. 종은 하나지만 소리는 여러 가지로 들린다"라고 말했다. 한 남자 또는 한 여자도 보기에 따라서 여러 모습으로 보인다. 어차피 비인정을 내세우고 떠난 나그넷길이니까, 그런 생각으로 인간을 본다면 북적거리는 골목길에서 답답하게 살 때와는 다른 점이 있을 것이다. 설령 도무지 인정을 벗어날 수 없다고 하더라도, 적어도 노〔能〕[8]를 구경할 때만큼 담담한 심정은 될 수 있을 것 같다. 노에도 인정은 있다. 〈시치키오치七騎落[9]〉나 〈스미다가와墨田川〉[10]도 눈물이 나지 않는다고 보장할 수는

---

8 일본의 대표적인 가면 음악극. 노가쿠能樂라고도 한다.

9 일본의 전통 연극인 노의 대본. 작자는 미상이다. 노는 보통 하루에 다섯 개(신神, 남자, 여자, 미친 여자, 귀신)를 한 세트로 공연하는데, 시치키오치는 네 번째에 해당한다. 현대에 와서는 시간 관계상 두 개 또는 세 개만 공연하는 경우가 많다. 시치키오치는 부모와 자식의 애정을 주제로 하는데, 소세키는 인정이 있는 노의 대표작으로 이것을

없다. 그러나 그것은 인정 3할에 연기 7할로 구경하게 하는 예술이다. 우리가 노에서 받는 감명은 인간 세상의 인정을 그대로 그려내는 솜씨에서 오는 것이 아니다. 그 위에 예술이라는 옷을 몇 겹이나 입혀, 인간 세상에서는 있을 수 없을 만큼 느긋한 행동을 하기 때문이다.

잠시 이번 여행 중에 일어나는 일들과 도중에 만나는 사람들을 노의 구성과 노에 나오는 배우들의 연기로 보면 어떨까. 온전히 인정을 내버릴 수는 없겠지만, 원래가 시적으로 이루어진 여행이니까 비인정을 하는 김에 되도록 아껴서 거기까지 이르고 싶다. 남산이나 유황幽篁[11]과는 성격이 다른 것도 분명하고 종달새나 유채꽃과 같을 수도 없겠지만, 되도록이면 거기까지 접근해서, 접근할 수 있는 범위 안에서는 같은 관점에서 인간을 보고 싶다. 바쇼[12]라는 사나이는 머리맡에서 말이 오줌 누는 것조차 아담한 정취라고 보고 하이쿠俳句[13]로 노래했다. 나도 앞으로 만나는 인물은, 농사꾼이든 장사꾼이든 면서기든 영감님이든 할머니든 모두 대자연의 점경點景으로 그려진 것이라 가정하고 그렇게 소화해볼까 한다. 물론 그림 속의 인물과 달리 그들은 저마다 자기 마음대로 행동할지도

들었다.

10 노의 대본. 신, 남자, 여자, 미친 여자, 귀신의 다섯 개 한 세트 가운데 역시 네 번째에 해당하는 대본으로, 제아미世阿彌의 작품이다. 소세키는 스미다가와를 '미친 여자' 이야기의 대표작으로 들고 있다.

11 남산과 유황은 앞에서 언급한 왕유와 도연명의 시에 나오는 경치로, 사람 냄새가 없는 것을 말한다. 유황은 대나무 숲을 나타낸다.

12 일본 최고의 하이쿠 시인으로 평가받는 마쓰오 바쇼松尾芭蕉(1644~1694).

13 5 · 7 · 5의 3구 17자로 이루어진 일본 고유의 짧은 시.

모른다. 그러나 보통의 소설가처럼 제멋대로 하는 행동의 근본을 캐거나 심리 작용에 간섭하거나 사람들 사이의 갈등을 따지려고 한다면 속된 일이 된다. 움직여도 상관은 없다. 그림 속의 인간이 움직인다고 보면 아무렇지도 않다. 그림 속의 인물은 어떻게 움직이든 평면 밖으로는 나올 수 없다. 평면 밖으로 뛰쳐나와 입체적으로 움직인다고 생각하면 이쪽과 충돌도 하고, 이해관계가 얽혀 귀찮아진다. 귀찮아지면 귀찮아질수록 미적으로 보고 있을 수 없게 된다. 이제부터 만나는 인간은 초연히 먼발치에서 구경하는 마음으로, 인정의 전기電氣가 쌍방에서 함부로 일어나지 않도록 한다. 그렇게 하면 상대가 아무리 움직여도 자기 쪽 품속으로는 좀처럼 뛰어들 수 없을 테니까, 말하자면 그림 앞에 서서 그림 속의 인물이 그림 속을 이리저리 떠돌아다니는 것을 보는 것과 같은 이치가 된다. 1미터만 떨어져 있으면 마음 놓고 구경할 수 있다. 걱정 없이 바라볼 수 있다. 다시 말해 이해관계에 정신이 팔리지 않으니까, 온 힘을 다해 그들의 동작을 예술적인 방향에서 관찰할 수가 있다. 잡념 없이 아름다움인지 아름다움이 아닌지를 판단할 수 있다.

이렇게 결심했을 때, 날씨가 좀 이상해졌다. 그물그물하던 하늘의 구름이 머리 위에 기대는가 싶더니, 어느덧 허물어지면서 사방은 그저 구름바다가 아닌가 싶을 정도가 되었다. 그런 와중에 부슬부슬 봄비가 내리기 시작했다. 유채꽃은 이미 지나갔고, 지금은 산과 산 사이를 누비지만, 빗발이 가늘고 짙어서 거의 안개 같아 산과 산 사이가 얼마나 떨어져 있는지 알 수 없다. 이따금 바람이 불어와서 높은 곳의 구름을 날려버릴 때, 오른쪽으로 거무스레한 산등성이가 보이는 일이 있다. 아마 골짜기 하나를 사이에 둔 건너편이 산

줄기가 달리는 곳인 듯하다. 왼쪽은 바로 산기슭인 듯하다. 자욱한 빗발 속에서 소나무 같은 것이 때때로 얼굴을 내민다. 내미는가 싶더니 이내 숨어버린다. 빗발이 움직이는지 나무가 움직이는지 꿈이 움직이는지, 어쩐지 기분이 이상야릇하다.

길은 뜻밖에도 넓어지고 또 평평해져서 걷기에 힘들지는 않지만, 우산을 준비하지 못했기에 걸음을 재촉한다. 모자에서 빗방울이 뚝뚝 떨어질 무렵, 10여 미터 앞에서 방울 소리가 나더니 거무스름한 곳에서 마부가 불쑥 나타났다.

"이 근처에 쉬어갈 만한 곳은 없나요?"

"1.5킬로미터쯤 가면 찻집이 있어요. 비를 많이 맞으셨네요."

아직도 1.5킬로미터나 남았나 하고 뒤돌아보는 사이에 마부의 모습은 그림자처럼 비에 싸였다가 다시 쓱 사라졌다.

쌀겨처럼 곱게 보이던 빗방울은 차츰 굵고 길어져, 지금은 한 줄기마다 바람에 휘말리는 모습까지 눈에 띈다. 하오리[14]는 벌써 다 젖어버렸고, 속옷에 스며든 물이 체온으로 미지근하게 느껴진다. 기분이 좋지 않아서 모자를 눌러쓰고 성큼성큼 걷는다.

넓고 아득한 엷은 먹빛의 세계를, 은으로 만든 몇 개의 화살이 엇비슷이 달리는 가운데 흠뻑 젖은 채 가는 나를, 나 아닌 다른 사람의 모습으로 생각한다면 시도 되고 하이쿠도 된다. 있는 그대로의 자신을 잊어버리고 온전히 객관적으로 바라볼 때 비로소 나는 그림속의 인물이 되어, 자연의 경치와 아름다운 조화를 이룬다. 다만 내리는 비를 귀찮아하고 발걸음의 피로함에 마음을 쓰는 순간, 나는

---

14 羽織. 일본에서 옷 위에 입는 짧은 겉옷.

이미 시 속의 인물이 아니며 그림 속의 사람도 아니다. 여전히 사람이 모여 사는 곳[市井]의 한 애송이에 지나지 않는다. 구름이나 연기가 날아가고 움직이는 풍경도 눈에 들어오지 않는다. 꽃이 지고 새가 우는 정취도 마음에 일지 않는다. 혼자서 외롭게 봄날의 산을 오르는 내 모습이 얼마나 아름다운가는 더욱 알 수 없다. 처음에는 모자를 눌러쓰고 걸었다. 다음에는 그저 발등만 내려다보며 걸었다. 나중에는 어깨를 움츠리고 조심조심 걸었다. 비는 눈에 보이는 나뭇가지들을 흔들더니 사방에서 외로운 길손에게 들이쳤다. 비인정이 약간 지나친 것 같다.

2

"여보세요."

소리쳐보았지만 대답이 없다.

처마 밑으로 안을 들여다보니 낡고 찌든 장지문이 닫혀 있다. 맞은편은 보이지 않는다. 대여섯 켤레의 짚신이 쓸쓸한 모양새로 차양에 매달려 지친 듯이 흔들흔들 흔들거린다. 그 밑에 막과자 상자세 개가 나란히 놓여 있고, 옆에는 오 리厘짜리 동전[15]과 분큐 동전[16]이 흩어져 있다.

"여보세요."

또다시 소리 내어 부른다. 봉당 한쪽 구석에 치워놓은 절구 위에

---

15 메이지明治 33년(1900)에 발행한 5리짜리 보조 청동화를 가리킨다. '리厘'는 화폐단위로, 1엔의 1000분의 1, 1전의 10분의 1이다.

16 분큐에이호文久永寶를 말한다. 분큐文久 3년(1863)부터 게이오慶應 3년(1867)까지 주조해 에도막부 말기에 유통했던 청동제 동전이다.

쭈그리고 앉았던 닭이 놀라서 잠을 깬다. *꼬꼬댁꼬꼬댁*하고 소란을 피우기 시작한다. 문지방 바깥에 흙 부뚜막이 지금 내린 비에 젖어 반쯤 색이 바랜 데다 그 위에 물 끓이는 시커먼 솥이 걸려 있는데, 흙으로 된 솥인지 은으로 된 솥인지는 알 수 없다. 다행히 불은 지펴져 있었다.

대답이 없어서 그대로 들어가 의자에 걸터앉았다. 닭은 퍼덕거리면서 절구에서 뛰어내린다. 이번에는 다다미 위로 올라갔다. 장지문이 닫혀 있지 않으면 안으로 뛰어들어갈 생각이었는지도 모른다. 수컷이 굵직한 소리로 *꾸꾸 꾸꾸* 하자 암컷이 가느다란 소리로 *꼬꼬댁꼬꼬댁*한다. 마치 나를 여우나 개처럼 생각하는 것 같다. 의자 위에는 한 되짜리쯤 되어 보이는 담배합이 한갓지게 놓여 있고, 그 안에는 둘둘 말린 모기향이 시간 가는 줄도 모르는 듯 느긋하게 연기를 피우고 있다. 비는 차츰 가늘어진다.

얼마 후 안쪽에서 발소리가 들리더니 낡고 찌든 장지문이 활짝 열린다. 안에서 한 할머니가 나온다.

어차피 누군가 나올 거라고는 생각하고 있었다. 아궁이에 불이 지펴져 있다. 과자 상자 위에는 동전이 흩어져 있다. 모기향이 한가로이 연기를 피우고 있다. 어차피 누군가가 나올 것은 뻔하다. 그런데 가게를 비워놓고도 걱정이 되지 않아 보이는 것이 도시와는 조금 다르다. 대답이 없는데 의자에 걸터앉아서 언제까지나 기다리고 있는 것도 20세기와는 어쩐지 어울리지 않는다. 이런 점이 비인정이지 않을까 싶어 재미있다. 게다가 나온 할머니의 얼굴이 마음에 들었다.

2, 3년 전에 호쇼류寶生流[17]의 노 무대에서 〈다카사고高砂[18]〉를

본 적이 있다. 그때 이것은 아름다운 활인화活人畵[19]라고 생각했다. 빗자루를 멘 영감님이 무대 통로를 대여섯 걸음 나와서 슬쩍 돌아서며 마나님과 마주 본다. 그 마주 보는 자세가 지금도 눈에 선하다. 내가 앉은자리에서는 마나님의 얼굴이 거의 정면으로 보였기 때문에 '아, 아름답구나' 하는 생각을 했을 때, 그 표정이 찰칵하고 마음의 카메라에 찍히고 말았다. 찻집 할머니의 얼굴은 그 사진에 피가 통한 게 아닌가 싶을 정도로 그것을 빼다박았다.

"할머니, 여기 잠깐 앉을게요."

"예, 그렇게 하세요."

"비가 많이 내렸어요."

"공교롭게 날씨가 이 지경이라 고생하시네요. 많이 젖으셨어요. 지금 불을 때서 말려드리지요."

"불만 더 지펴주시면 쪼이면서 말리지요. 좀 쉬니까 오히려 춥네요."

"예, 이제 때드리죠. 자, 차나 한잔."

할머니는 일어나며 쉬쉬 하는 두 마디로 닭을 쫓아낸다. 구구구구 하고 도망간 암탉과 수탉이 흑갈색으로 바랜 다다미에서 과자 상자를 짓밟고 길바닥으로 뛰쳐나간다. 수탉은 도망치면서 과자에다 똥을 쌌다.

---

17 가와타케렌아미河竹蓮阿彌를 시조로 하는 유파. 나쓰메 소세키는 호쇼류의 노에 친숙해져 있었다. 시조는 '호쇼렌아미寶生蓮阿彌'.

18 일본의 시인인 제아미가 남긴 노 대본의 하나. 결혼 같은 행사에서 축하할 때 공연되는 축하용 노 대본이다.

19 배경을 적당하게 꾸미고 분장한 인물이 배경 앞에 서서 그림 속의 인물처럼 움직이지 않은 채 보여주는 연예.

"자, 드세요."

할머니는 어느새 나무를 파내서 만든 쟁반 위에 찻잔을 올려 내온다. 거무스레하게 그을린 찻잔 밑바닥에는, 단숨에 그려낸 매화꽃 세 송이가 아무렇게나 새겨져 있다.

"과자도 드세요."

이번에는 닭이 짓밟은 참깨 과자와 찹쌀 과자를 가지고 온다. 어딘가에 닭똥이 묻지 않았나 살펴보았지만, 그것은 그냥 그대로 상자 속에 남아 있었다.

할머니는 솜이 든 소매 없는 하오리에 띠를 매고 아궁이 앞에 쭈그리고 앉는다. 나는 주머니에서 사생첩을 꺼내 할머니의 옆얼굴을 그리면서 말을 건다.

"조용해서 좋네요."

"예, 보시는 대로 산골이라서요."

"휘파람새는 우나요?"

"예, 거의 매일 울지요. 이 근처에서는 여름에도 울어요."

"듣고 싶네요. 지금은 전혀 들리지 않으니 더 듣고 싶네요."

"공교롭게도 오늘은… 아까 내린 비 때문에 어디론가 도망쳐버렸구먼요."

때마침 아궁이 속에서 탁탁 불꽃이 튀고, 붉은 불이 바람을 일으키며 30센티미터 남짓 확 내뿜는다.

"자, 쬐세요. 추우셨죠."

처마 끝을 보니까 푸른 연기가 부딪쳐 흩어지면서 아직도 판자 차양에 어렴풋한 흔적을 남기며 감돌고 있다.

"아, 기분이 좋네요. 덕분에 살았습니다."

"때마침 비도 갰어요. 저것 보세요. 덴구이와天狗巖가 보이기 시작했어요."

그물그물한 봄 하늘이 답답하다는 듯 불어닥친 산바람이 한바탕 지나간 앞산 한 모퉁이가 활짝 개었다. 할머니가 손으로 가리키는 곳에 날카롭고 거칠게 깎아놓은 기둥처럼 솟아 있는 것이 '덴구이와'라고 한다.

나는 먼저 덴구이와를 바라보고, 다음에 할머니를 바라보고는 마지막으로 반반씩 양쪽을 비교해보았다. 화가로서의 내 머릿속에 존재하는 할머니의 얼굴은 노 대본인 〈다카사고〉에 나오는 할머니로 로세쓰[20]가 그린 산 귀신 할머니[21]뿐이다. 로세쓰의 그림을 보았을 때 이상적인 할머니는 엄청 무서운 존재라고 느꼈다. 단풍 속이나 추운 겨울의 달 아래 두어야 하는 것이라고 생각했다. 호쇼류의 노를 보았을 때는 과연 할머니에게도 이런 온순한 표정이 있을 수 있구나 하고 놀랐다. 그 가면은 분명 명인의 손으로 새긴 것이리라. 안타깝게도 작자의 이름은 귀담아듣지 않았지만, 노인도 그렇게 표현하면 풍부하고 온화하고 따스하게 보인다. 금박을 입힌 병풍에도, 봄바람에도, 또는 벚꽃에 곁들여도 어울릴 법한 생김새였다. 나는 덴구이와보다는 허리를 편 채 손을 이마에 대고 저 멀리를 가리키고 있는 하오리 차림의 할머니가 봄날 산길의 경치에 더 잘 어울린다고 생각했다. 내가 사생첩을 들고 "잠깐만"이라고 말하는 순간, 할머니의 자세가 허물어졌다.

---

20 나가사와 로세쓰長澤蘆雪(1754~1799). 에도시대 중기의 화가다.
21 깊은 산에 산다는 전설 속의 요괴 할멈으로, 노에서도 다루고 그림의 소재로도 쓰인다.

무료해서 사생첩을 불에 쬐어 말리면서 말했다.

"할머니, 건강해 보이시네요."

"예, 다행히 건강해서 바느질도 하고 모시나 베도 짜고, 찹쌀가루도 빻는답니다."

할머니에게 맷돌질을 하게 하고 싶어졌다. 그러나 그런 주문을 할 수는 없어서 다른 것을 물어본다.

"여기서 나코이까지는 4킬로미터가 안 된다지요?"

"예, 3킬로미터쯤 됩니다. 손님께서는 온천에 가시는 길인가요?"

"붐비지 않으면 잠시 묵어볼까 하는데, 뭐 마음이 내키면요."

"아이고, 전쟁이 시작되고 나서는 찾아오는 사람이 전혀 없습니다. 문을 닫은 거나 다름없어요."

"이상한 일이군요. 그럼 묵을 수 없을지도 모르겠네요."

"아닙니다. 부탁하시면 언제든지 묵을 수 있어요."

"온천장은 한 집밖에 없었죠?"

"예, 시호다 씨에게 물으면 금방 알 수 있을 겁니다. 그 마을에서는 부자라, 온천장인지 은거지인지 알 수 없을 정도죠."

"그럼 손님이 없어도 괜찮겠네요."

"손님은 처음이신가요?"

"아니에요. 오래전에 잠깐 들른 적이 있죠."

대화가 잠시 끊어진다. 노트를 펴서 아까 그 닭을 조용히 그리고 있으니, 귓가에 짤랑짤랑하는 말방울 소리가 들리기 시작했다. 그 소리가 저절로 박자를 맞춰 머릿속에 일종의 리듬이 생긴다. 잠을 자면서 꿈속에 옆집 절구 소리에 끌려가는 것 같은 기분이다.

나는 닭 그리는 것을 그만두고 같은 페이지 끝에 다음과 같이 적어 보았다.

봄바람이여, 이젠[22]의 귓가에 말방울 소리

산에 오르면서는 말을 대여섯 필 만났다. 그 대여섯 필은 모두 배두렁이를 걸치고, 방울을 울리고 있었다. 지금 시대의 말이라고는 생각되지 않는다.

이윽고 한가로운 마부의 노랫소리가 봄이 한창인 공산일로空山一路[23]의 꿈을 깬다. 애틋함 속에 태평스러운 울림이 깃들어 있어 아무리 생각해도 그림에 그린 듯한 목소리다.

마부의 노래, 스즈카[24] 넘어가니 봄날의 비여

이번에는 엇비슷하게 적어보았는데, 적고 나니 이건 나 자신의 글귀가 아니라는 것을 깨달았다.
"또 누가 왔습니다."

---

22 에도 시대의 하이쿠 작가 히로세 이젠広瀬惟然(?~1711)을 가리킨다. 소세키가 하이쿠 시인이며 소설가인 다카하마 교시高浜虚子(1874~1959)에게 보낸 편지에 이 하이쿠가 들어 있다.

23 인기척이 없는 한적한 산에 한 줄기 길만 있다는 뜻이다.

24 "馬子唄の鈴越ゆるや春の雨." 소세키의 친구이며 일본에 하이쿠 라는 용어를 정착시킨 마사오카 시키正岡子規(1867~1902)의 하이쿠인 "馬子歌の鈴越上るや春の雨"를 살짝 바꿔서 표현함. 스즈카鈴鹿는 미에현과 시가현의 경계에 있는 스즈카산맥을 가리킨다. 예로부터 시가에 자주 나오는 명소다.

할머니가 반쯤 혼잣말처럼 말한다.

단 한 줄기 봄 길이라 그런지 오가는 사람 모두가 친근한 사이처럼 보인다. 조금 전에 만난 짤랑짤랑 방울을 울리는 대여섯 마리의 말도 모두 이 할머니의 마음속에 '또 누가 왔구나' 하는 생각을 품게 하며 산을 내려가고, 또 그렇게 올라갔을 것이다. 길은 적막하고, 그 옛날과 현재의 봄을 관통하여 꽃을 싫어하면 밟을 땅도 없는 작은 마을에 할머니는 오래전부터 짤랑짤랑 하는 소리를 모두 다 헤아리며 오늘날의 백발에 이르렀을 것이다.

마부의 노래여, 백발도 물들이지 못하고 저무는 봄

이렇게 다음 페이지에 적어보았지만, 이것으로는 자신의 느낌을 다 전할 수 없어 좀 더 궁리 할 수 있겠다는 생각으로 연필 끝을 주시했다. 어쨌든 백발이라는 글자를 넣고 아득한 시절이란 구절을 넣고, 마부의 노래라는 제재도 넣고, 봄이라는 계절어도 곁들여서 그것을 열일곱 자로 만들어보려고 궁리하고 있는데, 진짜 마부가 가게 앞에 서서 큰 소리로 말을 건다.

"안녕하세요."

"어, 겐 씨군. 또 성안에 가는 길인가?"

"뭐 사올 물건이 있으면 사다 드릴게요."

"그래, 가지초를 지나면, 레이간지靈巖寺의 부적을 하나 사서 우리 딸한테 갖다줘."

"예, 갖다드릴게요. 한 장인가요? 오아키 씨는 좋은 데 시집가서 행복하겠어요. 그렇죠, 아주머니?"

"고맙게도 지금은 별 곤란한 일 없이 살아가지. 뭐 그게 행복이란 걸까?"

"행복이지요, 아주머니. 그 나코이 댁 아가씨하고 비교해보세요."

"정말 안됐다니까. 그렇게 예쁜 사람이. 요즘은 상태가 좀 어때?"

"뭐, 변함없죠."

"곤란하겠구먼."

할머니가 크게 한숨을 쉰다.

"곤란하죠."

겐 씨가 말의 코를 쓰다듬는다.

가지가 무성한 산벚나무 이파리도 꽃도 깊은 하늘에서 떨어진 빗물 덩어리를 그대로 흠뻑 머금고 있었지만, 이때 건너가는 바람에 발이 걸려 더는 견디지 못하고 임시 거처에 사각사각 굴러떨어진다. 말은 놀라서 긴 갈기를 아래위로 흔든다.

"이 녀석."

야단치는 겐 씨의 목소리가 짤랑짤랑 방울 소리와 함께 나의 명상을 깨운다.

할머니가 말한다.

"겐 씨, 나는 말이야, 시집갈 때의 모습이 아직도 눈에 선해. 옷단에 꽃무늬가 있는 후리소데[25]를 입고 다카시마다[26] 머리를 하고 말

---

25 振袖. 소매가 긴 일본 옷으로, 주로 미혼 여성의 예복이다.
26 높이 추켜올린 일본 여성의 머리 모양으로, 메이지 시대 이후 신부가 하는 정식의 머리 모양이다.

32

을 타고….”

“그래요. 배를 탄 게 아니었어요. 말이었어요. 역시 여기서 쉬어 갔죠, 아주머니.”

“그래. 그 벚나무 아래서 아가씨가 탄 말이 멈췄을 때, 벚꽃이 폴 폴 떨어져 모처럼 한 다카시마다 머리에 얼룩이 생겼지.”

나는 또 사생첩을 펼친다. 이 경치는 그림도 되고 시도 된다. 마음속에 신부의 모습을 떠올리고 당시의 모습을 상상해보며 의기양양한 얼굴로 이렇게 적어 넣는다.

　　꽃 필 무렵을 넘어, 고귀한 말에 탄 신부

신기하게도 옷도 머리 모양도 말도 벚꽃도 또렷하게 떠올랐지만, 신부의 얼굴만은 도무지 떠오르지 않았다. 잠시 그 얼굴인지 이 얼굴인지 궁리하던 중에, 다카시마다 머리 아래로 홀연 밀레이[27]가 그린 오필리아[28]의 모습이 쏙 들어맞았다. 이건 아니야, 하고 모처럼 그려낸 그림을 재빨리 허물어버린다. 옷도 머리도 말도 벚꽃도 한순간에 마음속에서 깨끗이 물러갔지만, 오필리아가 합장하고 물 위를 떠가는 모습만은 몽롱하게 가슴속에 남아 종려 빗자루로 연기를 쫓는 것처럼 산뜻하지는 않았다. 하늘에 꼬리를 끄는 혜성을 보는 것처럼 어쩐지 묘한 기분이 든다.

27　존 에버렛 밀레이John Everett Millais(1829~1896). 라파엘 전파前派를 형성한 영국의 화가.
28　존 에버렛 밀레이의 작품으로 셰익스피어의 《햄릿》에 등장하는 비극적인 여주인공 오필리아의 죽음을 묘사한 그림.

"그럼, 이만 갈게요."

겐 씨가 인사한다.

"돌아가는 길에 또 들러. 때마침 비가 와서 꼬부랑길은 힘이 들 거야."

"네, 힘이 좀 들겠지요."

겐 씨는 걷기 시작한다. 겐 씨의 말도 걷기 시작한다. 짤랑짤랑.

"저 사람은 나코이 남자인가요?"

"네, 나코이의 겐베라는 사람이지요."

"저 남자가 어느 댁 신부를 말에 태우고 고개를 넘어갔나요?"

"시호다 댁 아가씨가 성안으로 시집갈 때, 검푸른 말에 태우고 겐 베가 고삐를 쥐고 지나갔답니다. 시간 참 빨라요. 올해로 벌써 5년 이나 됐어요."

거울을 볼 때만 자신의 흰머리를 한탄하는 이는 행복한 부류에 속하는 사람이다. 헤아려보고서야 비로소 5년이란 세월이 바퀴 구 르듯 빠르게 흘러갔음을 깨달은 할머니는 오히려 신선에 가까운 인간일 것이다. 나는 이렇게 대답했다.

"분명 예뻤나 보네요. 보러 왔으면 좋았을 걸."

"하하하하, 지금도 보실 수 있습니다. 온천장에 가시면 아마 나 와서 인사를 할 겁니다."

"그래요, 지금은 친정에 있나요? 지금도 옷단에 꽃무늬가 있는 후리소데를 입고 다카시마다 머리를 하고 있으면 좋겠지만."

"부탁해보세요. 그렇게 하고 보여줄 걸요."

나는 설마했지만, 할머니는 뜻밖에도 진지하다. 비인정의 여행 에는 이런 것이 나타나지 않으면 흥미가 없다. 할머니가 말한다.

"아가씨하고 나가라의 처녀하고는 무척 닮았어요."

"얼굴이 그런가요?"

"아닙니다. 신세가 그렇죠."

"그 나가라의 처녀라는 건 누굽니까?"

"옛날 이 마을에 나가라의 처녀라고 하는 아름다운 부잣집 딸이 있었다고 해요."

"그래서요?"

"그런데 그 처녀를 두 젊은이가 같이 연모했지 뭡니까."

"저런."

"사사다오를 택할지, 사사베오[29]를 택할지, 처녀는 밤낮으로 고민했지만, 그 어느 쪽에도 마음을 주지 못했어요.

　　가을이 되면 그대도 억새꽃에 맺힌 이슬처럼 덧없이 사라져버릴 것만 같습니다.

마침내 이런 노래를 부르고 깊은 강물에 몸을 던져버렸어요."

나는 이런 산골에 와서 이런 할머니에게서 이런 고풍스러운 말로 이런 우아한 얘기를 들으리라고는 상상도 못 했다.

"여기서 500미터쯤 동쪽으로 내려가면 길가에 오륜탑이 있어요. 지나시는 김에 나가라의 처녀 묘를 보고 가세요."

나는 마음속으로 꼭 보고 가겠다고 결심했다. 할머니는 다음 이

29　일본 고전인 《만요슈萬葉集》 속에 나오는 이름을 빌린 것. 두 남자가 나가라의 처녀를 연모했는데, 처녀는 이러한 상황을 견디지 못하고 괴로워하다가 연못에 몸을 던졌다는 내용에서 차용한 것이다.

야기를 이어간다.

"나코이의 아가씨에게도 두 남자가 탈이 되었죠. 한 사람은 아가씨가 교토에 수행하러 갔을 때 만난 사람이고, 또 한 사람은 이 성 안에서 제일가는 부잣집이었죠."

"그래, 아가씨는 어느 쪽에 마음을 줬나요?"

"아가씨는 교토에 있는 분을 원했어요. 거기엔 여러 사정이 있었 겠지만, 부모님이 억지로 이쪽으로 정하는 바람에…."

"다행히 깊은 강에 몸을 던지지 않아도 되었군요."

"그런데 말입니다, 상대도 아가씨 미모에 반해서 모셔갔으니까 무척 소중하게 대해주셨는지는 모르겠으나, 아가씨는 원래 억지로 가게 된 것이니까 아무래도 사이가 안 좋아서 친척들도 상당히 걱 정하는 것 같았어요. 그러다가 이번 전쟁으로 남편이 다니던 은행 이 망해버리자 아가씨는 다시 나코이로 돌아오게 된 겁니다. 사람 들은 아가씨를 두고 인정이 없다느니 박정하다느니 여러 가지 말 이 많았어요. 원래는 아주 얌전하고 착했는데, 요즘은 성격이 꽤 거 칠어져서 걱정이라고 겐베가 올 때마다 얘기하더라고요…."

그다음 얘기를 들으니 애써 만들어진 취향이 허물어진다. 겨우 신선이 되려는 참인데, 누가 와서 신선의 날개옷을 돌려달라고 재 촉하는 것 같다. 꼬부랑길의 위험을 무릅쓰고 겨우 여기까지 왔는 데, 그렇게 터무니없이 속세로 끌려 내려가서는 훌쩍 집을 떠난 보 람이 없다. 잡담도 어느 정도 이상 끼어들면 속세의 냄새가 모공으 로 스며들어 때가 묻게 돼 몸이 무거워진다.

"할머니, 나코이까지는 외길이죠?"

10전짜리 은화 하나를 걸상 위에 짤랑, 내던지고 일어선다.

"나가라의 오륜탑에서 오른쪽으로 내려가면, 600미터 정도 되는 지름길로 가실 수 있어요. 길은 좋지 않지만 젊은 분에게는 그쪽이 좋을 겁니다…. 이거, 웬 찻값을 이렇게 많이, 조심히 가세요."

3

어젯밤에는 묘한 기분이 들었다.

밤 8시쯤에 숙소에 도착했기에, 집 모양과 뜰의 구조 같은 것은 말할 것도 없고 동쪽인지 서쪽인지 방향조차 구분되지 않았다. 그저 긴 복도 같은 곳을 빙빙 끌려다니다가 결국 다다미 여섯 장 정도 크기의 조그만 방으로 안내받았다. 예전에 왔을 때와는 사뭇 다르다. 저녁 식사를 마치고 목욕을 하고 방에 돌아가 차를 마시고 있으니, 나이 어린 하녀가 와서 이부자리를 깔까요, 한다.

의아하게 생각한 것은 숙소에 도착했을 때의 손님맞이도, 저녁 식사 때의 시중도, 목욕탕으로의 안내도, 자리를 까는 수고도 모두 이 하녀 혼자서 하고 있다는 것이다. 그리고 좀처럼 입을 열지 않는다. 그렇다고 촌스럽지도 않다. 붉은 띠를 멋없이 매고 고풍스러운 초롱불을 들고 복도인 것 같기도 하고 계단인 것 같기도 한 곳을 빙빙 돌았을 때, 같은 띠, 같은 초롱으로, 같은 복도 같기도 하고 계단

같기도 한 그런 곳을 몇 번이나 내려가 목욕탕으로 안내받았을 때는, 이미 나 스스로 캔버스 안을 오가는 사람이 된 듯한 기분이 들었다.

식사 시중을 들 때 하녀는 요즘은 손님이 없어 다른 방은 청소를 하지 않았으니 평소 사용하던 방을 써달라고 했다. 이부자리를 깔 때는 안녕히 주무세요, 라는 인간미 넘치는 말까지 하고 나갔지만, 그 발소리가 꼬불꼬불한 복도를 따라 아래쪽으로 조금씩 멀어져갔다. 그 뒤로는 고요하고 인기척조차 없어 마음에 걸렸다.

태어나서 이런 경험은 단 한 번밖에 없다. 옛날, 보슈에서 다테야마 맞은편으로 빠져나가 가즈사에서 초시까지 해변을 따라 걸어간 적이 있다. 그때 어떤 곳에서 하룻밤을 묵었다. 어떤 곳이라고 말할 수밖에 달리 표현할 말이 없다. 지금은 그 고장의 이름도 여관의 이름도 모두 잊어버렸다. 처음부터 내가 여관에 묵었는지조차도 분명하지 않다. 용마루가 높은 커다란 집에 여자만 두 사람 있었다. 내가 묵을 수 있냐고 물었을 때, 나이 든 여자가 예, 하고 대답했고, 젊은 여자는 이리 오세요, 하고 안내하기에 따라가니 무척이나 황폐하고 넓은 방을 몇 개나 지나 맨 안쪽의 보통보다 낮은 2층으로 안내했다. 계단을 세 칸 올라가 복도에서 방으로 들어가려 하자, 판자 차양 아래 쓰러질 듯 서 있는 길게 뻗은 대나무 한 무더기가 저녁 바람을 맞으며 산들산들 내 어깨부터 머리까지 어루만져 주었기에 아주 섬뜩했다. 툇마루 판자는 이미 썩어가고 있었다. 내년에는 죽순이 툇마루를 뚫고 들어와 방 안은 온통 대나무가 될 것 같다고 하자, 젊은 여자는 아무 말도 하지 않고 싱글싱글 웃으며 나갔다.

그날 밤은 그 대나무가 머리맡에서 바삭바삭 소리를 내는 바람에 잠을 이룰 수가 없었다. 장지문을 열었더니 뜰은 온통 풀밭이고, 여름밤의 달이 밝아 눈길을 돌리니 담이나 울타리는커녕 곧장 커다란 산으로 이어져 있었다. 산 맞은편은 바로 넓은 바다여서 철썩철썩 큰 파도가 인간 세상을 위협하러 온다. 나는 결국, 새벽이 올 때까지 한숨도 못 자고 불안한 모기장 속에서 참아가면서, 그 광경이 마치 옛날얘기에나 나올 법한 장면 같다는 생각을 했다.

그 후에도 여러 번 여행을 다녀보았지만 그런 기분이 든 것은 오늘 밤 이곳 나코이에 묵게 될 때까지는 한 번도 없었다.

똑바로 누워 우연히 눈을 떠보니, 문 위의 상인방과 천장 사이에 주홍색으로 칠을 한 액자가 걸려 있다. 누워 있어도 '죽영불계진부동'[30]이라는 글자는 분명히 읽을 수 있다. '다이테쓰大徹'라는 낙관도 확실하게 보인다. 나는 서예에 관해서는 전혀 감식안이 없는 사람이지만, 평소 황벽종[31]의 고센 화상[32]의 필치를 좋아한다. 인겐[33]도 소쿠히[34]도 모쿠안[35]의 글씨에도 각각 흥미를 느끼지만, 고센의 글씨가 가장 원숙하고 강력할 느낌을 줄 뿐 아니라 품격이 높고 원숙하다. 지금 이 일곱 글자를 보니 붓의 느낌이나 솜씨가 아무래도 고센의 솜씨로밖에 여겨지지 않는다. 그러나 실제로 '다이테쓰'라

---

30 竹影拂階塵不動. '대나무 그림자가 섬돌을 쓸어도 먼지 하나 일지 않는다'는 뜻.

31 중국 불교 선종의 한 종파.

32 고센 쇼돈高泉性澂(1633~1695). 명나라에서 일본으로 온 승려. 만후쿠지万福寺의 제5대 주지가 되었다.

33 인겐 류키隱元隆琦(1592~1673). 명나라에서 일본으로 건너온 승려. 황벽종의 시조라 여겨진다.

34 소쿠히 뇨이츠即非如一(1616~1671). 나가사키의 사찰 소후쿠지崇福寺의 제5대 주지.

35 모쿠안 쇼토木庵性瑫(1611~1684). 만후쿠지 창립에 협력했고 후에 제2대 주지가 되었다. 서예 실력이 뛰어나 인겐, 소쿠히와 함께 '황벽의 삼필'이라 불렸다.

고 적혀 있으니 다른 사람일 것이다. 어쩌면 황벽종에 다이테쓰라는 스님이 있었는지도 모른다. 그런데 종이 빛깔이 무척 새롭다. 아무래도 최근의 것으로밖에 보이지 않는다.

옆을 본다. 도코노마[36]에 걸려 있는 자쿠추[37]의 학 그림이 눈에 띈다. 이쪽은 전문 분야인 만큼 방에 들어섰을 때 이미 뛰어난 작품이라는 것을 느낄 수 있었다. 자쿠추의 그림은 대개 정교하고 치밀하게 채색한 그림이 많지만, 이 학은 세상 사람의 눈을 의식하지 않고 단숨에 그린 것으로, 한쪽 다리로 늘씬하게 서 있고 그 위에 달걀 모양의 몸이 사뿐히 놓인 모습이 내 마음에 쏙 든다. 속세를 벗어난 듯한 운치는 긴 부리 끝까지 깃들어 있다. 도코노마 옆에는 두 개의 판자를 아래위로 어긋나게 매어 단 선반이 없고 보통의 벽장이 이어져 있다. 벽장 안에는 무엇이 있는지 알 수 없다.

새근새근 잠이 든다. 꿈속으로.

나가라의 처녀가 후리소데를 입고 푸른 말을 타고 고개를 넘자, 갑자기 사사다오와 사사베오가 뛰쳐나와 양쪽에서 잡아당긴다. 여자가 갑자기 오필리아가 되어 버들가지에 올라타고 강물을 따라 흘러가면서 아름다운 목소리로 노래를 부른다. 그녀를 구할 생각으로 긴 장대를 들고 무코지마로 쫓아 내려간다. 여자는 힘든 기색도 없이 웃으며 노래하면서 갈 곳도 모른 채 흘러 내려간다. 나는 장대를 메고 이봐요, 이봐요, 하고 부른다.

거기서 잠이 깼다. 겨드랑이에 땀이 홍건하다. 묘하게도 우아한

---

36 방바닥보다 약간 높게 꾸며서 서화, 꽃, 골동품 따위를 장식하는 곳.
37 이토 자쿠추伊藤若冲(1716~1800). 에도 시대 중기 활약했던 교토의 화가로 화조를 잘 그렸고, 특히 닭 그림이 유명하다.

것과 속된 것[38]이 뒤섞인 꿈을 꾸었다고 생각했다. 옛날 중국 송나라의 대혜선사大慧禪師라는 사람은 도를 깨달은 후에는 무슨 일이든 뜻대로 되었지만, 꿈속에서만은 속된 생각이 나타나 곤란하다고, 오래도록 그것을 괴로워했다고 하는데 과연 있을 법한 이야기다. 문예를 운명으로 여기는 사람은 좀 더 아름다운 꿈을 꾸지 못하면 말발이 약해진다. 이런 꿈으로는 대체로 그림도 시도 될 수 없다고 생각하면서 몸을 뒤척이자, 어느덧 장지문에 달빛이 비쳐 나뭇가지 두세 개가 비스듬히 그림자를 던져준다. 맑다고 할 만큼의 봄밤이다.

이런 생각을 한 탓일까. 누군가 나지막한 소리로 노래를 부르는 것 같다. 꿈속의 노래가 이 세상으로 빠져나온 것일까. 또는 이 세상의 소리가 아득한 꿈나라로 비몽사몽 말려 들어간 것일까 하고 귀를 기울인다. 확실히 누군가 노래를 부르고 있다. 분명 가늘고 낮은 목소리지만 잠들려는 봄밤에 한 가닥 맥박을 희미하게 뛰게 한다. 이상하게도 가락은 그렇다 쳐도 가사를 들으니, 머리맡에서 부르는 것이 아니라 가사를 알아들을 수 없을 것 같은데, 그 들릴 까닭이 없는 가사가 잘 들린다.

가을이 되면 그대도 억새꽃에 맺힌 이슬처럼 덧없이 사라져 버릴 것만 같습니다.

나가라의 처녀가 노래를 되풀이하고 되풀이하는 것 같다.

---

38 우아한 것은 나가라의 처녀와 오필리아를 말하고, 속된 것은 강변을 쫓아 내려가는 자신을 말한다.

처음에는 툇마루 가까이에서 들리던 소리가 차츰 가늘어지고 멀어진다. 급히 그치는 것에는 갑작스러운 느낌이 있지만, 애틋한 맛은 떨어진다. 뚝 끊어져버린 소리를 듣는 사람의 마음에 역시 뚝 끊어지는 느낌이 일어난다. 이렇다 할 마디도 없이 자연스럽게 가늘어졌다가 어느덧 사라져야 하는 현상에는 나 역시 초를 줄이고 분을 쪼개 불안한 마음의 크기를 줄인다. 죽을 듯 죽을 듯한 환자와 같이, 꺼질 듯 꺼질 듯한 등잔불과 같이, 이제나 그칠까 저제나 그칠까 하고 마음만 어지럽게 하는 이 노래 속에는 천하의 춘한春恨[39]을 모두 모아놓은 가락이 있다.

이제까지는 잠자리에서 참고 들었지만, 그 소리가 멀어짐에 따라 낡여간다는 것을 알면서도 내 귀는 그 소리를 따라가고 싶어진다. 가늘어지면 가늘어질수록 귀만이라도 뒤를 따라 날아가고 싶다는 기분이 든다. 이제는 아무리 애를 써도 고막에 울리는 일은 없으리라 생각하기 바로 직전, 더는 참을 수 없어 나도 모르게 이불에서 빠져나와 장지문을 활짝 열어젖혔다. 그 순간 내 무릎 아래쪽으로 비스듬히 달빛이 스며든다. 잠옷 위에도 나무 그림자가 흔들리며 떨어졌다.

장지문을 열었을 때는 그런 것을 알아차리지도 못했다. 그 목소리는, 하고 소리 나는 방향을 꿰뚫어 보니 건너편에 있었다. 꽃이라면 해당화라고 생각되는 나무줄기를 등지고 서먹서먹하게도 달빛을 피해 몽롱한 그림자가 있었다. 저것이었나 하는 의식조차 확실히 마음에 비치기 전에, 검은 것은 꽃 그림자를 짓밟고 오른쪽으로

돌아갔다. 내가 있는 방과 연결된 집 모퉁이가 쓱 움직이는 키 큰 여자의 모습을 이내 가리고 만다.

빌려 입은 유카타 하나 걸친 차림으로 장지문에 매달린 채 잠시 멍하니 있었지만, 이윽고 정신을 차려보니 산촌의 봄은 무척 쌀쌀하다는 것을 깨달았다. 어쨌든 빠져나온 이부자리 속으로 다시 들어가서 생각하기 시작했다. 베개 밑에서 회중시계를 꺼내 보니 한 시 십 분이 조금 지났다. 다시 베개 밑에 시계를 밀어 넣고 생각하기 시작했다. 설마 도깨비는 아닐 것이다. 도깨비가 아니라면 인간일 것이고 인간이라면 여자다. 어쩌면 이 집의 아가씨일지도 모른다. 그러나 이혼하고 돌아온 여성의 신분으로 한밤중에 산이 인접한 뜰에 나온다는 것은 다소 온당치 못하다. 아무튼 좀처럼 잠들 수가 없다. 베개 밑에 있는 시계까지 똑딱똑딱 말을 한다. 지금까지 회중시계 소리가 신경에 거슬린 적은 없었는데, 오늘 밤만은 자 생각해봐, 자 생각해봐, 하고 재촉하듯이 자지 마라, 자지 마라, 충고하는 것처럼 말을 한다. 발칙하다.

두려운 것도 그저 두려운 것 그대로의 모습으로 보면 시가 된다. 무시무시한 것도 자기를 떠나 그저 홀로 무시무시하다고 생각하면 그림이 된다. 실연이 예술의 제목이 되는 것도 온전히 그런 것 때문이다. 실연의 괴로움을 잊고 그 다정한 면과 동정이 깃드는 면, 근심 어린 면, 한 걸음 더 나아가 말하자면 실연의 괴로움 자체가 넘치는 면을 단지 객관적으로 눈앞에 떠올리기 때문에 문학과 미술의 재료가 된다. 이 세상에는 있지도 않은 실연을 만들어서 스스로 억지로 번민하고 쾌락을 탐하는 자가 있다. 보통 사람들은 이것을 평해 어리석다고 한다. 미친 짓이라고 한다. 그러나 스스로 불행의 윤곽을 그리고 기꺼이 그 안에서 살아간다는 것은, 스스로 실제로 존재하지 않는 산수의 풍경을 그려 넣고 자신만의 별세계에서 기뻐한다는 것과 그 예술적인 입각점을 얻었다는 점에서는 다를 바 없다고 할 수 있다. 이런 까닭에 이 세상의 많은 예술가는 (일상에서 사람으로서는 또 어떨지 모르지만) 보통 사람보다 어리석다. 미치광이다. 우리는 도보 여행을 하는 동안, 아침부터 밤까지 괴롭다 괴롭다, 하고 줄곧 불평을 늘어놓지만, 남에게 여행을 자랑할 때는 불만의 티를 조금도 보여주지 않는다. 재미있었던 일, 유쾌했던 일은 물론, 옛날에 했던 불평조차도 신이 나서 얘기하고 의기양양한 표정을 짓는다. 이것은 굳이 자기를 속이거나 남을 속이고자 하는 마음 때문만은 아니다. 여행하는 동안은 보통 사람의 마음이지만, 여행을 자랑할 때는 시인의 태도가 되니까 이런 모순이 일어나는 것이다. 이렇게 본다면, 네모난 세계에서 상식이라고 부르는 한 모서리를 갈아서 닳아 없애고 세모꼴 속에 사는 것을 예술가라고 불러도 좋을 것이다.

이 때문에 자연이건 사람의 일이건, 속세의 사람들이 진저리를 치고 가까이하지 않으려는 데서 예술가는 무수한 임랑琳琅[40]을 보고, 최상의 보로寶璐[41]를 안다. 속되게 이것을 미화라고 한다. 그러나 사실은 미화도 아무것도 아니다. 찬란한 채광은 옛날부터 현상세계에 실제로 존재하고 있다. 다만 한 가닥 그림자가 눈을 가리면 존재하지도 않는 꽃이 어지러이 떨어지는 환각을 보듯 망상으로

---

40 '아름다운 구슬'이라는 뜻으로 아름다운 시문을 비유적으로 표현한 말. 류종완柳宗完의 〈답공사심기서答貢士沈起書〉라는 문장에서 인용한 것이다.

41 '아름다운 옥'이라는 뜻으로, 굴원屈原의 《초사楚辭》에서 인용한 것이다.

눈이 어두워지기에, 속세의 기반이 너무나 강하여 끊기 어렵기에, 명예의 높고 낮음과 재산의 얻고 잃음이 우리를 압박하는 일이 순간순간 간절하기에, 터너가 기차를 그릴 때까지는 기차의 아름다움을 알지 못했고,[42] 오쿄[43]가 유령을 그릴 때까지는 유령의 아름다움을 모른 채 지나친 것이다.

내가 지금 본 그림자도 단지 그것만의 현상이라고 한다면, 누가 봐도, 누구에게 들려줘도, 충분히 시적 정취를 띠고 있다. 외딴 마을의 온천, 봄밤의 꽃 그림자, 달빛 아래에서 부르는 나지막한 노랫소리, 으스름달밤의 자태, 그 어느 것이나 예술가에게 좋은 제재다. 이렇게 좋은 제재가 눈앞에 있는데도 나는 공연히 따지고 들어 쓸데없는 탐색을 일삼고 있다. 모처럼의 우아한 경지에 이치라는 줄거리를 끼워 넣어, 더 바랄 나위 없는 풍류를 기분 나쁜 느낌이 짓밟고 말았다. 이런 일이라면 비인정도 표방할 가치가 없다. 좀 더 수행을 쌓지 않으면 시인이든 화가든 말할 자격이 없다. 옛날, 이탈리아의 화가 살바토르 로사[44]는 도둑을 연구하고 싶은 한결같은 마음으로 신변의 위험을 무릅쓰고 스스로 산적의 무리에 들어갔다는 말을 들은 적이 있다. 화첩을 품에 안고 훌쩍 집을 떠난 이상, 내게도 그만한 각오가 없다면 부끄러운 일이다.

이럴 때 어떻게 시적인 입각지로 돌아갈 수 있을까 하면, 자기 자신의 느낌 자체를 자기 앞에 세워 놓고 그 느낌에서 한 걸음 물러나,

---

42 19세기 영국의 풍경 화가 조지프 말로드 윌리엄 터너Joseph Mallord William Turner(1775~1851)의 1848년 작품 〈비, 증기, 그리고 속도〉 속 증기기관차를 상기시키고 있다.

43 마루야마 오쿄圓山應擧(1733~1795). 에도 시대 중기의 화가.

44 살바토르 로사Salvator Rosa(1615~1673). 이탈리아 나폴리파의 화가.

있는 그대로 침착하게 타인처럼 이것을 검사할 여지만 만들면 되는 것이다. 시인이란 자신의 시체를 스스로 해부하고 그 병의 상태를 천하에 발표할 의무를 갖고 있다. 그 방법에는 여러 가지가 있지만 가장 손쉬운 것은 닥치는 대로 5·7·5의 열일곱 자로 정리해 보는 것이다. 열일곱 자는 시형詩形으로서도 가장 간편하기 때문에, 세수할 때나 뒷간에 있을 때도 전차에 탔을 때도 쉽게 만들 수 있다. 열일곱 자를 쉽게 만들 수 있다는 것은 쉽게 시인이 될 수 있다는 뜻이며, 시인이 된다고 하는 것은 일종의 깨달음이기에 간편하다고 모멸할 필요는 없다. 간편하면 간편할수록 공덕이 되는 것이니까 오히려 존중해야 한다고 생각한다. 자, 조금 화가 났다고 가정하자. 화가 난 것을 바로 열일곱 자로 표현해본다. 열일곱 자로 표현할 때는 자신의 분노가 이미 타인의 것으로 바뀌어 있다. 화를 내거나 하이쿠를 짓는 일은 한 사람이 동시에 다 할 수 있는 것은 아니다. 잠깐 눈물을 흘린다고 하자. 이 눈물을 열일곱 자로 표현한다. 표현하자마자 기뻐진다. 눈물을 열일곱 자로 정리했을 때 괴로움의 눈물은 자신에게서 따로 분리되고, 나는 울 수 있는 남자라는 기쁨만이 자신의 것이 된다.

이것이 평소 생각해온 내 주장이다. 오늘 밤도 이 주장을 실행해보려고 잠자리에서 조금 전의 그 사건을 여러 가지 하이쿠로 지어본다. 지은 것을 적어놓지 않으면 산만해져서 안 되기에, 꼼꼼하게 정성을 다한 수업이니까 아까 그 사생첩을 펴서 머리맡에 놓는다.

해당화에 맺힌 이슬을 떨어뜨리네, 미치광이

맨 먼저 이렇게 적어놓고 다시 읽어보니까 별로 재미는 없지만, 그렇다고 기분 나쁜 것도 없다.

　　꽃 그림자, 몽롱한 여자 그림자인가

이어서 이렇게 지어보았지만, 이것에는 계절어가 중복되어 있다.[45] 그러나 그 무엇이든 어쩌하리. 마음만 차분해지고 느긋해지면 된다.

　　정일품, 여자로 변신했나 으스름달

그리고 또 이렇게 지었지만, 교쿠[46] 같아서 저절로 웃음이 난다.

이런 정도면 괜찮다며 마음 내키는 대로 하이쿠가 나오는 대로 모두 적어본다.

　　봄밤의 별 떨어져 한밤중의 비녀인가
　　봄밤의 구름에 적시누나 감고 난 풀어진 머리
　　봄이여, 오늘 밤 노래하는 모습
　　해당화의 요정이 나타나는 달밤이런가
　　노랫소리는 그때그때 달빛 아래 봄을 여기저기로
　　생각을 멈추고 깊어가는 봄밤 혼자이런가

45　이 하이쿠에서는 '꽃'과 '몽롱한'이 봄을 나타내는 말로 사용되었다고 보는 것이다.
46　익살맞은 하이쿠 또는 하이쿠 형식의 재담이다.

이런 식으로 시도하는 동안에 어느덧 꾸벅꾸벅 졸음이 찾아온다.

황홀하다는 말은 이런 경우에 써야 할 형용사라고 생각한다. 숙면하는 동안에는 그 누구도 나를 인식할 수 없다. 멀쩡하게 깨어 있을 때는 그 누구도 외계를 잊지 못할 것이다. 다만, 이 두 영역 사이에 실낱같은 환영이 가로놓인다. 깨어 있다고 말하기에는 너무나 몽롱하고, 잠들어 있다고 말하기에는 약간의 생기가 남아 있다. 깨어 있음과 잠들어 있음, 그 두 경지를 같은 병에 담아 오로지 시가의 붓으로 휘저어놓은 상태를 말하는 것이다. 자연의 색채를 꿈 바로 앞에까지 바림하고, 있는 그대로의 우주를 일단 안개의 나라로 흘러가게 한다. 잠이라는 요염하고 아름다운 것을 빌려 온갖 실상의 각도를 미끄럽게 하는 동시에, 그렇게 해서 부드러워진 건곤乾坤에 스스로 희미하게 둔해진 맥을 통하게 한다. 땅을 기는 연기가 날아가려고 해도 날아갈 수 없는 것처럼, 나의 넋이 내 껍질을 떠나려고 해도 차마 떠나가지 못하는 상태다. 빠져나가려고 하다가 머뭇거리고 머뭇거리다가 빠져나가려 하고, 마침내 그 넋이라는 개체를 모질게 다루기가 어려워, 생기에 찬 영묘한 기운이 흩어지지 않고 온몸에 달라붙어 떨어지기 아쉬운 듯 연연해하는 그런 기분이다.

내가 이렇게 잠든 듯 깨어 있는 듯 그 경계를 거닐고 있을 때 입구의 장지문이 쓱 열렸다. 문이 열린 곳에 환영처럼 홀연히 여자의 그림자가 나타났다. 나는 놀라지도 않는다. 두려워하지도 않는다. 그저 기분 좋게 바라보고 있다. 바라본다고 표현하면 말이 너무 강하다. 감은 내 눈꺼풀 안에 여자의 환영이 허락도 받지 않고 미끄러져 들어온 것이다. 환영은 살금살금 방 안으로 기어든다. 선녀가 파도 위를 건너가는 것처럼 다다미 위에서는 사람의 발소리 같은 것도 나지 않는다. 감아버린 눈 안에서 보는 세상이기 때문에 확실하게는 알 수 없지만, 살결이 희고, 머리가 짙고, 목덜미가 긴 여자다. 요즘 유행하는 바림한 사진을 불빛에 비춰 보는 것 같은 기분이 든다.

그 환영은 벽장 앞에서 멈춘다. 벽장문이 열린다. 하얀 팔이 옷소매를 미끄러뜨리며 어둠 속에 희미하게 보였다. 벽장문이 다시 닫힌다. 다다미의 파도가 저절로 환영을 다시 돌려보낸다. 입구의 장지문이 저절로 닫힌다. 나의 수면은 차츰 깊어진다. 사람이 죽은 다음 소나 말로 환생하기 이전의 상태가 이럴 것이다.

언제까지 사람과 말 사이에서 잠들어 있었는지 나는 모른다. 귓가에서 킥킥킥 하고 웃는 여자의 웃음소리가 들리는 것 같아 잠에서 깼다. 보니까, 밤의 장막은 이미 걷혀버리고 천지는 구석구석까지 환하다. 화창한 봄볕이 둥근 창의 대나무 창살을 검게 물들인 모습을 보니, 이 세상에 불가사의한 것이 숨을 여지가 없을 것 같다. 신비는 십만억토十萬億土[47]로 돌아가 삼도천[48] 저편으로 건너갔을 것이다.

유카타 차림으로 욕탕으로 내려가 오 분쯤 멍하니 탕 속에서 얼굴을 내밀고 있었다. 씻을 생각도 나갈 생각도 들지 않는다. 무엇보

---

47 일반적으로 인간 세계에서 극락으로 가는 십만 억의 부처님 나라, 극락정토라는 뜻으로 쓰지만, 여기에서는 황천이라는 의미다.

48 저승으로 가는 도중에 있는, 극선極善, 극악極惡하지 않은 사람이 죽은지 7일째에 건넌다는 강이다.

다 어젯밤에는 어째서 그런 생각이 들었을까. 낮과 밤을 경계로 천지가 이렇게 뒤집혀버리는 것은 이상하다.

몸을 닦는 것조차 귀찮아 적당히 훔치고는 젖은 채로 나와 목욕탕 문을 열다가 또 놀라고 말았다.

"안녕하세요. 어젯밤에는 편히 주무셨어요?"

문을 여는 것과 말소리는 거의 동시였다. 사람이 있다는 것조차 전혀 생각하지 못한 순간에 받은 인사라 뭐라고 대답도 할 여유조차 없었는데, 뒤로 돌아와서 내 등에 부드러운 옷을 걸쳐주었다.

"자, 입으세요."

"이거 고마워요."

겨우 이 말만 하고 돌아본다. 그 순간 여자는 두어 걸음 물러섰다.

예로부터 소설가는 반드시 주인공의 용모를 있는 힘을 다해 묘사한다고 말해왔다. 동서고금의 언어 중에서 가인佳人의 평가에 쓰인 말을 열거한다면, 대장경과 그 양을 겨룰지도 모른다. 진저리가 날 만큼 많은 형용사 중에서 나와 두어 걸음 사이에 서 있는, 몸을 비스듬히 꼬고 곁눈질로 나의 경악과 당황스러움을 고소하다는 듯이 바라보고 있는 여자를 가장 적절히 묘사할 만한 용어를 골라낸다면 그 수가 얼마나 될지 알 수 없다. 게다가 세상에 태어난 지 30여 년이 지난 오늘에 이르기까지 아직 이런 표정을 본 적이 없다. 미술가의 평에 따르면, 그리스 조각의 이상은 단정端整이라는 두 글자로 귀착된다고 한다. 단정이란 인간의 활력이 움직이려고 하면서도 아직 움직이지 않는 자태라고 생각한다. 움직이면 어떻게 변화할 것인지, 풍운인지 심한 번개인지 분간할 수 없는 데서 여운이 희미하게 감돌고 있기 때문에, 함축의 멋을 후세에 전할 수 있는 것이다. 세상의 많은 존엄과 위엄이란 조용하게 나타난 채로 움직이지 않는 이 가능력[49]의 이면에 숨어 있다. 움직이면 나타난다. 나타나면 하나인지 둘인지 셋인지 반드시 결말이 난다. 하나도 둘도 셋도 분명 특수한 능력이겠지만, 이미 하나가 되고 둘이 되고 셋이 되었을 때는 타니대수의 누[50]를 유감없이 드러내 본래의 원만한 자태로 돌아갈 수 없다. 그 때문에 동動이라고 이름 붙인 것은 반드시 천박하다. 운케이의 니오[51]도, 호쿠사이[52]의 만화도, 전적으로 이 '동'이라는 한 글자 때문에 실패했다. 동이냐 정靜이냐, 이것이 우리 화공의 운명을 지배하는 대문제다. 예로부터 미인의 형용도 대개 이 양대 범주 중 어느 한쪽에 두드려 맞출 수 있을 것이다.

그런데 이 여자의 표정을 보고 나는 어느 쪽인지 판단할 수 없어 망설였다. 입은 한일자처럼 길게 다물어 고요하다. 눈은 아주 작은 틈조차 놓치지 않으려고 움직이고 있다. 얼굴은 아랫볼 쪽이 볼록한 미인형으로 차분한 데 비해, 이마는 좁다랗고 답답해 이른바 후지산 모양의 통속적 느낌이다. 그뿐 아니라 눈썹은 양쪽에서 좁혀져 가운데 몇 방울의 박하를 떨어뜨린 듯 실룩실룩 초조하다. 코만은 경박하게 뾰족하지도 않고 우둔하게 둥글지도 않다. 그림으로

---

49 나올 수 있는 가능성이 있지만 아직 나타나지 않은 힘.
50 '타니대수拖泥帶水의 누陋'란 진흙투성이가 되고 물에 잠긴 추접스러운 모습을 뜻한다.
51 가마쿠라 시대(1192~1333) 중기의 승려 운케이의 작품인 도다이지東大寺의 인왕상仁王像을 말한다.
52 가쓰시카 호쿠사이葛飾北齋(1760~1849). 에도 시대 말기의 화가.

그러면 아름다울 것이다. 이렇게 하나하나가 모두 개성을 지니고 있으면서도 그것들이 뒤섞여 내 두 눈으로 불쑥 뛰어들었으니 어리둥절한 것도 무리는 아니다.

원래는 정해야 할 대지의 한 모퉁이에 결함이 일어나 전체가 무의식중에 움직였지만, 움직인다는 것이 본래의 성질에 배치됨을 깨닫고 애써 옛 모습으로 되돌아가려고 했는데, 평형을 잃은 기세에 억눌려 마음은 그렇지 않지만 계속해서 움직일 수밖에 없는 지금에 와서는 자포자기하는 심정이 되어, 억지로라도 움직여보려는 듯한 모습, 만약 그런 모습이 있다고 한다면 바로 이 여자를 형용할 수 있다.

그렇기에 경멸하는 마음속에 왠지 남에게 매달리고 싶어하는 모습이 보인다. 사람을 바보로 취급하는 모습 속에 깊은 조신함을 갖춘 분별이 희미하게 엿보인다. 재주껏 마음 내키는 대로 한다면 백 명의 남자도 시답지 않게 여기는 기세 아래 얌전한 정이 저절로 솟아난다. 아무리 봐도 표정에 일치된 느낌이 없다. 깨달음과 망설임이 한 집안에서 서로 다투면서도 동거하고 있는 모습이다. 이 여자의 얼굴에 통일된 느낌이 없는 것은 마음에 통일성이 없다는 증거이며, 마음에 통일성이 없다는 것은 이 여자의 세계에 통일성이 없기 때문일 것이다. 불행에 짓눌리면서도 그 불행을 이겨보려고 하는 얼굴이다. 분명 불행한 여자다.

"고마워요."

감사의 말을 되풀이하면서 살짝 목례를 했다.

"호호호호, 방은 청소해 두었습니다. 가보세요. 그럼 나중에 또."

이렇게 말하자마자 휙 허리를 틀어 복도를 가볍게 뛰어갔다. 머리는 이초가에 시[53]로 묶어 올렸다. 하얀 옷깃이 뒷머리 아래로 들여다보인다. 검정 오비[54]는 한쪽만이 비단일 것이다.

53 여자의 묶은 머리 모양의 하나로, 뒤통수에서 묶은 머리채를 좌우로 갈라, 반달 모양으로 둥글려서 은행잎 모양으로 틀어 붙인 것을 말한다.
54 기모노 위에 매는 화려한 띠다.

4

멍하니 방으로 돌아가보니 정말이지 깨끗하게 청소가 되어 있다. 조금은 마음이 놓이지 않아 확인하려고 벽장을 열어본다. 아래쪽에는 조그만 옷장이 보인다. 위에서부터 유젠[55] 오비가 반쯤 드리워진 것은 누군가 옷이라도 꺼내 서둘러 나간 흔적이라고 해석할 수 있다. 오비 위쪽은 우아한 의상에 가려 보이지 않는다. 한쪽에는 몇 권의 책이 자리 잡고 있다. 맨 위에는 하쿠인 화상[56]의 《오라테가마遠良天釜》[57]와 《이세모노가타리伊勢物語》[58]가 나란히 한 권씩 꽂혀 있다. 어젯밤의 환영은 사실인지도 모른다고 생각했다.

---

55   비단 등에 화려한 채색으로 인물, 꽃, 새, 산수 따위의 무늬를 선명하게 염색하는 일이다.
56   에도 시대의 선승인 하쿠인 에가쿠白隱慧鶴(1686~1760).
57   《오라테가마》는 하쿠인이 남긴 편지 형식의 선禪에 관한 책.
58   《이세모노가타리》는 헤이안平安 시대(794~1192) 전기에 쓰인 현존하는 가장 오래된 노래를 중심으로 한 이야기책이다.

아무 생각 없이 방석에 앉아보니, 당목으로 만든 책상 위에 내 사생첩이 연필이 끼워진 채로 소중한 부분인 듯 펼쳐 있다. 꿈속에서 붓 가는 대로 쓴 하이쿠들을 아침에 보면 어떤 느낌이 들까 싶어 손에 들어본다.

"해당화에 맺힌 이슬을 떨어뜨리네 미치광이"라는 하이쿠 아래에 누군가 "해당화에 맺힌 이슬을 떨어뜨리네 아침 까마귀"라고 써놓았다. 연필이니까 글씨체는 확실히 알 수 없지만, 여자가 썼다고 하기에는 너무 딱딱하다. 그렇다고 남자치고는 너무 부드럽다. 아니 이건, 하고 또 놀란다. 다음 것을 보니까, "꽃 그림자, 몽롱한 여자 그림자인가"라는 하이쿠 밑에 "꽃 그림자, 겹쳐진 여자 그림자인가"라고 적혀 있다. "정일품, 여자로 변신했나 으스름달"이라는 하이쿠 아래에는, "도련님, 여자로 변신했나 으스름달"이라고 적어놓았다. 흉내낼 생각이었을까, 첨삭할 생각이었을까, 풍류가 있는 교제일까, 바보일까, 바보 취급한 것일까, 나는 그저 고개만 갸웃거렸다.

'나중에 또'라고 했으니까, 머지않아 식사 때라도 나타날지 모른다. 나타나면 자초지종을 조금은 알 수 있을 것이다. 그런데 몇 시나 됐나 시계를 보니 벌써 11시가 지났다. 푹 잔 것이다. 그러면 점심 겸 끼니를 때우는 것이 위를 위해서 좋을 것이다.

오른쪽 장지문을 열고 어젯밤에 봤던 것이 어디쯤인가 하고 바라본다. 해당화라고 생각했던 것은 정말 해당화였지만 뜰은 생각했던 것보다 좁다. 대여섯 개의 징검돌에는 온통 푸른 이끼가 덮여 있어서 맨발로 밟으면 자못 기분이 좋을 것 같다. 왼쪽은 산으로 이어지는 벼랑에 적송이 바위틈에서 뜰 위로 비스듬히 드리워 있다.

해당화 뒤로는 작은 숲이 우거져 있고, 그 안쪽은 높이가 30미터쯤 되는 큰 대숲이 푸른 빛을 봄볕에 드러내고 있다. 오른쪽은 집의 용마루에 가려 보이지 않지만, 땅이 생긴 모양으로 짐작한다면 완만하고 길게 뻗은 내리막길이 욕실 쪽으로 다다를 것이 분명하다.

산이 끝나면 언덕이 되고, 언덕이 끝나면 폭 300미터가량의 평지가 되고, 그 평지가 끝나면 바닷속으로 들어가 68킬로미터 정도 건너편으로 가서 다시 불쑥 솟아나 24킬로미터 정도 둘레의 섬 마야시마[59]가 된다. 이것이 나코이의 지세다. 온천장은 벼랑 쪽의 언덕 기슭에 바짝 붙어 있어 험준한 절벽의 경관을 반쯤 정원 안에 들여놓은 구조라서 앞에서 보면 2층이지만 뒤에서 보면 단층이 된다. 툇마루에서 발을 늘어뜨리면 발뒤꿈치가 바로 이끼에 닿는다. 그런 까닭에 어젯밤에는 무턱대고 사다리 모양의 계단을 마구 오르내리는 이상한 구조를 가진 집이라고 생각했던 것이다.

이번에는 왼쪽 창문을 연다. 자연스럽게 움푹 팬 다다미 두 장 정도 되는 바위 속에 어느새 봄물이 고여 조용히 산벚나무 그림자를 흠뻑 적시고 있다. 두세 그루의 얼룩조릿대가 바위 모퉁이를 장식하고 있다. 그 건너편에는 구기자나무로 보이는 산울타리가 있고, 산울타리 밖은 해변에서 언덕으로 올라가는 가파른 산길인지 이따금 사람 소리가 들린다. 길 건너편에는 남쪽으로 완만하게 기울어진 터에 귤나무가 심겨 있고, 골짜기가 끝나는 곳에는 다시 커다란 대숲이 하얗게 반짝인다. 댓잎이 멀리서 보면 하얗게 반짝인다는 것을 이때 비로소 알았다. 대숲 위는 소나무가 많은 산이고, 빨간

---

59 마야시마魔耶島 라는 섬이 실제로 존재하는지는 확인되지 않는다.

줄기 사이로 대여섯 단의 돌층계가 손에 잡힐 듯 보인다. 아마 절일 것이다.

입구의 미닫이를 열고 툇마루로 나가보니 난간이 네모나게 휘어져 있는데, 방향으로 말하자면 바다가 보이는 쪽에 앞마당을 사이에 두고 바깥쪽으로 2층에 방이 하나 있다. 내가 머무는 방도 난간에 기대면 역시 같은 높이의 2층이라는 것이 흥미를 불러일으킨다. 목욕탕은 지면보다 아래에 있으니 탕에서 보면 나는 3층 누각위에서 일어나고 자고 했던 셈이 된다.

집은 제법 넓지만, 건너편 2층의 방 하나와 내가 기댄 난간을 따라 오른쪽으로 꺾어진 곳에 있는 방 이외에는 거실이나 주방은 몰라도 객실이라고 이름 붙일 만한 곳은 대체로 굳게 닫혀 있다. 나를 제외하고는 손님은 거의 없는 것 같다. 닫힌 방은 낮에도 덧문을 열지 않고, 일단 문을 열어놓은 방은 밤에도 닫지 않는 것 같다. 이런 식이라면 문단속조차 제대로 하는지 모르겠다. 비인정의 여행에는 더 바랄 나위 없이 적절한 장소다.

시계는 12시 가까이 되었는데 밥을 줄 낌새조차 안 보인다. 점점 공복을 느끼기 시작했지만, '텅 빈 산에서 사람을 볼 수 없다(空山不見人)'는 시 속에 있다고 생각하면, 한 끼쯤 건너뛴다고 유감은 없다. 그림을 그리는 것도 귀찮다. 하이쿠를 짓지 않더라도 이미 그 경지에 들어가 있으니 하이쿠를 짓는 것이 오히려 촌스럽다. 읽어보려고 삼각의자에 동여매 가져온 두어 권의 책도 펴볼 생각이 들지 않는다. 이렇게 따스한 봄볕을 등에 쪼이면서 툇마루에서 꽃 그림자와 더불어 나뒹구는 것이 하늘 아래 가장 으뜸가는 즐거움이다. 생각하면 올바르지 못한 길로 떨어진다. 움직이면 위험하다. 할 수 있다면 코로 숨도 쉬고 싶지 않다. 다다미 속에 뿌리를 내린 식물처럼 꼼짝도 하지 않고 2주일쯤 지내보고 싶다.

얼마 후 복도에서 발소리가 들리더니 누군가 계단 아래에서 올라온다. 다가오는 소리를 들어보니 두 사람 같다. 그 소리가 방 앞에서 멈추었다고 생각했을 때, 한 사람은 아무 말도 하지 않고 걸어온 쪽으로 되돌아간다. 미닫이가 열려 있어 오늘 아침의 그 사람이라고 생각했는데 역시 어젯밤의 그 하녀다. 어쩐지 서운하다.

"늦었습니다."

상을 내려놓는다. 아침 식사를 빼먹은 것에 대해서는 아무런 변명도 하지 않는다. 생선구이에 푸성귀를 곁들였고 국그릇 뚜껑을 열어보니 햇고사리 가운데 홍백의 빛깔이 선명한 새우가 가라앉아 있다. 아 빛깔 좋다, 생각하며 국그릇 안을 들여다보고 있었다.

"싫으세요?"

하녀가 묻는다.

"아니, 지금 먹을 거야."

말은 그렇게 했지만 사실 먹기에는 아깝다는 생각이 들었다. 어느 만찬 자리에서 화가 터너가 접시에 담긴 샐러드를 보며, 시원한 빛깔이다, 이것이 내가 사용하는 색이라고 얘기했다는 일화를 어느 책에서 읽은 적이 있는데, 이 새우와 고사리의 빛깔을 터너에게 좀 구경시켜주고 싶다. 대체로 서양의 음식치고 빛깔이 고운 것은 하나도 없다. 있다면 샐러드와 홍당무 정도다. 영양가로 말한다면 어떨지는 모르겠지만, 화가의 입장에서 보면 어지간히 발달하지 못한 요리다. 거기에 비하면 일본의 메뉴는 국이든 차를 마실 때 곁들여 내놓는 과자든 생선회든 보기 좋은 모양새다. 정식 요리상을 앞에 두고 젓가락도 안 대고 바라보기만 하다가 돌아와도 눈요기를 했다는 점에서 음식점에 간 보람이 충분하다.

"이 집에 젊은 여자가 있지?"

국그릇을 놓으며 물었다.

"네."

"그 사람은 누구지?"

"새아씨입니다."

"그 사람 말고 또 나이 든 부인이 있나?"

"작년에 돌아가셨습니다."

"주인 양반은?"

"계세요. 주인어른의 따님입니다."

"그 젊은 사람이 말인가?"

"네."

"손님은 있어?"

"없습니다."

"나 혼자야?"

"네."

"새아씨는 매일 뭘 하고 있지?"

"바느질을…."

"그리고?"

"샤미센[60]을 탑니다."

이것은 뜻밖이었다. 재미있어서 또 물어보았다.

| 60   일본 음악에 사용하는 세 줄의 현이 있는 현악기.

"그리고?"

"절에 갑니다."

어린 하녀는 말한다.

이 또한 뜻밖이다. 절과 샤미센은 묘하다.

"불공드리러 가는 거야?"

"아뇨. 스님한테 갑니다."

"스님이 샤미센이라도 배우는 거야?"

"아닙니다."

"그럼 뭘 하러 가는 거야?"

"다이테쓰 님에게 갑니다."

그렇구나. 다이테쓰라는 사람은 분명 저 족자의 글씨를 쓴 사람일 것이다. 그 글귀로 미루어 보면 선승인 것 같다. 벽장에 있던《오라테가마》는 바로 그 여자의 소지품일 것이다.

"이 방은 평소에는 누가 쓰는 곳이지?"

"평소에는 새아씨가 쓰십니다."

"그럼 어젯밤 내가 올 때까진 여기 있었겠네?"

"네."

"그거 딱하게 됐네. 그래서 다이테쓰 님한테는 뭘 하러 가는 거야?"

"모릅니다."

"그리고?"

"무슨 말씀이에요?"

"그리고 또 그밖에 무슨 일을 하지?"

"그리고 여러 가지…."

"여러 가지라니 어떤 일을?"

"모릅니다."

대화는 여기서 끊어진다. 겨우 식사를 끝낸다. 상을 물리면서 어린 하녀가 입구의 미닫이를 여니까 안마당 정원수를 사이에 두고 건너편 2층 난간에 이초가에서 머리 모양을 한 여인이 턱을 받치고 개화한 양류관음楊柳觀音[61]처럼 아래를 내려다보고 있었다. 오늘 아침과는 달리 무척 조용한 모습이다. 고개를 숙이고 눈동자의 움직임이 이쪽으로 향하지 않아 얼굴 표정에 이런 변화를 가져온 것일까. 옛날 사람은 사람이 가진 것 중에서 눈동자보다 좋은 것은 없다고 말했다지만, 과연 어찌 감출 수 있을까. 인간이 지닌 것 중에 눈만큼 살아 있는 것은 없다. 쓸쓸히 기댄 버금 아亞 자 난간 아래에서 나비 두 마리가 붙었다 떨어졌다 하며 날아오른다. 그 순간 내 방의 미닫이가 열린 것이다. 미닫이 소리에 여인은 갑자기 나비에서 내게로 눈길을 옮겼다. 시선은 독을 머금은 화살처럼 허공을 뚫고 사정없이 내 미간에 떨어진다. 깜짝 놀라는 사이에 어린 하녀는 또 미닫이를 꽉 닫아버렸다. 그 뒤로는 지극히 한가한 봄날이다.

나는 또다시 아무렇게나 드러누웠다. 문득 마음에 떠오른 것은 다음과 같은 구절이었다.

Sadder than is the moon's lost light,

Lost ere the kindling of dawn,

To travellers journeying on,

---

61 삼십삼 관세음보살 중 한 보살로, 사람들의 기복과 연애를 버드나무가 바람에 나부끼듯이 깊이 들어준다고 해서 붙은 이름이다.

The shutting of thy fair face from my sight.
새벽이 오기 전 달빛이 사라지는 것은
슬프고 쓸쓸한 일이지만
인생의 여행을 계속하는 나에게
당신의 아름다운 모습이
내 눈에서 사라지는 것은 더 슬프다.

만일 내가 저 이초가에서 머리를 한 여인을 연모해 몸이 부서지더라도 만나야겠다고 생각하려는 참에, 지금과 같이 언뜻 보고 헤어지는 것을 혼비백산하며 기쁘면서도 또 분하게 느꼈다면, 나는 반드시 그 의미를 이런 시로 지었을 것이다. 거기에 더하여 다음과 같은 두 행까지 덧붙였을지도 모른다.

Might I look on thee in death,
With bliss I would yield my breath.
만약 죽어서라도 당신을 바라볼 수 있다면
더없는 행복 속에 나는 목숨을 내놓을 것이다.

다행히 흔해 빠진 연정이니 애정이니 하는 경지는 이미 지나쳐 버렸고 그런 괴로움은 느끼고 싶어도 느낄 수 없다. 그러나 지금 이 순간 일어난 일의 시적 정취는 충분히 이 대여섯 행 속에 충분히 나타나 있다. 나와 이초가에서 사이에 이런 간절한 연모의 정은 없다 하더라도 지금 두 사람의 관계를 이 시에 적용해보는 것은 재미있다. 또는 이 시의 뜻을 우리 두 사람의 운명에 끌어들여 해석해도 유쾌할 것이다. 두 사람 사이에는 이 시에 나타난 처지의 일부분이 사실이 되어, 어떤 인과因果의 가느다란 실로 동여매어 있다. 인과도 이 정도로 실이 가늘면 근심이 되지 않는다. 게다가 단순한 실이 아니다. 하늘을 가로지르는 무지개의 실, 들녘에 길게 뻗어 있는 안개의 실, 이슬에 반짝이는 거미줄. 끊으려고 하면 이내 끊어져 보는 동안에는 무척이나 아름답다. 만일 이 실이 순식간에 굵어져서 두레박줄만큼 튼튼해진다면? 그럴 위험은 없다. 나는 화공이다. 저 건너편 여자는 보통 여자와 다르다.

갑자기 미닫이가 열렸다. 몸을 뒤쳐 입구를 보니 인과의 상대인 이초가에시가 문지방 위에 서서 청자 접시를 쟁반에 받쳐 들고 우두커니 서 있다.

"또 누워 계십니까? 어젯밤엔 귀찮으셨죠? 몇 번이나 방해를 해서요. 호호호호."

웃는다. 겁먹은 기색도, 감추려는 기색도, 부끄러움 타는 기색도 물론 없다. 그저 내가 선수를 빼앗겼을 뿐이다.

"오늘 아침엔 고마웠어요."

다시 감사의 말을 했다. 생각해보니, 단젠[62]을 입혀줘 고맙다는 인사를 세 번이나 한 셈이다. 게다가 세 번 다 그저 고맙다는 말뿐이다.

여자는 내가 일어나려고 하자 머리맡에 재빠르게 와 앉으며 제법 싹싹하게 말한다.

"어머, 그냥 누워 계세요, 누워 있어도 얘긴 할 수 있죠."

---

62 丹前. 솜을 두껍게 둔 소매 넓은 일본 옷.

나도 그렇다고 생각했기 때문에, 우선 엎드려서 두 손으로 턱을 괴고 잠시 다다미 위에 팔뚝 기둥을 세운다.

"따분하실 것 같아 차를 끓여 왔습니다."

"고마워요."

　또 고맙다는 말이 나왔다. 과자 접시를 보니 아주 좋은 양갱이 담겨 있다. 나는 모든 과자 중에서도 양갱을 가장 좋아한다. 별로 먹고 싶지는 않지만, 겉이 매끈하고 치밀한 데다가 반투명한 속에 빛을 받아들일 때는 아무리 봐도 하나의 미술품이다. 특히 푸른 기운을 띠도록 잘 손질하여 훌륭하게 마무른 것은 옥과 납석의 잡종 같아 아무리 봐도 기분이 좋다. 그뿐 아니라, 청자 접시에 담겨 있는 푸른 양갱은 청자 안에서 지금 막 돋아난 것같이 반들반들해서 나도 모르게 손을 내밀어 만지고 싶어진다. 서양과자에는 이만한 쾌감을 주는 것이 없다. 크림의 빛깔은 좀 부드럽긴 하지만 조금은 답답하다. 젤리는 얼핏 보기에는 보석같이 보이기도 하지만 부들부들 떨고 있어 양갱만큼의 무게감이 없다. 흰 설탕과 우유로 오층탑을 만드는 데 이르면 언어도단이 된다.

"음, 훌륭하네요."

"지금 막 겐베가 사 왔습니다. 이거라면 당신도 드실 수 있겠죠?"

　겐베가 어젯밤 성안에서 묵은 것 같다. 나는 별다른 대답도 하지 않고 양갱을 보고 있었다. 어디서 누가 사 왔든 아무 상관없다. 그저 아름답기만 하면 아름답다고 생각하는 것만으로 충분히 만족한다.

"이 청자의 형태가 무척 좋아요. 빛깔도 훌륭하고 말이죠. 이 양갱에 비해서도 거의 손색이 없어요."

여자는 흐흥, 하고 웃었다. 입가에 가냘프게 비웃음의 파도가 넘실거렸다. 내 말을 우스갯소리로 해석한 것이리라. 우스갯소리라면 확실히 경멸당할 만하다. 지혜가 모자라는 남자가 억지로 우스갯소리를 할 때는 흔히 이런 말을 하는 법이다.

"이건 중국 건가요?"

"뭐가요?"

상대는 청자 따위에는 전혀 관심이 없다.

"아무래도 중국 것 같아."

접시를 들고 밑바닥을 살펴봤다.

"그런 걸 좋아하신다면 보여드릴까요?"

"네, 보여주세요."

"아버지가 골동품을 아주 좋아하셔서 여러 가지 많이 있어요. 아버지께 말씀드려서 언젠가 차라도 함께 하시죠."

차라는 얘기를 듣고 조금 물러섰다. 이 세상에 다도를 좋아하는 사람만큼 점잔 빼는 풍류인은 없다. 넓은 시 세계를 부자연스럽게 꾸며낸 티를 내며 답답하게 경계를 정하고, 극히 자존적으로, 극히 야단스럽게, 극히 답답하게, 쓸데없이 굽실거리며 거품을 물며 만족스러워하는 것이 이른바 다도를 즐기는 사람들이다. 그렇게 번거로운 규칙에 우아한 맛이 있다면, 아자부의 연대[63]는 우아한 맛으로 코를 찌를 것이다. 우향우, 앞으로 가, 하는 사람들은 모두 차를 좋아하는 사람이 아니면 안 된다. 장사꾼이나 도시 상인들처럼 전혀 취미 교육을 받지 않은 사람들이 어떻게 하는 것이 풍류인지

---

63 도쿄의 아자부麻布에 있었던 제1사단 제3연대를 가리킨다.

알 수 없기 때문에, 기계적으로 리큐[64] 이후의 규칙을 그대로 받아들여, 이렇게 하면 바로 풍류겠지 하며, 오히려 진짜 풍류인을 바보로 만드는 재주가 바로 다도다.

"그 차라는 것은 격식을 차리기 위한 차 말인가요?"

"아니에요. 격식도 아무것도 없어요. 싫으시면 마시지 않아도 되는 차예요."

"그렇다면 겸사겸사해서 마셔도 좋습니다."

"호호호호, 우리 아버진 남에게 골동품 구경시켜주는 걸 많이 좋아하시니까요."

"꼭 칭찬해드려야 합니까?"

"늙은이니까 칭찬해주면 기뻐하시죠."

"허, 그래요. 그럼 살짝 칭찬해드리죠."

"봐준다 생각하시고 많이 칭찬해주세요."

"하하하하, 그런데 당신 말씨에는 시골티가 없네요."

"사람은 시골 사람이 좋은가요?"

"사람은 시골 사람이 낫죠."

"그럼 편의를 봐줄 수 있겠네요."

"하지만 도쿄에 있었던 적이 있죠?"

"네, 있었어요. 교토에도 있었고요. 방랑벽이 있어 여기저기 있었지요."

"여기하고 도시하고 어느 쪽이 좋습니까?"

"마찬가지예요."

---

64 센 리큐千利休(1522~1591). 일본의 다도를 정립한 것으로 평가받는 유명한 다도가.

"이렇게 조용한 데가 오히려 마음 편할걸요?"

"마음이 편하든 편치 않든 세상은 마음먹기 달린 것 아닌가요? 벼룩 나라에 싫증이 났다고 모기 나라로 이사해봤자 별수 없잖아요."

"벼룩도 모기도 없는 나라에 가면 되잖아요?"

"그런 나라가 있다면 여기 꺼내보세요. 자, 꺼내봐요."

여자는 바싹 다가선다.

"원하신다면 꺼내드리죠."

사생첩을 들고, 여자가 말을 타고 산벚나무를 바라보고 있는 기분, 물론 갑자기 붓을 댔으니까 그림이라고는 할 수 없지만, 그저 기분만 쓱쓱 그려넣고서 코앞에 들이밀었다.

"자, 이 안으로 들어가세요. 벼룩도 모기도 없습니다."

놀랄지, 부끄러워할지, 이런 태도로 봐서는 더는 괴로워하지는 않을 거라 생각하고 잠깐 눈치를 살폈다.

"어머, 갑갑한 세계로군요. 가로 폭만 있잖아요? 그런 것을 좋아하세요? 마치 게 같네요."

그러자 이렇게 말하며 물러선다.

"하하하하하."

나는 웃는다. 처마 끝 가까이에서 울기 시작한 휘파람새가 도중에 울다 말고 먼 가지 쪽으로 옮겨갔다. 우리 두 사람은 일부러 대화를 멈추고 잠시 귀를 기울여보았지만, 일단 울다 만 목청은 쉬이 트이지 않는다.

"어제는 산에서 겐베를 만나셨죠?"

"네."

"나가라 처녀의 오층탑을 보고 오셨나요?"

"네."

"가을이 되면 그대도 억새꽃에 맺힌 이슬처럼 덧없이 사라져버릴 것만 같습니다."

여자는 설명도 가락도 없이 가사만 술술 읊는다. 무엇 때문인지 알 수 없다.

"그 노래는 찻집에서 들었습니다."

"할머니가 가르쳐주었나요? 원래 우리 집에서 일하던 사람이죠. 제가 아직 시집가기…."

말을 하다가 아차, 하고 내 얼굴을 봤기 때문에, 나는 모르는 체했다.

"제가 아직 젊었을 때였습니다만, 할머니가 올 때마다 나가라 얘기를 들려주었죠. 노래만은 좀처럼 외우지 못하더니 그래도 몇 번이고 자꾸 들어서 결국 다 외워버렸죠."

"어쩐지 어려운 것을 다 알고 있다 생각했습니다. 그런데 그 노랜 애틋해요."

"애틋해요? 저라면 그런 노래는 부르지 않을 거예요. 무엇보다 강물에 몸을 던지다니 너무 시시하지 않나요?"

"그야 시시하지요. 당신이라면 어떻게 하시겠습니까?"

"어떻게 하다니요. 간단하잖아요. 사사다오나 사사베오 둘 다 서방으로 섬기는 거죠. 뭐."

"둘 다 말입니까?"

"그럼요."

"대단하네요."

"대단하긴요. 당연하죠."

"과연 그렇다면 모기 나라에도 벼룩 나라에도 뛰어들지 않아도 된다는 거네요."

"게 같은 생각을 하지 않더라도 살 수 있는 거죠."

호오, 호케쿄, 하고 잊고 있었던 휘파람새가 언제 다시 기운을 차렸는지 뜻밖의 높은 소리로 울어댔다. 한번 목청을 가다듬으면 그 뒤로는 저절로 소리가 나오는 것 같다. 몸을 뒤로 젖힌 채 볼록한 목젖을 떨면서 조그만 입이 찢어질 듯이, 호오, 호케쿄, 호오, 호케쿄, 하고 쉴 새 없이 울어댄다.

"저것이 진짜 노래입니다."

여자가 나에게 가르쳐주었다.

5

"실례지만 손님은 역시 도쿄에서 오셨죠?"

"도쿄 사람으로 보이나요?"

"보이냐고요. 첫눈에 금방, 무엇보다 말로 알 수 있죠."

"도쿄의 어딘지도 알 수 있어요?"

"글쎄요. 도쿄는 엄청나게 넓으니까요. 확실히는 모르나 시타마치[65]는 아닌 것 같은데요. 야마노테지요? 고지마치인가요, 예? 그럼, 고이시카와? 아니면 우시고메나 요쓰야죠?"

"뭐, 그 부근이겠지요. 잘 알고 계시네요."

"이래 봬도 저도 도쿄 토박이니까요."

"어쩐지 멋있고 결기가 있다고 생각했어요."

"헤헤헤헤, 무슨 당치도 않은 말씀을요. 정말, 사람이 이런 처지

---

[65] 도시에서 지대가 낮은 지역을 일컫는 말. 흔히 번화가나 상업지가 들어서 있다. 반대로 지대가 높은 지역은 '야마노테'라 부르는데, 저택이나 사원이 많았다.

가 되면 비참하지요."

"어째서 또 이런 시골에까지 흘러왔나요?"

"맞습니다. 손님 말씀대로입니다. 정말 흘러들어왔죠. 밥줄 끊긴 채로…."

"원래부터 이발소 주인이었나요?"

"주인은 아니에요. 종업원이죠. 예? 그전에 어디 있었냐고요? 그전에 있던 곳은 간다마쓰나가초였어요. 뭐 손바닥만 한 작고 지저분한 동네랍니다. 손님은 모르실 거예요. 거기 류칸바시란 다리가 있지요. 예? 그것도 모르시나봐요? 류칸바시는 그래도 유명한 다리인데요."

"이봐요, 비누칠을 좀 더 해줘야지요, 아파서 안 되겠어요."

"아프세요? 전 성격이 급해서요. 아무래도 이렇게 거꾸로 면도할 때는 하나하나 수염 구멍을 파지 않고는 직성이 안 풀려요. 뭐, 요즘 새로 일하는 종업원들은 면도를 하는 게 아니죠. 그저 어루만지는 거죠. 이제 조금 남았으니 참으세요."

"참기는 아까부터 많이 참았어요. 부탁이니까 더운물이나 비누칠을 좀 더 해주세요."

"참기 힘드세요? 그렇게 아프진 않을 텐데요. 전체적으로 수염이 너무 자랐어요."

무턱대고 볼살을 집어 올리던 손을 아쉬운 듯 놓은 주인은 선반 위에서 얄팍한 붉은 비누를 내려 물속에 살짝 담그는가 싶더니, 그것으로 그냥 내 얼굴을 구석구석 문질러댔다. 비누를 직접 얼굴에 문질러댄 적은 별로 없다. 게다가 그 비누를 적신 물이 며칠 전에 길어 와 남아 있던 물이라 생각하니 탐탁지 않다.

이미 이발소에 들어온 이상, 나는 손님의 권리로 거울을 마주하지 않으면 안 된다. 그러나 나는 아까부터 이 권리를 포기하고 싶어진다. 거울이라는 도구는 평평하게 생겨서 사람의 얼굴을 원만하게 비춰주지 않으면 명분이 서지 않는다. 만약 이런 성질을 갖추지 못한 거울을 걸고 그것을 보라고 강요한다면, 강요하는 자는 어설픈 사진사와 마찬가지로 들여다보는 사람의 용모를 고의로 훼손했다고 말할 수 있다. 허영심을 꺾는 것은 수양에서 하나의 방편인지 모르지만, 그렇다고 원래 모습보다 못한 얼굴을 보여주며 이것이 당신입니다, 하며 모욕할 것까지는 없을 것이다. 지금 내가 꾹 참고서 어쩔 수 없이 마주하고 있는 거울은 분명 아까부터 나를 모욕하고 있다. 오른쪽을 보면 얼굴이 온통 코가 된다. 왼쪽을 내밀면 입이 귀밑까지 찢어진다. 올려다보면 두꺼비를 정면에서 보는 것처럼 아주 평평하게 눌러 찌부러지고, 조금 허리를 구부리면 복록수福祿壽[66]가 점지해준 아이처럼 머리가 볼록하게 나온다. 적어도 이 거울을 보는 동안은 혼자서 여러 요괴의 구실을 겸하지 않으면 안 된다. 거울에 비친 내 얼굴이 미술적이지 않은 것은 우선 참을 수 있다 해도, 거울의 구조와 색조, 은종이가 벗겨져 광선이 그냥 통과하는 것 등을 종합해서 생각해본다면, 이 거울 자체가 지극히 추한 꼴이다. 소인배한테 모욕당할 때 모욕 그 자체가 큰 고통을 주는 건 아니지만, 그 소인배 앞에서 일상생활을 해야 한다면 누구나 불쾌할 수밖에 없을 것이다.

게다가 이 주인은 보통내기가 아니다. 밖에서 들여다봤을 때는

---

66 칠복신七福神의 하나로 키가 작고 머리가 길다.

책상다리를 하고 앉아 긴 담뱃대로, 장난감 영일동맹 깃발 위에 연신 담배 연기를 뿜어내며 자못 따분하게 보였지만, 안으로 들어와 내 머리의 처치를 맡기는 단계에 이르러서는 깜짝 놀랐다. 수염을 깎는 동안에는 내 머리의 소유권은 온전히 이발사의 손에 있는 것인지, 아니면 약간은 내게도 있는 것인지, 절로 의심하기 시작할 정도로 함부로 취급된다. 내 머리가 어깨 위에 못으로 박혀 있더라도 이 정도라면 오래 견딜 수 없을 것이다.

그는 문명의 법칙을 추호도 이해하지 못한 채 면도칼을 놀린다. 그것이 볼에 닿을 때는 으드득, 소리가 났다. 귀밑털을 밀 때는 싹둑, 하고 동맥이 울렸다. 턱 언저리에서 면도칼이 움직일 때는 버석버석, 하고 서릿발을 밟는 것 같은 괴상한 소리가 났다. 그런데도 본인은 자신이 일본 최고의 솜씨를 지닌 이발사라고 자처한다.

마지막으로 그는 취해 있다. 손님, 하고 부를 때마다 이상한 냄새가 난다. 때로는 야릇한 가스를 내 콧등에 뿜어댄다. 이 지경이니 언제, 면도칼이 어떻게 잘못돼서, 어디로 날아갈지 알 수 없다. 사용하는 당사자조차 명백한 계획이 없는 이상, 얼굴을 맡긴 나로서는 추측할 도리가 없다. 미리 알고 맡긴 얼굴이니 작은 상처라면 불평은 하지 않을 생각이지만, 갑자기 마음이 변해 단숨에 숨통을 끊지 말라는 법도 없다.

"비누 같은 걸 칠하고 깎는 건 솜씨가 미숙하니까 그러는 거겠지만, 손님은 수염이 수염이니만큼 어쩔 수 없죠."

그렇게 말하면서 주인은 그대로 비누를 선반 위에 내던졌는데, 비누는 주인의 명령을 어기고 바닥으로 굴러떨어졌다.

"손님은 별로 뵙지 못한 분 같은데, 거, 뭡니까, 최근에 오셨나요?"

"2, 3일 전에 왔어요."

"그렇군요. 어디에 계시죠?"

"시호다 댁에 묵고 있어요."

"아, 거기 손님이십니까? 아마 그럴 거라고 생각은 했죠. 사실은 저도 그 댁 영감님을 믿고 왔거든요. 뭐냐, 그 영감님이 도쿄에 계실 때 저도 그 근처에 있어서 그래서 알게 됐어요. 좋은 분이죠. 탁 트인 분이에요. 작년에 마나님이 돌아가셔서 지금은 골동품만 만지고 있지만, 확실히는 모르나 굉장한 것이 있다던데요. 팔면 엄청난 돈이 된다고들 하더군요."

"예쁜 아가씨가 있지 않나요?"

"위험해요."

"뭐가요?"

"뭐라니요? 손님 앞이라서 뭐하지만, 그래 봬도 한 번 시집갔다가 돌아온 여자입니다."

"그래요?"

"가볍게 여길 일이 아닙니다. 거기에서 돌아올 필요가 없었다는 얘깁니다. 은행이 망해서 호강하지 못하게 됐다고 나와버렸다니 사람의 도리가 아니죠. 영감님이 저렇게 살아 있는 동안은 괜찮겠지만 만일 무슨 일이 있을 때는 어찌할 도리가 없을 걸요."

"그럴까요."

"물론이죠. 본가의 오빠하고도 사이가 좋지 않고 말이죠."

"본가가 있나요?"

"본가는 언덕 위에 있죠. 놀러 가보세요. 경치 좋은 곳입니다."

"이봐요, 한 번 더 비누를 칠해 주지 않겠어요. 또 아파져요."

"잘 아픈 수염이군요. 수염이 너무 뻣뻣해서요. 손님 같은 수염은 사흘에 한 번은 꼭 면도를 해야 돼요. 제 면도기로도 아프다면 어딜 가서 깎아도 참을 수 없을 겁니다."

"이제부터는 그렇게 하지요. 뭣하면 매일 와도 좋고요."

"그렇게 오래 묵을 생각이십니까? 위험하니 그만두세요. 아무 이득도 없을 겁니다. 쓸데없는 사람한테 걸려서 무슨 꼴을 당할지 알 수 없단 말씀이에요."

"어째서요?"

"손님, 그 아가씨는 얼굴은 괜찮지만 사실은 좀 돌았거든요."

"왜요?"

"왜라뇨, 손님. 마을 사람들이 모두 미친 여자라고 하는데요."

"그건 뭔가 잘못 안 것 같은데요."

"그렇지만 실제로 증거가 있는걸요. 그만두세요. 위험하다니까요."

"나는 괜찮은데, 어떤 증거가 있나요?"

"이상한 얘긴데요. 뭐 천천히 담배라도 피우고 계십시오. 얘기해드릴 테니까요. 머리를 감으시겠어요?"

"머린 됐어요."

"비듬만 털어드리죠."

주인은 때가 낀 열 개의 손톱을 사정없이 내 두개골 위에 올려놓더니, 내게는 허락도 받지 않고 앞뒤로 맹렬한 운동을 시작했다. 그 손톱이 검은 머리의 뿌리를 하나하나 헤치며, 거인의 갈퀴 같은 손가락이 불모지대를 질풍 같은 속도로 왕래한다. 내 머리에 몇십만 가닥의 머리털이 나 있는지는 모르지만, 털이란 털은 모조리 뿌리째 뽑혀, 남은 면 전체에 긁힌 자리가 부르튼 데다 그 여세를 몰아 피부를 통해 뼈에서 골수까지 뒤흔들릴 정도로 주인은 내 머리를 긁어댔다.

"어떻습니까. 기분이 좋죠?"

"굉장한 솜씨네요."

"예, 이렇게 하면 누구나 다 시원해지니까요."

"목이 빠질 것 같아요."

"그렇게 몸이 나른하세요? 그게 다 날씨 탓이죠. 이 봄이란 녀석은 사람의 몸을 늘어지게 해서. 자, 한 대 피우세요. 혼자 시호다 댁에 있으면 따분하실 겁니다. 얘기나 하러 좀 나오세요. 뭐니 뭐니 해도 도쿄 토박이는 도쿄 토박이끼리가 아니면 얘기가 통하지 않는단 말이에요. 뭔가요. 역시 그 아가씨가 시중들러 나오던가요? 정말이지 분수를 모르는 여자니까 곤란하다는 얘기지요."

"그 아가씨가 어떻게 했다고 비듬이 날아다니고 내 목이 빠질 뻔한 거요?"

"아니, 아무 생각 없이 떠벌려서 얘기가 전혀 정리되질 않네요. 그래서 그 중이 그만 반해버려서…."

"그 중이라니, 어느 중 말인가요?"

"간카이지観海寺에서 사무를 보던 중이…"

"사무 보는 중이든 주지든 중은 아직 한 사람도 안 나왔어요."

"그런가요? 성질이 급해서 안 된다니까요. 냉엄하고 까칠한 표정인 바람꼐나 피울 듯한 중이었는데, 그놈이 글쎄 그 아가씨한테 반해서 결국 편지를 보냈지요. 아니 잠깐만요. 말로 했던가. 아니야, 편지야, 편지가 틀림없어요. 그러자, 이렇게, 어쩐지 얘기가 좀 이상한데. 아, 그렇지. 역시 그래. 그랬더니 그 녀석이 깜짝 놀라서는…."

"누가 놀랐다는 거요?"

"여자죠."

"여자가 편지를 받고 놀랐다는 거지요?"

"그런데 놀랄 만한 여자라면 귀여운 구석이라도 있지만 말입니다. 놀랄 것도 없지요."

"그럼 누가 놀랐다는 얘기요?"

"말한 쪽이죠."

"말을 하지 않았다면서요?"

"예. 아 답답해. 잘못됐어요. 편지를 받고 말이죠."

"그럼 역시 여자겠군요."

"아니죠. 남자죠."

"남자라면 그 중 말인가요?"

"예, 그 중입니다."

"중이 어째서 놀랐다는 거죠?"

"어째서라뇨? 본당에서 주지 스님하고 경을 읽고 있는데, 갑자기 그 여자가 뛰어 들어와서, 으흐흐흐, 아무래도 돌았다니까요."

"어떻게 됐는데요?"

"그렇게 귀여우면 부처님 앞에서 같이 자자며, 다짜고짜 다이안 씨의 목에 매달렸지 뭡니까."

"저런."

"다이안 씨도 당황했겠죠. 미친 여자한테 편지를 보냈다가 생각지도 못한 창피를 당하고는 그만 그날 밤 몰래 도망쳐서 죽어버리고…."

"죽었어요?"

"죽었을 거라 생각하는 겁니다. 살아 있을 순 없잖아요?"

"뭐라고 말할 수 없겠지요."

"그도 그렇군요. 상대가 미치광이라면 죽어도 신통할 건 없으니까 어쩌면 살아 있을지도 모르지요."

"엄청 재미있는 얘기네요."

"재미있고 없고를 떠나 마을이 온통 웃음바다였죠. 그렇지만 당사자만은 원래 미친 사람이니까 뻔뻔스럽게도 태연했어요. 뭐 손님처럼 확실한 사람이야 괜찮겠지만요. 상대가 상대인 만큼 괜히 놀리시거나 하시면 봉변당합니다."

"좀 조심해야겠네요, 하하하하."

미적지근한 해변에서 소금기 있는 봄바람이 살며시 불어와서 이발소의 포렴布簾[67]을 졸린 듯이 부채질한다. 몸을 비스듬히 하고 그 밑을 빠져나가는 제비의 모습이 재빠르게 거울 속으로 떨어져 간다. 건너편 집에서는 예순 살쯤 돼 보이는 영감이 처마 밑에 쭈그리고 앉은 채 아무 말 없이 조개를 까고 있다. 짤깍, 하고 작은 칼이 닿을 때마다 붉은 조갯살이 소쿠리 속으로 숨는다. 껍데기는 번쩍하고 빛을 내면서 60센티미터 남짓의 아지랑이를 가로질러 날아간다. 굴인지 개량조개인지 긴 맛조개인지 언덕처럼 수북하게 쌓인 조개껍데기의 허물어진 일부는 모래내 바닥으로 떨어지고, 속

---

67   상점 입구의 처마 끝이나 상점 앞에 치는 가게의 상호가 쓰인 천.

세로부터 어둠의 나라로 묻힌다. 묻힌 뒤에는 이내 새 조개껍데기가 버드나무 밑에 쌓인다. 영감은 조개껍데기의 행방을 생각할 겨를도 없이 그저 덧없는 껍데기를 아지랑이 위로 내던진다. 그의 소쿠리에는 떠받쳐야 할 밑이 없고 그의 봄날은 무척이나 한가로워 보인다.

모래내는 3.6미터가 채 안 되는 조그만 다리 밑을 흘러 해변 쪽으로 봄물을 보낸다. 봄물이 봄 바다와 만나는 곳에는 길게 서로 뒤섞인 채 펼쳐진 그물이, 그물코를 빠져나가 마을 쪽으로 부는 산들바람에 비릿하고 후텁지근한 온기를 계속 보내주고 있지 않은가 하는 의심이 든다. 그 틈으로 무딘 칼을 녹여 느긋하게 꿈틀꿈틀 기어가게 하는 것처럼 보이는 것이 바다 빛이다.

이 경치와 이 이발사 주인은 전혀 어울리지 않는다. 만일 이 주인의 인격이 강렬해서 사방의 풍광과 서로 겨룰 정도의 영향을 내 두뇌에 부여한다면, 나는 이 양자 사이에 서서 무척이나 어울리지 않는다는 느낌에 부닥쳤을 것이다. 다행히도 주인은 그렇게 위대한 호걸은 아니었다. 아무리 도쿄 토박이라도, 아무리 날카로운 어조로 마구 몰아세워도, 이 봄의 모든 것이 융화되어 편안해진 천지의 커다란 기상을 당해내지 못한다. 마음껏 지껄이며 어디까지고 이 상태를 깨트리려고 하는 주인은 이미 한 줌의 먼지가 되어 따사로운 봄 햇살 속에 떠돌고 있다. 모순이란, 힘에 있어서, 양量에 있어서 또는 정신과 육체에 있어서, 얼음과 숯처럼 서로 성질이 상반되어 조화로울 수 없으면서도 같은 정도에 위치하는 물건이나 사람들 사이에서 비로소 발견할 수 있는 현상이다. 양자의 간격이 몹시 크면 이 모순은 점차 줄어들어 소멸해서는 오히려 큰 세력의 일부가 되어 활동에 이를지도 모른다. 덕이 높고 훌륭한 사람의 손과 발이 되어 재사才士가 활동하고, 재사의 가장 믿는 부하가 되어 어리석은 자가 활동하고, 어리석은 자의 심복이 되어 말과 소가 활동할 수 있는 것은 이 때문이다. 지금 이 주인은 한없는 봄날의 경치를 배경으로 일종의 익살스러운 짓을 연출하고 있다. 한가한 봄의 느낌을 깨뜨릴 것 같은 그는 오히려 한가한 봄의 느낌을 뚜렷하게 더해주고 있다. 나는 문득 음력 춘삼월 중순에 한가한 야지[68]와 친해진 것 같은 기분이 들었다. 이 지극히 값싼 기염을 토하는 주인은 태평스러운 모양을 갖춘 봄날에 가장 조화를 이루는 하나의 채색이다.

이렇게 생각하면 이 주인도 제법 그림이나 시가 될 만한 남자니까, 나는 벌써 돌아가야 하는데도 일부러 엉덩이를 붙이고 이런저런 얘기를 하고 있었다. 그때 포렴을 밀치고 빡빡머리를 한 어린 중이 들어온다.

"실례합니다만, 좀 깎아주겠어요?"

흰 무명옷에 똑같은 무명천으로 둥글게 공그른 띠를 매고, 그 위에다 모기장처럼 꺼칠꺼칠한 법의를 걸친, 대단히 무사태평해 보이는 나이 어린 중이었다.

"료넨, 어땠어? 요전엔 곧장 돌아가지 않아서 스님한테 야단맞았지?"

"아니, 칭찬받았어요."

"심부름 갔다가 도중에 물고기를 잡았는데 기특하다고 칭찬을 받았다고?"

---

68   소설의 주인공으로, 어릿광대 노릇을 하는 사람의 대표적인 이미지로 여겨진다.

"어린 나이답지 않게 료넨은 잘 놀다 와서 기특하다고 스님이 칭찬해주셨단 말이에요."

"그래서 머리에 혹이 생겼구나. 그런 못생긴 머리는 깎는 게 힘이 들어서 안 돼. 오늘은 봐주겠지만 다음에 올 적엔 반죽해서 와."

"반죽을 다시 할 정도라면 좀 더 솜씨 좋은 이발소엘 가죠."

"하하하하. 머리는 울퉁불퉁하지만, 말솜씨만은 상당히 고수인걸."

"솜씨는 엉망이면서 술만은 센 게 바로 이 집 아저씨잖아요."

"예끼, 이 녀석! 솜씨가 엉망이라니…."

"제가 한 말이 아니에요. 스님이 말씀하신 거란 말이에요. 그렇게 화내지 마세요. 나잇값도 못 하고."

"흥, 영 재미 없는걸, 그렇죠, 손님?"

"예?"

"대체로 중놈이란 높다란 돌계단 위에 살고 있어 근심 걱정이 없으니까 자연히 입만 고수가 되는 거죠. 이런 어린 중까지 큰소리를 치니 말입니다. 아이코, 머리를 좀 더 눕혀, 눕히라니까. 말 안 들으면 베어버릴 테다. 알았어? 피가 난다고."

"아파요. 그렇게 막 하면."

"이까짓 걸 못 참아서 어떻게 중이 되려고?"

"중은 벌써 됐는데요."

"아직 제대로 한 사람 몫을 못 하잖아. …그런데 그 다이안 씨는 어째서 죽었지? 어린 꼬마 스님."

"다이안 씨는 죽지 않았습니다만."

"죽지 않았어? 그런데 뭔가 이상해. 죽었을 텐데."

"다이안 씨는 그 후에 분발해서 리쿠젠의 다이바이지大梅寺에 가서 수행에 열중하고 있대요. 장차 훌륭한 스님이 될 거라던데요. 훌륭하지 뭐예요."

"뭐가 훌륭해. 아무리 중이라도 야반도주를 했는데 훌륭할 리가 있나? 너도 앞으론 조심하지 않으면 안 돼. 아무튼 실수하는 게 여자 때문이니까 말이야. 여자라고 하니까 생각이 나는데, 그 미친 여자는 주지 스님한테 찾아가니?"

"미친 여자는 들은 적이 없는데요."

"야, 이거 말이 안 통하는 중이구면. 찾아가느냐 안 가느냐 그 말이야."

"미친 여자는 안 오지만 시호다 댁 아가씨라면 찾아와요."

"아무리 스님의 기도라고 해도 그것만큼은 고칠 수 없을 건데. 완전히 헤어진 전 남편이 재앙을 내리니까."

"그 아가씨는 훌륭한 아가씨예요. 스님이 자주 칭찬하고 있는데요."

"돌계단을 오르면 뭐든지 거꾸로 되니까 당해낼 수가 없단 말이야. 스님이 뭐라고 하든 미치광이는 미치광이지. …자 다 깎았다. 빨리 가서 스님한테 야단이나 맞고 오너라."

"아니요. 좀 더 놀다 가서 칭찬을 받을 겁니다."

"멋대로 해라. 입만 까진 꼬마 놈아."

"쳇, 이 똥 막대기야."

"뭐라고?"

파릇한 머리는 이미 포렴 밑을 빠져나가 봄바람을 쏘이고 있다.

6

저녁 무렵, 책상에 앉는다. 장지문도 미닫이도 열어젖힌다. 여관은 사람이 많지도 않은데 비교적 넓다. 내가 머무는 방은, 많지도 않은 사람이 생활하는 곳과도 떨어져 있고 꼬불꼬불한 복도가 있어서 물건 소리조차 사색에 방해가 되지 않는다. 오늘은 한층 더 조용하다. 주인도 딸도 하녀도 하인도, 모르는 사이에 나만 남겨 두고 떠나버린 것 같다. 떠났다면 아무 곳으로나 떠나지는 않았을 것이다. 안개의 나라나 구름의 나라일 것이다. 어쩌면 구름과 물이 자연스럽게 접근해 노를 쥐는 것조차 따분한 바다 위를 언제 흘러왔는지도 모르는 사이에, 흰 돛이 구름인지 물인지 분간하기 어려운 곳으로 흘러왔다가, 끝내는 돛 스스로가 자신과 구름과 물을 어떻게 구별해야 할까 고심하는 곳, 그런 아득한 곳으로 사라졌을 거라고 생각된다. 그렇지 않으면 갑자기 봄 속으로 사라져버려, 이제까지의 땅, 물, 불, 바람이라는 4대 원소가 지금쯤은 눈에 보이지 않는 영묘한 기운이 되어 넓은 천지에 현미경의 힘을 빌려서도 아주 작은 흔적도 발견할 수 없게 되었을 것이다. 어쩌면 종달새로 변해서, 노란 유채꽃 속에서 종일 울다가 날이 저물자 보랏빛 노을이 짙게 너울거리는 그런 곳으로 갔을지도 모른다. 또는 기나긴 해를 더욱 길게 하는 등의 역할을 다한 다음, 꽃 속에 고인 달콤한 이슬을 잘못 빨아들여, 낙화하는 동백 꽃잎에 깔린 채 세상을 향기롭게 하며 잠들어 있는지도 모른다. 아무튼 고요하다.

공허한 집을 공허하게 지나가는 봄바람이 빠져나가는 것은 맞이해주는 사람에 대한 도리가 아니다. 거부하는 자에 대한 심술도 아니다. 스스로 왔다가 스스로 사라지는 공평한 우주의 뜻이다. 손바닥으로 턱을 괴고 있는 내 마음도 내가 사는 방처럼 공허해서 봄바람은 부르지 않아도 사양하지 않고 빠져 지나가리라.

밟는 것이 땅이라고 생각하니까 갈라지지 않을까 걱정도 생겨난다. 머리 위에 떠받든 것이 하늘이라는 것을 알기 때문에, 번개가 관자놀이를 진동시킬까 두려움도 생긴다. 타인과 다투지 않으면 체면이 서지 않는다고, 속세가 재촉하기 때문에 불난 집에 있는 듯한 고통을 면치 못한다.[69] 동서가 있는 천지에 살며, 이해利害의 밧줄을 건너다니지 않으면 안 되는 몸에는, 사실 연애는 덧없는 짓이다. 눈에 보이는 부는 흙이다. 잡는 명名과 빼앗는 예譽는 약삭빠른 벌이 달콤하게 만드는 것처럼 보여주면서 침을 남겨 두고 가는 꿀 같은 것이리라. 이른바 즐거움이라는 것은 사물에 집착하는 데서 생기기 때문에 온갖 괴로움을 포함한다. 다만 시인과 화가라는 것

---

69 이는 《법화경》에 나오는 비유로, 현세의 번뇌와 괴로움이 불타오르는 집에 있는 듯하다는 뜻.

이 있어 어디까지나 모든 것이 서로 대립하는 이 세계의 정화精華를 음미하고, 뼛속에 스며들 정도로 순수한 것의 맑음을 안다. 안개를 반찬으로 삼고 이슬을 마시고 조석의 풍광을 평가하고 죽음에 이르도록 뉘우치지 않는다. 그들의 즐거움은 사물에 집착하는 데서 오는 것이 아니다. 동화해서 그 사물 자체가 되는 것이다. 온전히 그 사물이 되었을 때는 나를 세워 놓을 여지는 망망한 대지를 두루 찾아다녀도 발견할 수 없다. 자유자재로 진흙 덩어리를 내던지고 해진 갓 속에 한없이 상쾌한 여름 바람을 담는다. 쓸데없이 이런 경우를 생각해내는 것은 구태여 저잣거리의 돈에 찌든 사람을 위협하여 기꺼이 우월감을 가지려는 것은 아니다. 그저 그 속에 있는 복음을 펴서 인연이 있는 중생을 손짓하여 부를 뿐이다. 사실대로 말하면 시의 경지나 그림의 경지라는 것도 모든 사람에게 갖춰져 있는 세계다. 두 손을 꼽아 나이를 헤아리며 백발에 신음하는 무리라하더라도 한평생을 회고하며 겪은 내력의 물결을 차근차근 점검할 때, 한때는 고약한 냄새를 풍기는 시체에서 희미한 빛이 새어 나와 자신을 잊고 박수의 흥을 불러일으킬 수도 있을 것이다. 할 수 없다고 한다면 아무런 삶의 보람이 없는 그런 남자다.

그러나 한 가지 일에 들어맞고 한 가지 사물로 되는 것만이 시인의 감흥이라 할 수는 없다. 어떨 때는 한 잎의 꽃이 되고, 어떨 때는 한 쌍의 나비가 되고, 때로는 워즈워스[70]와 같이 한 무더기의 수선화가 되어 마음을 호수의 바람에 흩날리기도 하지만, 뭐라고 이름 지을 수 없는 주위의 풍경에 황홀해하며 정신을 잃고도 내 정신을

| 70   윌리엄 워즈워스William Wordsworth (1770~1850). 영국의 낭만파 시인.

앗아간 것이 무엇인지 분명히 의식하지 못하는 경우가 있다. 어떤 사람은 천지의 맑은 기운에 접촉한다고 할 것이다. 어떤 이는 줄이 없는 거문고를 마음으로 듣는다고 할 것이다. 또 어떤 사람은 알 수 없고 헤아릴 수 없으므로 무한한 지역을 배회하며 아득한 거리를 방황한다고 형용할지도 모른다. 뭐라고 한들 모두 그 사람의 자유다. 열대산 목재로 만든 책상에 기대어 있는 나의 멍한 심리 상태는 바로 이것이다.

나는 분명히 아무것도 생각하고 있지 않다. 또 확실히 아무것도 보고 있지 않다. 내 의식의 무대에 뚜렷한 색채를 띠고 움직이는 것이 없으므로, 나는 어떠한 사물에 동화되었다고 할 수도 없다. 하지만 나는 움직이고 있다. 세상 속에서 움직이고 있지도 않고, 세상 밖에서도 움직이고 있지 않다. 그저 그냥 움직이고 있다. 꽃에 움직이는 것도 아니며, 새에 움직이는 것도 아니며, 인간에 대해서 움직이는 것도 아니다. 그저 황홀하게 움직이고 있을 뿐이다.

굳이 설명하려고 한다면, 내 마음은 오직 봄과 함께 움직이고 있다고 말하고 싶다. 온갖 봄의 빛깔, 봄의 바람, 봄의 사물, 봄의 소리를 다져 넣고서 딱딱하게 해 선단仙丹[71]을 만들고, 그것을 봉래산蓬萊山의 영묘한 물에 녹여 도원의 햇볕으로 증발시킨 정기가 어느새 모공으로 스며들어, 마음이 지각할 틈도 없이 포화되고 말았다고 말하고 싶다. 보통의 동화에는 자극이 있다. 자극이 있음으로써 유쾌할 것이다. 나의 동화는 무엇과 동화했는지 분명하지 않으므로, 자극이 전혀 없다. 자극이 없으니 오묘하고 형용하기 어려운 즐거

| 71 신선이 만든 늙지도 않고 죽지도 않는다는 영약靈藥이다.

움이 있다. 바람에 휘말려 허공에서 물결을 일으키는, 경박하고 소란스러운 정취와는 다르다. 눈에 보이지 않는 무척이나 깊은 곳을 대륙에서 대륙까지 움직이고 있는 넓고 큰 바다의 모양이라고 형용할 수 있다. 다만 그만한 활력이 없을 따름이다. 그러나 오히려 그런 점에 행복이 있다. 위대한 활력의 발현에는 이 활력이 언젠가는 다하고 말 것이라는 염려가 깃들어 있다. 평소의 모습에는 그런 걱정이 동반되지 않는다. 평소의 모습보다 더 아련한 지금의 내 마음 상태는 나의 강렬한 힘이 소멸할지 걱정할 필요도 없을 뿐 아니라, 평소의 좋지도 않고 나쁘지도 않은 평범한 마음의 경지도 벗어나 있다. 아련하다는 것은 단지 포착하기 어렵다는 뜻일 뿐, 너무 약하다는 염려는 포함하고 있지 않다. 충융沖融[72]이라든가 담탕澹蕩[73]이라는 시인의 말은 이 경지를 절실하게 설명하고도 남을 것이다.

이 경지를 그림에 옮겨보면 어떨까 생각했다. 그러나 분명 보통의 그림이 될 수 없을 것이다. 우리가 흔히 그림이라고 하는 것은 그저 눈 앞에 펼쳐진 인간 세상의 풍경을 있는 그대로 보든지, 아니면 이것을 자신의 심미안으로 여과하여 화폭에 옮겨놓은 것에 불과하다. 꽃은 꽃으로 보이고, 물은 물로 비치고, 사람은 사람으로 활동하면, 그림의 할 일은 끝난 것으로 여겨진다. 만약 그보다 더 솜씨가 빼어나면 자신이 느낀 물상을, 자신이 느낀 그대로의 정취를 덧붙여 화폭 위에 생동감 있게 표현할 수 있다. 어떤 특별한 감흥을 자

---

72 '온화한 기분이 넘치는 모양'으로 두보의 시 〈왕재往在〉 가운데 "화기일충융和氣日沖融"이라는 구절에서 인용한 것이다.

73 '마음이 편안하고 한가롭고 안정된 모양'으로 이백의 시 〈상봉행相逢行〉 가운데 "춘풍정담탕春風正澹蕩"이라는 구절에서 인용한 것이다.

신이 포착한 삼라만상 안에 투입하는 것이 이러한 기술자의 본뜻이므로, 그들이 본 현상이 명료하게 붓끝에 용솟음치지 않으면 그림을 그렸다고 할 수 없다. 나는 이러이러한 것을 이러이러하게 보고, 이러이러하게 느끼기도 하고, 그렇게 보는 방식도 느끼는 방식도, 선인의 영향 아래 예로부터의 전설에 지배당한 것이 아니며, 더욱이 가장 옳고 가장 아름다운 것이 되리라는 주장을 나타내는 작품이 아니라면 감히 자신의 작품이라고 말하지 않는다.

이런 두 종류의 제작자에게 주객主客의 깊고 얕은 구별은 있을지 모르지만, 명료한 외계의 자극을 기다려 비로소 착수하는 것은 쌍방이 마찬가지다. 그러나 지금 내가 그리려는 제재는 그다지 분명한 것이 아니다. 모든 감각에 고무되어 이것을 마음 밖에서 물색한들, 모난 것과 둥근 것, 붉은색과 녹색은 물론이고, 짙고 얕은 그늘, 굵고 가는 선을 찾아내기 힘들다. 나의 느낌은 외부에서 온 것은 아니다. 비록 외부에서 온 것이라 해도, 내 시야에 펼쳐진, 일정한 풍물이 아니므로, 사람들에게 이것이 원인이라고 손가락으로 가리켜 분명하게 보여줄 수도 없다. 있는 것은 오로지 마음이다. 이 마음을 어떻게 표현하면 그림이 될까, 아니 이 마음을 어떠한 구체성을 빌려 사람들에게 납득이 가도록 할 수 있는가, 그것이 문제다.

보통의 그림은 느낌은 없어도 물체만 있으면 된다. 제2의 그림은 물체와 느낌이 양립하면 된다. 제3의 그림에 이르면 존재하는 것은 단지 마음뿐이므로, 그림이 되게 하려면 반드시 이 마음에 알맞은 대상을 선택해야 한다. 그러나 이 대상은 쉽게 나타나지 않는다. 나타난다 해도 쉽게 하나로 완성되지 않는다. 완성된다 해도 자연계에 존재하는 것과는 전혀 정취를 달리하는 경우가 있다. 따라서 보통 사람이 보면 그림처럼 보이지 않는다. 그린 당사자도 자연계의 한 부분이 재현된 것이라고 인정하지 않고, 그저 감흥이 일어난 현재의 마음을 얼마간이라도 전해 다소의 생명을 어렴풋한 분위기로 보여주면 대성공이라고 생각한다. 예로부터 오늘에 이르기까지 이 어려운 일에 온전한 공적을 올린 화공이 있었는지 없었는지는 모른다. 어느 정도까지 이 유파에 속한 그림을 들자면, 문여가[74]의 대나무 그림과 운코쿠[75] 문하의 산수화가 그렇다. 시대를 내려가 다이가[76]의 풍경이 그렇다. 부손[77]의 인물화가 그렇다. 서양의 화가에 이르러서는, 거의 모두가 눈을 실제로 있거나 상상할 수 있는 사물을 사실적으로 표현하는 세계로 돌려 영묘하고 아담한 정취에 흥미를 느끼지 못한 자가 대다수이므로, 이런 종류의 필묵에 고상하고 신비스러운 운치를 전할 수 있는 자가 과연 몇이나 될지 모르겠다.

안타깝게도 셋슈[78], 부손 등이 애써 그려낸 일종의 기품 있는 정취는 너무나 단순하고 또 너무 변화가 없다. 필력이라는 점에서 말하자면, 도저히 그들 대가에 미치지 못하나, 지금 내가 그려보고자 하는 심정은 좀 더 복잡하다. 복잡한 만큼 아무래도 한 장의 그림 안에 그 느낌을 담기는 어렵다. 턱을 괴고 있던 두 팔을 풀어 책상 위에서 팔짱을 끼고서 생각했으나 역시 생각나지 않는다. 색, 형태,

---

74 문여가文與可(1018~1079). 송나라 때의 화가.

75 운코쿠 도간雲谷等顔(1567~1618). 일본 화가로 운고쿠파의 시조다.

76 이케노 다이가池大雅(1723~1776). 일본 화가로 일본적 남화南畵를 대성시킨 인물.

77 요사 부손与謝蕪村(1716~1784). 일본의 하이쿠 작가이자 남화가.

78 셋슈雪舟(1420~1506). 송·원·명의 북화계北畵系의 수묵화를 개성화하고 대성시킨 일본의 화가.

분위기가 결정돼 자신의 마음이 아, 여기에 있었구나, 하고 곧장 자기를 인식할 수 있게 그려야 한다. 생이별한 자기 자식을 찾기 위해 전국 방방곡곡을 돌아다니며 오매불망 잊을 수 없던 어느 날 네거리에서 뜻밖에 만나게 되어 번쩍하는 번갯불처럼 짧은 순간에 아, 그렇지 여기 있었구나, 하고 생각하듯 그려야 한다. 이것이 어려운 것이다. 그렇게 표현만 된다면 누가 뭐라 해도 괜찮다. 그림이 아니라는 욕을 먹어도 원망할 생각은 없다. 적어도 색의 배합이 이 마음의 일부를 나타내고, 선의 굽음과 곧음이 이 호흡을 어느 정도 표현해 전체의 배치가 어느 정도 이 멋진 운치를 전달한다면, 형태로 나타난 것이 소든 말이든, 또는 소도 말도 그 아무것도 아니라도 상관없다. 상관이 없기는 한데 도저히 안 된다. 사생첩을 책상 위에 놓고 그것을 뚫어지게 바라보고 궁리를 해도 도저히 안 된다.

연필을 놓고 생각했다. 애초에 이런 추상적인 정취를 그림으로 옮기려는 것이 잘못이다. 사람은 별다른 차이가 없으므로, 많은 사람 중에는 반드시 나와 같은 감흥을 느낀 자가 있어서 분명 이 감흥을 어떤 수법으로 영구화하려고 시도해보았을 것이다. 시도했다면 그 수단은 무엇일까.

순간, 음악이라는 두 글자가 번쩍 눈에 비쳤다. 역시 음악은 이런 경우 이런 필요에 쫓겨 만들어진 자연의 소리일 것이다. 음악은 들어야 하는 것, 배워야 하는 것이라는 걸 비로소 깨달았으나, 불행하게도 음악 세계는 전혀 알지 못한다.

다음으로 시는 되지 않을까 하고, 제3의 분야로 발을 들이밀어 본다. 레싱[79]이라는 남자는, 시간의 경과를 조건으로 일어나는 사건을 시의 본령이라고 논하며, 시와 그림은 같은 것이 아니라 다른 두 가지 양식이라는 근본적인 뜻을 세운 것으로 기억한다. 하지만, 시를 그렇게 본다면 지금 내가 발표하려고 안달하는 경지도 도저히 제대로 작품이 될 것 같지 않다. 내가 기쁘다고 느끼는 마음속의 상황에는 시간이 있을지 모르나, 시간의 흐름에 따라 순차적으로 전개되어야 할 사건의 내용은 없다. 하나가 가고 둘이 오고, 둘이 없어지고 셋이 생기니까 기쁜 것이 아니다. 처음부터 고요히 같은 장소에 붙잡아두는 정취로 인해 기쁜 것이다. 처음부터 같은 장소에 붙잡아둔 이상, 만약 이것을 보통 언어로 번역한다 해도, 반드시 시간적으로 재료를 안배해야 할 필요는 없다. 역시 회화와 마찬가지로 경치를 공간적으로 배치하기만 하면 가능할 것이다. 다만 어떠한 정경을 시에 가지고 와서 이 넓디넓고 의지할 데 없는 정황을 담아낼 수 있는가가 문제이며, 이미 이것을 포착한 이상 레싱의 학설을 좇지 않아도 시로써 성공한 것이다. 호메로스[80]가 어떻든, 베르길리우스[81]가 어떻든 상관없다. 만약 시가 일종의 분위기를 표현하기에 적합하다면, 이 분위기는 시간의 제한을 받아 순차적으로 진척되는 사건의 도움을 받지 않더라도, 단순히 공간적인 회화의 요건을 충족시키기만 하면 언어로도 묘사할 수 있는 것이라고 생각한다.

이론적 논의는 아무래도 좋다. 〈라오콘〉[82] 같은 것은 대개 잊어

79　고트홀트 에프라임 레싱Gotthold Ephraim Lessing(1729~1781). 독일의 시인, 극작가, 평론가.

80　호메로스Homeros. 고대 그리스 최고의 서사 시인으로 《일리아드》와 《오딧세이》의 저자.

81　푸블리우스 베르길리우스Maro Publius Vergillius(BC 70~BC 19). 로마의 시인으로 서사시 〈아에네이스〉가 대표작이다.

버렸으므로, 자세히 조사하면 내가 더 의심스러워질지도 모른다. 아무튼 그림이 되려다 말았으니 이젠 시가 되게 해볼까 하고 사생첩 위에 연필을 세우고 몸을 앞뒤로 흔들어보았다. 잠깐 붓끝 뾰족한 곳을 어떻게든 움직이고 싶을 뿐이었는데 전혀 움직여지지 않았다. 갑자기 친구의 이름을 잊어 생각이 날 듯 말 듯하면서도 목구멍에 걸려 나오지 않는 기분이다. 그래서 포기하면 나오다 만 이름은 결국 뱃속으로 가라앉고 만다.

칡가루로 음료를 만들 때도 처음에는 삭삭 젓가락에 닿는 느낌이 없다. 그 단계를 참고 넘기면 점차 끈적끈적해져 반죽하는 손이 약간 무거워진다. 그래도 젓가락을 계속 쉬지 않고 저으면 이번에는 잘 저어지지 않게 된다. 결국에는 냄비 속의 칡이 원하지도 않는데 다투어 젓가락에 달라붙는다. 시를 짓는 것도 바로 이런 것이다.

실마리가 풀리지 않던 연필이 조금씩 움직이게 되자 그 힘을 얻어 그럭저럭 이삼십 분이 지나니 다음의 여섯 구절이 만들어진다.

青春二三月
愁隨芳草長
閑花落空庭
素琴橫虛堂
蠨蛸掛不動
篆煙繞竹梁

---

82 1766년에 간행한 레싱의 예술론으로, 원제목은 〈라오콘: 또는 회화와 문학의 한계에 관하여 Laokoon: oder über die Grenzen der Malerei und Poesie〉.

푸른 봄 이삼 월에
시름은 향기로운 풀잎처럼 길구나.
고운 꽃잎은 빈 뜰에 떨어지고,
거문고는 빈방에 걸려 있네.
납거미 줄에 걸려 움직이지 않는데,
연기는 구불구불 대나무 들보에 감도네.

　다시 읽어보니 모두 그림이 될 것 같은 구절들뿐이다. 이거라면
처음부터 그림으로 옮겼으면 좋았을 텐데, 생각한다. 왜 그림보다
시로 옮기는 것이 쉬웠을까 생각해본다. 이쯤 되면 그다음은 별로
힘들이지 않아도 될 것 같다. 그러나 다음에는 그림으로 표현할 수
없는 정情을 읊어보고 싶다. 이것저것 고민한 끝에 드디어 이런 구
절이 나왔다.

獨坐無隻語
方寸認微光
人間徒多事
此境孰可忘
會得一日靜
正知百年忙
遐懷寄何處
緬邈白雲鄕
홀로 말없이 앉아 있으니,
마음에는 희미한 빛이 떠오르네.

세상살이 헛된 일 많다 한들

이 신비스럽고 그윽한 곳을 누가 잊을 수 있을까.

문득 고요한 하루 얻었으니

백 년이 분주할 줄 바로 알았네.

아득한 이내 마음을 어디에 둘까,

멀기만 하구나, 신선의 마을이여.

다시 한번 처음부터 읽어보니 다소 재미는 있으나, 아무래도 내가 이제 막 들어선 신비한 경지를 묘사한 것으로는 흥미가 없어 보이고 성에 차지 않는다. 내친걸음에 한 수 더 읊어볼까 하고 연필을 든 채 아무 생각 없이 입구 쪽으로 시선을 던졌더니, 미닫이를 밀어 활짝 열린 폭 1미터 조금 안 되는 공간을 언뜻 예쁜 그림자가 지나갔다. 뭘까.

내가 눈을 돌려 입구를 보았을 때는, 예쁜 것은 이미 열린 미닫이 뒤로 반쯤 사라지고 있었다. 더욱이 그 모습은 내가 보기 전부터 움직이던 것처럼 눈 깜짝할 사이에 지나치고 말았다. 나는 시를 버리고 입구를 지켜본다.

1분도 지나지 않아 그림자는 반대쪽에서 다시 나타났다. 후리소데 차림의 늘씬한 여인이 소리도 없이 맞은편 2층의 툇마루를 쓸쓸히 걸어간다. 나는 얼떨결에 연필을 떨어뜨리고 코로 들이마시던 숨을 죽였다.

벚꽃 필 무렵의 흐린 하늘이 시시각각으로 아래로 흘러내려 이제 곧 가라앉을 듯한 저녁 무렵의 난간을 얌전한 걸음으로 오가는 후리소데의 모습은 내 방에서 10미터도 더 되는 넓이의 안마당을 사이에 두고 무거운 공기 속에 고요하게 쓸쓸하게 보였다가 안 보였다가 한다.

여인은 처음부터 말이 없다. 곁눈질도 하지 않는다. 툇마루를 끄는 옷자락 소리조차 내 귀에 들리지 않을 정도로 조용히 거닐고 있다. 허리 아래로 눈에 띄는 옷자락 무늬는 무엇으로 물들인 것인지 멀어서 알 수 없다. 다만 무늬가 없는 부분과 무늬를 이은 곳이 저절로 바림되어 밤과 낮의 경계와 같은 느낌이다. 여인은 처음부터 밤과 낮의 경계를 거닐고 있다.

긴 후리소데를 입고 긴 복도를 몇 번 갔다가 몇 번 되돌아올 생각인지 나로서는 알 수 없다. 언제부터 이 이상야릇한 옷차림인지, 이 이상야릇한 걸음을 계속할지도 나로서는 알 수 없다. 그 의도는 처음부터 모른다. 처음부터 알 리 없는 일을 이렇게도 단정하게, 이렇게도 정숙하게, 이렇게도 되풀이하는 사람의 모습이 입구에 나타났다 사라지고 사라졌다 나타날 때 내 느낌은 이상야릇하다. 가는 봄에 대한 원망을 호소하는 행동이라면 어찌하여 저렇게 주위에 무심할까. 무심한 행동이라면 왜 이다지도 예쁘게 꾸몄을까.

저무는 봄빛이 잠시 어스름히 문을 환영으로 채색하는 가운데, 눈도 번쩍 뜨일 것 같은 오비의 천은 금란[83]인가. 또렷한 직물이 오락가락하며 어둑어둑해진 저녁 속으로 휩싸여 고요하고 적적한 건너편, 아득한 저편으로 점차 사라진다. 찬란한 봄 별이 새벽녘 짙은 보랏빛 하늘 속으로 빨려 들어가는 정취다.

---

83 황금색 실을 섞어서 짠 바탕에 명주실로 봉황이나 꽃의 무늬를 놓은 비단. 흔히 스란치마의 자락 끝에 두른다.

천상의 문이 저절로 열려 이 화려한 모습을 유명계幽冥界[84]로 빨아들이려 할 때, 나는 이렇게 느꼈다. 금병풍을 뒤로 하고 은촉銀燭을 앞에 두고, 봄밤의 한때를 천금千金으로 삼아 떠들썩한 생활에 어울리는 그녀의 옷차림은 싫어하는 기색도 없고 다투는 모습도 보이지 않고 현실 세계에서 희미하게 사라져가는 것은 어떤 점에서 초자연적 정경이다. 점점 이쪽으로 가까이 다가오는 모습을 눈여겨보니 여인은 숙연하며 초조해하지도 않고 당황하지도 않고 비슷한 걸음걸이로 같은 곳을 배회하고 있는 것 같다. 몸에 닥칠 화를 모르고 있다면 천진난만함의 극치다. 알고도 화라고 생각하지 않는다면 보통이 아니다. 검은 곳이 본래의 거처이며 잠깐의 환영을 원래 그대로인 어둠 속에 거두어들일 수 있어야만 이렇게 조용하고 단아한 태도로 유有와 무無의 사이를 거닐게 될 것이다. 여인이 입은 후리소데에 어지러운 무늬가 없어지고, 옳고 그름도 없는 먹물로 흘러드는 곳에 자신의 본성을 넌지시 비추고 있다.

　　또 이렇게 느꼈다. 아름다운 사람이 아름다운 잠을 자다가 그 잠에서 깰 여유도 없이 환각인 채로 이 세상의 숨을 거둘 때, 머리맡에서 간호하는 우리의 마음은 필시 괴로울 것이다. 온갖 고통 끝에 죽는 것이라면, 삶의 보람이 없는 본인은 물론이거니와 옆에서 보고 있는 친한 사람도 죽는 것이 자비라며 단념할지도 모른다. 그러나 편하게 잠든 아기에게 죽어야 할 무슨 허물이 있을까. 잠든 채로 저승으로 끌려가는 것은 죽을 각오를 하기 전에 난데없이 공격하여 아까운 목숨을 앗아가는 것과 마찬가지다. 어차피 죽일 거라면,

---

| 84　사람이 죽은 뒤에 가는 영혼의 세계인 명토冥土와 같이 암흑세계라는 뜻.

도저히 피할 수 없는 운명이라고 납득시키고 단념도 하게 하여 염불을 외고 싶다. 죽어야 할 조건이 갖추어지기 전 죽는다는 사실만이 또렷해질 때, 나무아미타불, 하고 불공을 드려 죽은 사람의 명복을 비는 목소리가 나올 정도라면 그 목소리로, 이봐, 이봐, 하고 반쯤은 저승으로 발을 들이민 자를 억지로라도 불러오고 싶어진다. 선잠에서 어느새 자기도 모르게 깊은 잠으로 옮겨 간 본인을 불러내는 것이 끊을 수 없던 번뇌의 그물을 함부로 치는 것과 같아서 괴로울지도 모른다. 자비를 베풀어 부르지 말아달라, 편안히 자게 해달라고 생각할지도 모른다. 그런데도 우리는 불러내고 싶어진다. 나는 이다음에 여인의 모습이 입구에 나타나면, 불러서 환각으로부터 구해줄까 하는 생각을 했다. 그러나 꿈처럼 채 1미터도 안 되는 폭을 쓱 지나가는 그림자를 보자마자 어쩐지 말이 안 나온다. 다음에는 하고 마음먹는 동안에 쓱 하고 어이없이 지나가버린다. 왜 아무런 말도 못 하는가 생각하는 순간, 여인이 또 지나간다. 이곳에서 엿보는 사람이 있어, 그 사람이 자기 때문에 얼마나 안달하고 있는지 털끝만치도 신경 쓰지 않는 모습으로 지나간다. 성가시게도 가엾게도 처음부터, 나 같은 사람에게는 관심이 없다는 듯이 지나간다. 다음엔, 다음엔 하고 생각하는 동안, 더는 참지 못한 구름층層이 지탱할 수 없는 빗줄기를 조용히 떨어뜨려 여인의 모습을 쓸쓸하게 막아버린다.

7

춥다. 수건을 걸치고 목욕탕으로 내려간다.

다다미 세 장 크기 방에서 옷을 벗고 네 계단을 내려가니, 다다미 여덟 장 크기의 목욕탕이 나온다. 돌이 넉넉한 지방이라 바닥을 화강암으로 깔았고, 그 한가운데를 120센티미터 정도의 깊이로 파서 두붓집의 두부 틀만 한 욕조를 마련해놓았다. 욕조라고는 하지만 이것도 역시 돌을 쌓아 올려 만든 것이다. 광천이란 이름이 붙은 이상, 여러 가지 성분이 포함되어 있겠지만, 빛깔이 너무나 투명해 들어가 있으면 기분이 좋다. 가끔 입 안에 넣어보기도 하지만 특별한 맛도 냄새도 없다. 병에도 효과가 있다고 하지만 물어보지 않아서 어떤 병에 효과가 있는지는 모른다. 원래 이렇다 할 지병도 없으니까 실용적인 가치는 일찍이 머리에 떠올린 적이 없다. 그저 들어갈 때마다 생각나는 것은 백낙천의 '온천수활세응지'[85]라는 구절뿐이다. 온천이라는 말을 들으면 반드시 이 구절에 나타난 것과 같은 유쾌한 기분이 된다. 그리고 이 기분을 내지 못하는 온천은 온천으로서 전혀 가치가 없다고 생각하고 있다. 이런 이상적인 온천 이외에는 온천에 대한 주문은 전혀 없다.

물속으로 쓱 들어가 가슴 있는 데까지 몸을 담근다. 어디에서 따뜻한 물이 솟아나는지 알 수 없으나, 평소에도 욕조 가장자리를 깔끔하게 넘쳐흐른다. 봄의 돌은 마를 사이도 없이 젖어서 따뜻해 디디는 발의 느낌이 온화하여 기쁘다. 내리는 비는 어둠을 훔쳐 소리없이 봄을 적실 정도로 촉촉하지만, 처마 끝 빗방울 떨어지는 소리는 점차로 빈번해져 똑똑, 하고 귀에 들린다. 자욱이 서린 김은 바닥에서 천장까지 들어차 틈만 생기면 옹이구멍조차도 거리낌 없이 빠져나가려는 기색이다.

가을 안개는 차갑고, 길게 뻗친 안개는 한가롭고, 저녁 짓는 집의 연기는 푸르게 일고, 내 덧없는 모습을 큼지막한 하늘에 맡긴다. 다양한 애틋함은 있으나 봄밤 온천의 자욱한 김만은 목욕하는 자의 살결을 부드럽게 감싸 옛 세상의 사내인지 자신을 의심하게 한다. 눈에 비치는 것이 보이지 않을 만큼 짙게 휘감기지는 않으나, 얇은 명주를 한 겹 찢으면 아무런 고통도 없이 이 세상 사람들과 자기 자신을 찾아낼 수 있을 만큼 얇은 것은 아니다. 한 겹을 찢고, 두겹을 찢고, 몇 겹을 찢고 또 찢어도, 이 연기를 뚫고 내보낼 수 없다는 얼굴로 사방에서 나 한 사람을 따뜻한 무지개 속에 묻어버린다.

85　溫泉水滑洗凝脂. '온천수가 미끄러워 미인의 희고 아름다운 살결 씻었더라'라는 뜻으로 백낙천白樂天(772~846)이 35세에 지은 120구의 장편 서사시인 〈장한가〉의 한 구절이다. 〈장한가〉는 그가 주질현 현위가 되어 진홍·왕질부 등과 선유사를 유람하다가 당 현종과 양귀비에 관한 이야기를 듣고 지은 것이다.

술에 취한다는 말은 있지만, 연기에 취한다는 말을 들은 적은 없다. 있다고 한다면 물론 가을 안개에는 쓸 수 없고, 봄 안개에 쓰기에는 너무나 강하다. 다만, 이 봄 안개에 봄밤이라는 두 글자를 앞에 붙일 때는 비로소 타당하다고 느낀다.

나는 뒤로 젖혀 위로 향한 머리를 욕조 가장자리에 받치고 투명한 물 속의 가벼운 몸을 가능한 한 저항이 적은 곳으로 띄워보았다. 넋이 해파리처럼 둥둥 뜨고 있다. 세상도 이런 기분이면 편안할 것이다. 분별의 자물쇠를 열고 집착의 빗장을 벗긴다. 될 대로 되라며, 온천물 안에서 더운물과 동화해버린다. 흐르는 것일수록 살아가기에는 힘들지 않다. 흐르는 것 안에 넋까지 흐르게 하면 예수의 제자가 된 것보다 고맙다. 역시 이런 식으로 생각하면 물에 퉁퉁 부은 익사자의 사체는 풍류다. 영국의 시인 스윈번[86]의 시 가운데 여자가 물밑에서 왕생往生하여 기뻐하는 느낌을 읊은 것이 있다고 기억한다. 내가 평소 괴로워하던 밀레이의 〈오필리아〉도 이렇게 관찰하면 무척 아름다워진다. 무엇 때문에 그런 불쾌한 것을 택했는지 지금까지 이상하게 생각하고 있었지만, 그것 역시 그림이 되는 것이다. 물에 뜬 채로, 물에 가라앉은 채로, 가라앉았다 떴다 하는 그대로, 그저 그대로의 모습으로 아무런 괴로움 없이 흘러가는 모양은 분명 미적인 것이다. 그래서 강 양쪽에 여러 가지 풀과 꽃을 곁들이고 물의 색깔과 떠내려가는 사람의 얼굴빛과 의복의 색에 차분한 조화를 취해주면 분명 그림이 될 것이다. 그러나 흘러가는 사람의 표정이 너무 평화로우면 거의 신화나 비유가 되고 만다. 경련

---

86 앨저넌 찰스 스윈번Algernon Charles Swinburne(1837~1909). 영국의 시인이자 평론가.

을 일으키는 괴로움은 처음부터 모든 화폭의 정신을 깨뜨리지만, 색기가 전혀 없는 태연한 얼굴에는 인정이 그려지지 않는다. 어떤 얼굴을 그리면 성공할까. 밀레이의 〈오필리아〉는 성공작인지는 모르겠지만, 그의 정신이 나와 같은 곳에 존재할지는 의심스럽다. 밀레이는 밀레이, 나는 나니까, 나는 나의 흥미로써 풍류 있는 익사자를 한번 그려보고 싶다. 그러나 내가 생각한 얼굴은 그리 쉽게 마음에 떠오를 것 같지 않다.

탕 속에 뜬 채 이번에는 익사자의 찬가를 지어본다.

비가 내리면 젖으리.
서리가 내리면 추우리.
땅속은 어두우리.
떠오르면 물결 위,
가라앉으면 물결 아래,
봄물이라면 괴로움은 없으리.

입속에서 낮은 소리로 읊으면서 멍하니 떠 있으니, 어딘가에서 샤미센 타는 소리가 들린다. 예술가인데도 그걸 모르냐는 소리를 들으면 황송하지만, 사실 이 악기에 대한 나의 지식은 매우 의심스러운 것으로, 샤미센의 두 번째 줄을 위로 뜯는지 세 번째 줄을 아래로 뜯는지[87] 귀에는 그다지 영향을 받은 예가 없다. 그러나 고요

---

87 샤미센의 기본 조율 방법인 '혼초시'에서 파생된 두 가지 조율법 '니아가리(두 번째 줄의 음을 한 음 높이는 조율 방식)'와 '산사가리(세 번째 줄의 음을 한 음 낮추는 조율 방식)'를 말한다.

한 봄밤에 비마저 흥을 돋우는 산마을의 탕 속에서, 넋까지 봄의 온천물에 띄운 채 멀리서 들리는 샤미센 소리를 무책임하게 듣는 것은 너무나 기쁘다. 멀어서 무슨 노래를 부르는지, 무엇을 타고 있는지 물론 알 수 없다. 그런 점에서 왠지 정취가 있다. 음색이 차분한 것으로 미루어 간사이 지방의 맹인 음곡사音曲師가 연주하는 노래에서 들을 수 있는 대가 굵은 샤미센이 아닌가 생각된다.

어릴 때 집 앞에 요로즈야라는 술집이 있었는데, 그 집에 오쿠라 씨라는 처녀가 있었다. 이 오쿠라 씨는 조용한 봄의 한낮을 지날 무렵이 되면 반드시 나가우타[88]를 연습한다. 연습이 시작되면 나는 뜰로 나간다. 열 평 남짓한 차 밭이 앞에 있고, 소나무 세 그루가 객실 동쪽에 나란히 서 있다. 이 소나무는 둘레가 30센티미터나 되는 큰 나무로, 흥미롭게도 이 세 그루가 모여 비로소 정취 있는 자태를 만들어내고 있었다. 어린 마음에도 이 소나무를 보면 기분이 좋아졌다. 소나무 아래에 까맣게 녹슨 쇠로 된 등롱이 이름 모를 붉은 돌 위에, 언제 보아도 완고한 옹고집 할아버지처럼 버티고 앉아 있다. 나는 이 등롱 바라보는 것을 무척 좋아했다. 등롱 앞뒤에는 이끼 긴 땅을 박차고 이름 모를 봄풀이 나와 있고, 속세의 바람은 아랑곳하지 않는 얼굴로 홀로 향기를 풍기며 즐기고 있었다. 나는 이 봄풀 속에 겨우 무릎을 들이밀 자리를 찾아 가만히 쭈그리고 앉아 있는 것이 그 무렵의 버릇이었다. 세 그루의 소나무 아래에서 등롱을 바라보며 풀 향기를 맡으며 멀리서 들려오는 오쿠라 씨의 나가우타를 듣는 것이 당시의 일과였다.

---

88 에도 시대에 유행한 긴 속요俗謠로, 샤미센을 반주로 한다.

오쿠라 씨는 이미 붉은 댕기를 매던 시절마저 지나 제법 주부티가 나는 얼굴을 계산대 앞에 드러내고 있을 것이다. 신랑과는 서로 사이가 좋은지 모르겠다. 제비는 해마다 돌아와 진흙을 문 부리로 바쁘게 일을 하고 있는지 모르겠다. 제비와 술 냄새는 아무래도 추억에서 떼어낼 수가 없다.

세 그루의 소나무는 아직도 보기 좋게 남아 있는지 모르겠다. 쇠등롱은 벌써 망가졌을 것이다. 봄풀은 그 옛날 쭈그리고 앉아 있던 사람을 기억하고 있을까. 그때도 아무 말 없이 그냥 스쳐갔는데, 지금이라고 얼굴을 알아볼 리 없다. "나그네의 옷차림은 스즈카케[89]"라고 날마다 소리 내어 부르던 오쿠라 씨의 목소리도 들은 기억이 있다고 말하지는 않을 것이다.

샤미센 소리가 뜻밖의 파노라마를 내 눈앞에 펼침에 따라 내가 20년 전의 천진난만한 아이였던 그리운 과거로 돌아갔을 때, 갑자기 목욕탕 문이 드르륵 열렸다.

누가 왔나 하고 몸을 물 위에 띄운 채 시선만 입구로 돌린다. 문에서 가장 멀리 떨어진 욕조 가장자리에 머리를 올리고 있었기에 욕조로 내려오는 계단들은 4미터쯤 떨어진 곳에서 비스듬하게 내 눈으로 들어온다. 그러나 올려다보는 내 눈에는 아직 아무것도 비치지 않는다. 잠시 처마에서 떨어지는 낙숫물 소리만이 들린다. 샤미센은 어느새 이미 멈춰 있었다.

이윽고 계단 위에 무언가 나타났다. 넓은 목욕탕을 비추는 것은 매달아놓은 작은 램프 하나뿐이어서 이 거리라면 맑게 갠 공기 속

| 89 鈴懸. 수도자가 옷 위에 걸치는 법의.

에서도 확실히 알아보기는 어렵다. 하물며 자욱하게 피어오르는 김이 짙은 비에 눌려 빠져나갈 곳을 잃은 오늘 밤의 목욕탕에는 서 있는 사람이 누구인지 물론 판단하기가 어렵다. 한 계단을 내려와 두 번째 계단을 디디고 서 있는데도, 불빛을 정면으로 받지 않고서는 남자인지 여자인지 알 수 없어 말을 걸 수가 없다.

검은 것이 한 발짝 아래로 옮겼다. 디디고 있는 돌은 융단처럼 부드러운 듯 보이고, 발소리로 짐작한다면 움직이지 않는다고 말해도 좋을 것이다. 그렇지만 조금 윤곽은 떠오른다. 나는 화가인 만큼 인체의 골격에 대해서는 의외로 시각이 예민하다. 무엇인지 분간할 수 없는 것이 한 계단 움직였을 때, 나는 여인과 둘이, 이 목욕탕에 있다는 것을 깨달았다.

주의를 주어야 할 것인가, 그냥 둘 것인가, 욕조 물에 뜬 채로 생각하는 동안, 여자의 그림자는 완전히 내 앞에 나타났다. 넘쳐흐르는 김의 부드러운 광선을 한 분자마다 머금고, 불그스름하니 따사롭게 보이는 그 안쪽에 떠도는 검은 머리를 구름처럼 드리우고, 늘씬한 몸매를 곧바로 세운 여인의 모습을 보았을 때는, 규범이니 예의범절이니 풍기니 하는 느낌은 모조리 내 뇌리를 떠나 오로지 아름다운 그림의 제재를 발견했다고만 생각했다.

고대 그리스의 조각은 알 수 없으나 근세 프랑스의 화가가 목숨처럼 받드는 나체화를 볼 때마다, 너무나 노골적인 육체의 아름다움을 극단적으로까지 다 묘사하려고 하는 흔적이 생생하게 보여서, 어딘지 고상한 정취가 부족하다는 기분이 지금까지 나를 괴롭혔다. 그러나 그럴 때마다 그저 무언가 품격이 낮다고 평가했을 뿐, 왜 품격이 낮은지는 몰랐기 때문에 나도 모르게 해답을 얻으려고 번민하면서 오늘에 이르렀던 것이다. 육체를 가리면 아름다운 것이 감추어진다. 감추지 않으면 천해진다. 요즘의 나체화는 감추지 않아 천박하고, 지나치게 기교를 억제하지 않는다. 옷을 빼앗은 모습을 그대로 묘사하는 것만으로는 부족하다고 느낀 것인지, 기어코 나체를 의관衣冠의 세상에서 밀어내려고 한다. 인간이 옷을 입는 것이 정상이라는 것을 잊고, 나체에 모든 미적 권능을 부여하려고 한다. 십 분이면 충분할 것을 십이 분으로, 십오 분으로 계속 밀고 나아가 오로지 나체라는 느낌만을 강하게 묘사해내려고 한다. 기교가 이렇게 극단에 도달했을 때, 그 극단적인 기교가 보는 사람을 강요하면 추하다고 느낀다. 아름다운 것을 더욱더 아름답게 하려고 초조해할 때, 아름다운 것은 오히려 그 정도가 떨어지는 것이 보통이다. 인간사에 대해서도 차면 기운다는 속담은 바로 이런 것을 말하는 것이다.

방심과 천진함은 여유를 나타낸다. 여유는 그림에서, 시에서, 또는 문장에서 필수 조건이다. 오늘날 예술의 한 가지 커다란 폐단은 이른바 문명의 조류가 쓸데없이 예술가들을 몰아세워 모든 것에 악착같이 집착하게 했다는 점이다. 나체화는 그 좋은 예일 것이다. 도회에 게이샤라는 존재가 있다. 색을 팔고 사람에게 교태를 부리는 것으로 장사를 하고 있다. 그들은 손님을 대할 때, 자신의 외모가 상대의 눈에 어떻게 비치는가를 고려하는 것 외에는 아무런 표정도 보여주지 못한다. 해마다 전시되는 미술전람회의 목록은 이 예기藝妓와 흡사한 나체 미인으로 가득 차 있다. 그들은 한순간도 스스로가 나체인 것을 잊지 못할 뿐 아니라, 온몸의 근육을 씰룩거리면서 스스로가 나체임을 관람자에게 보여주려고 애쓴다.

지금 내 눈앞에 요염하게 나타난 모습은 속세의 때가 묻은 눈을 가릴 만한 실오라기 하나도 걸치고 있지 않다. 보통 사람이 몸에 걸친 옷을 벗어버린 모습이라면 이미 속세에 타락한 것이다. 애초부터 입어야 할 옷도, 달고 다녀야 할 소매도 있는 줄 모르는 신대神代의 모습을 구름 속에 불러일으킨 것처럼 자연스럽다.

　실내를 가득 메운 김은 그 뒤에도 끊임없이 피어오른다. 봄밤의 불빛을 반투명으로 무너뜨리며 욕탕 가득히 깔린 무지개 세계가 짙게 흔들리는 가운데, 몽롱하게, 까맣다고 생각될 정도의 머리를 뿌옇게 보이며 새하얀 모습이 구름 속에서 서서히 떠오른다. 그 윤곽을 보라.

　목덜미 양쪽에서 안쪽으로 가볍게 좁혀들어 자연스럽게 어깨 쪽으로 비스듬히 흘러내린 선이 풍성하고 둥글게 꺾여 흘러내린 끝은 다섯 손가락으로 나눠질 것이다. 봉긋하게 부풀어 오른 두 가슴 아래에는 잠시 물러간 물결이 또다시 매끄럽게 되살아나 아랫배의 팽팽함을 편안하게 해준다. 뻗어나가는 힘을 뒤로 빼돌려 힘이 다하는 곳에서 갈라진 살이 균형을 지키기 위해 약간 앞으로 기운다. 거꾸로 아래에서 떠받치는 무릎이 이번에는 자세를 가다듬어 긴 물결이 발뒤꿈치에 닿을 무렵, 평평한 발은 모든 갈등을 두 발바닥에 편안하게 다스린다. 세상에 이처럼 복잡한 배합은 없다. 이처럼 통일된 배합도 없다. 이처럼 자연스럽고 이처럼 부드럽고 이처럼 저항이 적으며 이처럼 무난한 윤곽은 결코 찾아볼 수 없다.

　게다가 이 모습은 보통의 나체처럼 노골적으로 내 눈앞에 내밀고 있는 것이 아니다. 모든 것을 유현화幽玄化[90]하는 일종의 영적 분위기 속에서 아련하게, 그 넉넉한 아름다움을 넌지시 비춘 것에 지나지 않는다. 붓에 먹을 듬뿍 묻혀 힘차게 한 조각 비늘을 그려, 규룡[91]의 기괴함을 종이와 붓 밖에서 상상하게 하는 것처럼, 예술적으로 보면 부족한 데가 없는, 공기와 온기와 아득히 멀고 넓은 모양을 갖추고 있다. 여섯에 여섯을 곱한 서른여섯 개의 비늘을 꼼꼼하게 그려 넣은 용이 웃음거리가 된다면, 적나라한 살을 분명하게 보지 않아야 신비한 여운이 남는다. 나는 이 윤곽이 눈에 들어왔을 때, 계수나무의 도읍에서 도망쳐 나온 달나라의 선녀가 뒤쫓아오는 무지개에 둘러싸여 잠시 주저하는 모습처럼 보였다.

윤곽은 점차 하얗게 떠오른다. 한 걸음만 더 내디디면 모처럼의 선녀가 가엾게도 속계로 타락한다고 생각하는 찰나, 푸른 머릿결은 물결을 헤치는 신령한 거북 꼬리처럼 바람을 일으키고 희미하게 나부꼈다. 소용돌이치는 김을 뚫고 하얀 자태는 계단을 뛰어오른다. 호호호호, 하고 날카롭게 웃는 여자의 목소리가 복도에 울리고 고요한 목욕탕에서 차츰 멀어진다. 나는 뜨거운 탕의 물을 꿀꺽 마신 채로 탕 속에 우뚝 섰다. 놀란 물결이 가슴에 와닿는다. 가장자리를 넘쳐흐르는 물소리가 쏴쏴 울린다.

| 90   이치나 아취雅趣가 알기 어려울 정도로 깊고 그윽하며 미묘함을 뜻하는 말.
| 91   전설에 등장하는 상상의 동물로, 뿔이 나 있는 붉은 색의 용이다.

8

차 대접을 받는다. 동석한 낯선 손님은 스님 한 사람, 간카이지의
주지로 이름은 다이테쓰라고 한다. 속세의 한 사람은 스물너덧 살
되어 보이는 젊은 남자다.

노인의 방은 내가 있는 방 복도를 따라 오른쪽 끝에서 왼쪽으로
꺾어 막다른 곳에 있다. 크기는 다다미 여섯 장 정도 될 것이다. 커
다란 자단나무 책상을 한복판에 놓아 생각보다 옹색하다. 앉으라
는 자리를 보니, 방석 대신에 꽃무늬 담요가 깔려 있다. 물론 중국
제품일 것이다. 한가운데를 육각으로 구분하고, 그 안에 묘한 집과
묘한 버드나무를 짜 넣었다. 둘레는 쇳빛에 가까운 쪽빛이고, 네 모
서리에 덩굴이 꼬이거나 뻗어나가는 모양의 무늬를 장식한 갈색의
원을 제외하고는 모두 염색되어 있다. 중국에서는 이것을 방에 사
용했는지 의심스럽지만, 이렇게 방석 대용으로 쓰는 것을 보면 무
척이나 재미있다. 인도의 사라사[92]라든가, 페르시아의 벽걸이가 좀

어설픈 데 가치가 있는 것처럼, 이 꽃 담요도 꼼꼼하지 않은 데에 정취가 있다. 꽃 담요뿐 아니다. 중국의 기구는 모두 어설프다. 아무래도 바보 같고 성격이 느린 인종이 발명한 것이라 생각할 수밖에 없다. 보고 있는 동안에 멍해진다는 점이 중요하다. 일본은 소매치기의 태도로 미술품을 만든다. 서양은 크고 섬세하고, 어디까지나 속된 것에 대한 미련을 버리지 못한다. 먼저 이런 생각을 하면서 자리에 앉는다. 젊은 남자는 내 옆에 자리를 잡고 꽃 담요의 반을 차지했다.

주지는 호랑이 가죽 위에 앉았다. 호랑이 가죽의 꼬리는 내 무릎 옆을 지나가고, 머리는 노인의 엉덩이 밑에 깔려 있다. 노인은 머리털을 몽땅 뽑아 뺨과 턱에 이식한 것처럼 흰 수염을 거추장스럽게 길렀다. 노인이 찻잔 받침에 올린 찻잔을 공손하게 책상 위에 놓는다.

"오늘은 오랜만에 집에 손님이 오셨기에, 차를 대접할까 하는 생각으로⋯."

노인은 그렇게 말하며 스님 쪽으로 시선을 돌렸다.

"아니, 사환을 보내줘 고마워요. 나도 오랫동안 찾지 못해 오늘쯤 와볼까 하던 참이었어요."

이 예순이 가까운 스님의 둥그런 얼굴은 달마를 초서체로 갈겨서 아무렇게 그려 놓은 듯한 모습이다. 노인과는 평소부터 절친인 것 같다.

"이분이 손님이신가?"

---

92 다섯 가지 색으로 인물, 새, 짐승, 꽃, 나무 또는 기하학적 무늬를 날염한 피륙 또는 그 무늬를 말한다.

노인은 끄덕이면서 붉은 진흙으로 빚은 자기 찻주전자에서 옥처럼 아름다운 초록빛이 감도는 호박색 차를 두세 방울씩 찻잔 바닥으로 떨어뜨린다. 맑은 향기가 은근히 코를 엄습해오는 기분이 들었다.

"이런 시골에 혼자서는 쓸쓸하겠어요."

주지는 곧장 나에게 말을 걸었다.

"네, 뭐…."

이도 저도 아닌 요령 없는 대답을 한다. 쓸쓸하다고 하면 거짓말이다. 쓸쓸하지 않다고 말하면 긴 설명이 필요하다.

"뭘요, 주지 스님. 이분은 그림을 그리기 위해 오셨으니까 바쁘실 겁니다."

"아, 그래요? 그거 좋군요. 역시 남종화南宗派[93]인가요?"

"아뇨."

이번에는 이렇게 대답했다. 서양화 같은 얘기를 해본들 이 주지는 알 수 없을 것이다.

"아니, 역시 그 서양화란 거죠."

노인은 주인의 역할로 다시 반쯤 손님에게 응대해준다.

"허, 서양화란 말인가요. 그러면 저 규이치가 그리는 것 같은 그림인가요? 그건, 내가 요전에 처음 봤지만 엄청 예쁘게 그렸더군요."

"아니에요, 보잘것없습니다."

젊은 남자가 그제야 입을 열었다.

---

93 명나라의 막시룡과 동기창이 제창한 화풍으로, 화가의 영감과 내적 진리를 추구하는 문인들이 수묵과 담채를 사용해 집중한 산수화의 양식이다.

"넌 주지 스님께 보여드렸니?"

노인이 젊은 남자에게 묻는다. 말투에서도 그렇고 태도에서도 그렇고 아무래도 친척인 것 같다.

"뭐, 보여드린 건 아니고, 가가미가 연못[94]에서 스케치를 하고 있을 때 주지 스님이 보셨던 겁니다."

"음, 그래. 자, 차를 따랐으니 한 잔."

노인은 찻잔을 각자의 앞에 놓는다. 차의 양은 불과 서너 방울에 지나지 않으나, 찻잔은 무척 크다. 남빛을 띤 쥐색 바탕에, 탄 듯한 붉은색과 연노랑으로 그림인지 무늬인지 도깨비 얼굴 모양이라도 되는 것인지, 전혀 짐작할 수 없는 것이 빈틈없이 전면에 그려져 있다.

"모쿠베[95]입니다."

노인은 간단히 설명했다.

"이것 재미있군요."

나도 짧게 칭찬을 했다.

"모쿠베는 어쩐지 가짜가 많아서…, 그 잔 바닥에 있는 작고 깊게 파인 윤곽을 한 번 보세요. 제작자 이름이 있을 테니까요."

찻잔을 들고 장지문 쪽을 향해 본다. 장지문에는 화분에 심은 엽란의 그림자가 따뜻하게 비치고 있다. 고개를 숙여 들여다보니 '모쿠_木'라는 글자가 작게 보인다. 감상하는 데 제작자 이름이 그다지 중요하다고는 생각하지 않지만, 호사가들은 그것이 몹시 마음에 걸린다고 한다. 찻잔을 아래에 놓지 않고 그대로 입으로 가져갔다.

---

94 가가미가 연못은 나코이의 명소 중 하나.
95 에도 시대의 도공 아오키 모쿠베青木木米(1767~1833)가 만든 도기라는 뜻.

혀끝에 진하면서 달고 알맞게 데워진 무거운 이슬을 한 방울씩 떨어뜨려 맛보는 것은 한가로운 사람이 마음대로 즐기는 풍류다. 보통 사람은 차를 마시는 것이라고 알고 있으나 그것은 잘못이다. 혀끝에 물방울을 떨어뜨려 맑은 것이 사방으로 흩어지면 목구멍으로 내려갈 것은 거의 없다. 그저 그윽한 향이 식도에서 위 속으로 스며들 뿐이다. 치아로 깨무는 음식물은 차에 비하면 풍류가 없다. 물은 너무 가볍다. 옥로玉露인 차에 이르러서는 진하기가 염분이 없는 물인 담수의 경지를 벗어나 턱을 피곤하게 할 정도로 딱딱하지 않다. 훌륭한 음료다. 차를 마시면 잠을 이루지 못한다고 호소하는 자가 있다면, 잠들지 못해도 차를 마시라고 권하고 싶다.

노인은 어느새 청옥青玉으로 만든 과자 그릇을 내왔다. 커다란 덩어리를 이토록 얇게, 이렇게까지 반듯하게 도려낸 장인의 솜씨는 놀랄 만한 것이다. 비춰보니 봄볕이 온통 비쳐들고, 비쳐든 그대로 빠져나갈 길을 잃은 듯한 느낌이다. 안에는 아무것도 담지 않는 것이 좋다.

"손님이 청자를 칭찬하셨으니, 오늘은 좀 보여드리려고 내왔습니다."

"무슨 청자를…, 음, 그 과자 접시인가. 그건 나도 좋아해요. 그런데 선생, 서양화를 맹장지에 붙일 수 있을까요. 붙일 수 있다면 한 폭 부탁하고 싶은데요."

그려달라면 못 그릴 것도 없지만, 이 주지의 마음에 들지 어떨지 모르겠다. 애써 그렸는데 서양화는 안 되겠다는 말이나 들으면 애쓴 보람이 없다.

"맹장지에는 안 맞겠지요."

"안 맞을려나. 그렇긴 해. 요전에 본 규이치 그림 같으면 너무 화려할지도 모르지."

"제 그림은 못 써요. 그건 완전히 장난으로 그린 겁니다."

젊은 남자는 줄곧 부끄러워하고 겸손해한다.

"아까 말한 그 무슨 연못은 어디에 있나요?"

나는 젊은 사내에게 확인하려고 물어둔다.

"바로 간카이지 뒤쪽의 계곡에 있는데 그윽하고 조용한 곳이에요. 뭐, 학교 다닐 때 배운 거라 심심풀이로 그려봤을 뿐입니다."

"간카이지라면…."

"간카이지라면, 내가 있는 절이지요. 좋은 곳이지요, 바다가 한눈에 내려다보이고… 이곳에 머무르는 동안에 한번 들러봐요. 뭐, 여기서 한 500, 600미터쯤 될까. 보세요, 저 복도에서 절의 돌계단이 보일 거요."

"언제 한번 들러도 괜찮겠습니까?"

"암, 좋고 말고요. 언제든지 있으니까요. 이 댁 아가씨도 자주 오시지요. 아가씨라고 하니 생각이 나는데…, 오늘은 나미 씨가 안 보이는 것 같은데, 무슨 일이 있습니까, 영감."

"어디로 나갔나. 규이치, 너한테 안 갔니?"

"아뇨, 안 왔어요."

"또 혼자 산책하나. 하하하하, 나미는 제법 다리가 튼튼해. 요전에 법회 일로 도나미까지 갔더니, 스가타미바시 다리 근처에서 어지간히 닮았구나, 생각했는데, 역시 나미야. 옷자락을 접어 허리 띠에 지르고 조리[96]를 신고서는 '주지 스님, 그리 꾸물대시며 어디로 가세요' 해서 깜짝 놀랐지요, 하하하하, 너는 그런 꼴로 대체 어디

갔다 오냐고 물었더니, 지금 미나리 캐러 갔다 오는 길이에요, 주지 스님. 좀 드릴까요, 하며 갑자기 내 소맷자락에 흙투성이 미나리를 집어넣고는, 하하하하."

"그거 참…."

노인은 쓴웃음을 지었지만, 갑자기 일어나 이야기를 다시 도구 쪽으로 옮겼다.

"사실은 이걸 보여드릴 생각에서요."

노인이 자단나무 서가에서 조심스럽게 끄집어낸 단자로 만든 낡은 주머니는 왠지 묵직해 보인다.

"주지 스님, 스님에겐 보여드린 적이 있었지요."

"뭐요, 도대체."

"벼루요."

"아, 어떤 벼루지요?"

"산요[97]가 애장했다는…."

"아니, 그건 아직 못 봤어요."

"슌스이[98]의 예비 뚜껑이 붙어 있고…."

"그건 아직 못 본 것 같아요. 어떤 거지요."

노인이 소중하게 단자 주머니의 매듭을 풀자 팥 색깔의 네모난 돌이 언뜻 모서리를 보인다.

"빛깔 좋네요. 단계 것[99]인가요."

| 96 엄지와 검지 발가락 사이에 끈을 끼워 신게 만든 일본의 전통 신발.
| 97 라이 산요賴山陽(1781~1832). 에도 말기의 유학자.
| 98 라이 슌스이賴春水,(1746~1816). 산요의 아버지로 역시 유학자.
| 99 중국 광둥성 단계端溪에서 나는 돌을 이용해 만든 최고급 벼루를 말한다.

"단계석이며, 구욕안鴝鵒眼[100]이 아홉 개나 돼요."

"아홉 개나요?"

주지는 무척 감동한 것 같다.

"이것이 슌스이의 예비 뚜껑입니다."

노인은 고급 비단을 겉에 붙인 얇은 벼루 뚜껑을 보여준다. 위에 슌스이의 글씨로 칠언절구가 쓰여 있다.

"과연. 슌스이는 잘 써. 잘 쓰지만, 글씨는 슌스이의 동생 교혜이[101] 쪽이 한 수 위지."

"역시 교혜이 쪽이 더 낫나?"

"산요가 제일 서툰 것 같아요. 아무래도 재주는 좋은데 세속적이라 전혀 멋이 없어요."

"하하하하…. 주지 스님은 산요를 싫어하시니까, 오늘은 산요 족자를 내리고 다른 걸로 바꿔 걸었지요."

"정말이요?"

주지 스님은 뒤를 돌아본다. 도코노마의 얇은 마루가 거울처럼 깨끗이 닦여 있고, 녹슨 흔적이 있는 오래된 구리 병에는 목련이 60센티 정도 높이로 꽂혀 있다. 거대한 족자는 깊은 광채를 뿜는 고풍스러운 금란에 애써 공들여 장정한 부쓰 소라이[102]의 것이다. 비단 천은 아니지만, 어느 정도의 세월이 지났으므로 글씨가 뛰어나고 그렇지 않고는 고사하고, 종이 빛깔이 주위의 천과 무척 조화로

---

100 벼루에 있는 구욕새의 눈 모양 반점. 이 반점이 많을 수록 고급품으로 여겼다.

101 라이 교혜이賴杏坪(1756~1834). 슌스이의 막내 동생.

102 부쓰 소라이物徂徠는 에도 중기의 유학자 오규 소라이荻生徂徠(1666~1728)를 말한다.

워 보인다. 그 금란도 처음 짜냈을 당시에는 이렇게 그윽한 맛이 없었겠지만, 빛깔이 퇴색하고 금사金絲가 가라앉고 화려한 데가 죽어 수수한 멋이 드러나면서 멋들어진 작품이 됐을 것이다. 짙은 갈색의 모래 벽에 하얀 상아 족자가 눈에 띄게 양쪽에 버티고 있다. 그 목련이 공중에 뜬 것처럼 되어 있는 것 외에는 도코노마 전체의 정취는 너무 차분해서 오히려 음산하다.

"소라이인가요?"

주지가 고개를 돌리며 말을 한다.

"소라이도 별로 안 좋아하실지 모르지만, 산요보다는 괜찮을 거라 생각해서요."

"그야 소라이 쪽이 훨씬 낫지, 교호[103] 무렵의 학자들이 글씨는 서툴러도 어딘지 품위가 있어."

"고타쿠[104]를 일본의 명필이라 한다면, 자신은 중국의 졸필밖에 안 된다고 말한 것은 소라이가 아니었던가요, 주지 스님."

"난 모르겠어요. 그렇게 뽐낼 만한 글씨도 못 될 걸요, 아하하하."

"그런데 주지 스님은 누구한테 배우셨나요?"

"나 말인가요? 선승은 책도 읽지 않고 글자 쓰는 연습도 안 하니까요."

"하지만 누구한테든 배웠겠지요."

"젊었을 때 고센의 글씨를 좀 공부한 일이 있어요. 그것뿐이오.

---

103 일본 에도 시대의 연호. 교호는 1716년부터 1736년을 가리키는데, 이는 라이 산요가 살았던 시대(1780~1832)보다 100년 정도 오래되었다.

104 호소이 고타쿠細井廣澤(1658~1736). 에도 중기의 유학자로 명필가로 알려져 있다.

그래도 부탁을 받으면 언제든 쓰지요. 아하하하. 그런데 그 단계 벼루 한 번 보여주세요."

주지가 재촉한다.

드디어 단자 주머니를 벗긴다. 모두의 시선은 일제히 벼루로 쏠렸다. 두께는 거의 6센티에 가까우므로 보통 벼루의 두 배는 될 것이다. 12센티 폭에 18센티의 길이는 일단 보통의 벼루라고 해도 좋을 것이다. 뚜껑에는 비늘 모양으로 다듬은 소나무 껍질을 그대로 썼고, 위에는 주홍빛 칠을 했고 알 수 없는 서체의 글씨가 두 자쯤 쓰여 있다.

"이 뚜껑은."

노인이 말한다.

"이 뚜껑은 그냥 단순한 뚜껑이 아니니까, 보시다시피 소나무 껍질인 건 틀림없지만⋯."

노인의 눈은 내 쪽을 보고 있다. 그러나 소나무 껍질 뚜껑에 어떤 사연이 있든 화공인 나는 그다지 감복할 수 없어서 이렇게 말했다.

"소나무 껍질 뚜껑은 좀 속된 느낌입니다."

노인은 뭐, 하고 말하려는 듯 손을 들었다.

"그저 소나무 껍질 뚜껑이라면 속될 수도 있지만, 이건 그 뭐랄까요, 산요가 히로시마에 있었을 때 뜰에 자라던 소나무 껍질을 벗겨서 손수 만든 겁니다."

"어차피 제 손으로 만든다면 좀 더 서툴게 만들 수 있을 것 같은데. 일부러 이 비늘 모양 같은 걸 반짝반짝 윤을 내지 않아도 좋을 것 같다고 생각됩니다만."

역시 산요는 속된 남자라고 생각했기 때문에, 스스럼없이 얘기하고 말았다.

"아하하하. 옳은 말씀. 이 뚜껑은 너무 싸구려 같아요."

주지는 금세 내 말에 동의했다.

젊은 남자는 미안한 듯이 노인의 얼굴을 쳐다본다. 노인은 다소 기분이 좋지 않은 듯한 태도로 뚜껑을 치워버렸다. 그 밑에서 드디어 벼루가 정체를 드러낸다.

만약 이 벼루에 사람들의 눈에 띨 만한 특이한 점이 있다면, 그건 모습을 드러낸 표면에 있는 장인의 조각일 것이다. 한복판에 회중시계만한 동그란 부분이 테두리와 거의 같은 높이로 조각된 채 남아 있는데, 이것은 거미의 등을 상징한다. 가운데에서 사방으로 여덟 개의 다리가 구부정하게 뻗어나간 것을 보면 끝에는 각각 구욕안을 품고 있다. 나머지 한 개는 등 한복판에 노란 즙을 떨어뜨린 것처럼 번져 보인다. 등과 다리와 테두리만을 남기고 나머지 부분은 거의 3센티 정도의 깊이로 파여 있다. 아마도 먹물을 담는 곳이 이 참호 속은 아닐 것이다. 비록 한 홉의 물을 붓는다고 해도 이 깊이를 넉넉하게 채울 수는 없다. 생각건대 연적에서 한 방울의 물을 은국자로 떠서 거미 등에 떨어뜨리고, 그것으로 귀한 먹을 갈 것이다. 그렇지 않다면 이름은 벼루지만 그 실상은 순전히 장식용 문방구에 불과하다.

노인은 침을 흘릴 듯한 입으로 말한다.

"이 촉감과 이 눈을 봐주세요."

과연 보면 볼수록 좋은 빛깔이다. 차가운 윤택을 띤 표면에 후, 하고 한 번 불면 금방 김이 서려 한 무리 구름을 일으킬 것 같다. 특히 놀라운 것은 눈의 빛깔이다. 눈의 빛깔이라기보다는 눈과 바탕이 서로 엇갈리는 곳이 점차로 빛깔을 바꿔, 언제 바뀌었는지 내 눈이 속았다는 것조차 발견할 수 없다. 형용해본다면 보랏빛 양갱병 餠 속의 강낭콩이 비쳐 보일 깊이로 끼워 넣어진 것 같다. 눈이라면 한두 개라도 대단히 진귀하게 다가온다. 아홉 개라면 거의 비길 데가 없을 것이다. 더욱이 그 아홉 개가 정연하게 같은 폭으로 안배되어 마치 사람이 만든 보석으로 착각할 정도라서 천하일품임을 인정하지 않을 수 없다.

"과연 훌륭합니다. 보는 것만으로도 기분이 좋아질 뿐 아니라 이렇게 만져만 봐도 유쾌합니다."

나는 이렇게 말하고서 옆의 젊은 남자에게 벼루를 건넸다.

"규이치가 그런 걸 알까?"

노인이 웃으면서 물어본다.

"모릅니다."

규이치는 다소 자포자기한 듯한 말투로 말했으나, 잘 모르는 벼루를 자기 앞에 놓고 바라보고는 죄송스러운 생각이 들었는지 다시 내게 돌려주었다. 나는 한 번 더 정중히 어루만져본 다음에 결국 그것을 공손하게 주지에게 돌려주었다. 주지는 신중하게 손바닥에 올려서 한참을 본 끝에, 그것만으로는 성에 차지 않은 듯 쥐색의 무명옷 소매로 사정없이 거미 등을 문지르고는 광택이 난 곳을 줄곧 완상하고 있다.

"영감, 정말 이 빛깔이 너무 좋아요. 써본 적이 있나요?"

"없어요. 함부로 쓰고 싶지 않아서, 아직 샀을 때 그대로입니다."

"그렇기도 하겠어. 이런 것은 중국에서도 귀하겠는데요, 영감."

"그렇습니다."

"나도 하나 가지고 싶은데, 괜찮다면 규이치한테 부탁해볼까. 어때, 사다 줄 수 없을까?"

"헤헤헤헤. 벼루는 찾지도 못하고 죽을 것 같습니다."

"정말로 벼루는 생각도 못 하겠구먼. 그런데 언제 떠나지?"

"2, 3일 안에 떠납니다."

"영감, 요시다까지 바래다주세요."

"평소 같으면 나이도 들었고 해서 그만두겠지만, 어쩌면 다시 못 보게 될지도 모르니 바래다줄 생각입니다."

"백부님은 바래다주지 않아도 됩니다."

젊은 남자는 이 노인의 조카인 것 같다. 정말이지 어딘지 닮았다.

"뭘 그래. 바래다달라고 하지. 배편으로 가면 금방 가는데, 그렇죠, 영감."

"예, 산 넘기가 수월치 않지만, 돌아가는 길이라도 배편이면…."

젊은 남자는 이번에는 그다지 물러나지 않는다. 그냥 아무 말이 없다.

"중국 쪽으로 가십니까?"

내가 잠깐 물어보았다.

"예."

예, 하는 한마디로는 좀 부족했지만, 더는 파고들 필요도 없었기에 그만두었다. 장지문을 보니 난초 그림자가 약간 위치를 옮겼다.

"뭐 손님, 역시 이번 전쟁으로…. 이 사람이 원래 지원병이었으니까 그래서 소집된 거지요."

노인은 당사자를 대신해 며칠 안에 만주 벌판으로 출정해야 할 이 청년의 운명을 나에게 말했다. 이 꿈 같은, 시 같은 봄 마을에, 우는 것은 새, 지는 것은 꽃, 솟아오르는 것은 온천뿐이라고 생각하고 있었던 것은 잘못이다. 현실 세계는 산을 넘고 바다를 건너 헤이케의 후예만이 오랜 세월 살아온 외딴 마을에까지 다가온다.[105] 중국 북방의 광야를 물들일 유혈의 몇만 분의 일은 이 청년의 동맥에서 내뿜어질 때가 올지도 모른다. 이 청년의 허리에 찬 장검의 칼끝에서 피바람이 되어 불지도 모른다. 그러나 이 청년은 꿈꾸는 일 외의 삶에서 아무런 가치도 찾으려 하지 않는 한 화공 옆에 앉아 있다. 귀를 기울이면 그의 가슴에 고동치는 심장 소리조차 들을 수 있을 만큼 가까이에 앉아 있다. 그 고동 속에는 천 리 평야를 휘감을 높은 물결이 이미 울리고 있을지도 모른다. 운명은 갑작스레 이 두 사람을 한 집에서 만나게 했을 뿐, 그 밖에는 딱히 아무런 말도 하지 않는다.

---

105 헤이안 시대에 겐페이源平 전쟁(1180~1185)에서 패한 헤이케平家 일족의 후예들이 전국 각지에 마을을 만들어 숨어 살고 있다는 전설이 있다.

9

"공부하세요?"

여인이 말한다. 방으로 돌아온 나는 삼각의자에 묶어둔 책 한 권을 꺼내 읽고 있었다.

"들어오세요. 괜찮습니다."

여인은 주저하는 기색도 없이 거침없이 들어온다. 수수한 옷깃 안으로, 보기 좋은 목의 살빛이 산뜻하게 드러나 있다. 여인이 내 앞에 앉았을 때, 이 목과 옷깃의 대조가 맨 먼저 눈에 띄었다.

"서양 책인가요? 어려운 것이 쓰여 있겠네요."

"뭘요."

"그럼 뭐가 쓰였나요?"

"글쎄요. 사실은 저도 잘 모릅니다."

"호호호호. 그래서 공부하시는 거죠?"

"공부가 아닙니다. 그냥 책상에 이렇게 펴놓고 펼친 데를 적당히 읽고 있는 겁니다."

"그래서 재미있나요?"

"그게 재미있습니다."

"왜요?"

"왜라니요, 소설 같은 건 그렇게 읽는 게 재미있답니다."

"상당히 별난 분이시네요."

"예, 좀 별납니다."

"처음부터 읽으면 왜 나쁘죠?"

"처음부터 읽어야 한다면 끝까지 읽어야 하잖아요."

"묘한 논리네요. 끝까지 읽는 건 좋은 거 아닌가요?"

"물론 나쁘진 않지요. 줄거리를 읽을 거면 저도 그렇게 읽습니다."

"줄거리를 안 읽으면 뭘 읽으세요? 줄거리 외에 다른 읽을거리가 있나요?"

나는 역시 여자구나, 생각했다. 다소 시험을 해보고 싶은 생각이 든다.

"소설을 좋아합니까?"

"저요?"

말을 중단한 여인은 잠시 후 글쎄요, 하고 어중간한 대답을 했다. 별로 좋아하지 않는 것 같다.

"좋아하는지 싫어하는지, 당신 자신도 잘 모릅니까?"

"소설 같은 건 읽든 안 읽든…."

마음속에서 전혀 소설의 존재를 인정하지 않는 듯 보인다.

"그렇다면, 처음부터 읽거나, 끝까지 읽거나, 적당한 데서 적당히 읽거나, 마찬가지 아닌가요? 당신처럼 그렇게 이상스럽게 생각하지 않아도 되지 않을까요?"

"그렇지만 당신과 저는 달라요."

"어디가요?"

나는 여인의 눈 속을 응시했다. 시험을 하는 것은 나라고 생각했으나 여자의 눈동자는 전혀 움직이지 않는다.

"호호호호, 모르세요?"

"그래도 젊었을 때는 꽤 읽으셨지요?"

나는 외곬으로 밀어붙이는 것을 그만두고 살짝 우회하기로 했다.

"지금도 젊다고 생각해요, 가엾게도."

줄을 늦춰주니 이번에는 상대방이 당긴다. 잠시도 방심할 수 없다.

"그런 말을 남자 앞에서 할 수 있으면, 이미 늙은이에 속합니다."

겨우 화제를 원래대로 되돌렸다.

"그런 말 하는 당신도 꽤 나이 드셨는데요. 그 나이가 돼서도 역시 반했다, 홀딱 반했다, 여드름이 났다는 둥 그런 얘기가 재미있나요?"

"예, 재미있습니다. 죽을 때까지 재미있습니다."

"어머나 그래요. 그러니까 화가 같은 것도 될 수 있었군요."

"맞습니다. 화가니까 소설 같은 것을 처음부터 끝까지 읽을 필요는 없는 겁니다. 그렇지만 어디를 읽어도 재미있습니다. 당신하고 얘기하는 것도 재미있고요. 이곳에 묵는 동안에는 매일 얘기를 하고 싶을 정도입니다. 뭣하면 당신한테 반해도 좋아요. 그러면 더 재미있겠지요. 그러나 아무리 반해도 당신과 부부가 될 필요는 없는 겁니다. 반해서 부부가 될 필요가 있을 때는 소설을 처음부터 끝까지 읽을 필요가 있는 겁니다."

"그렇다면 몰인정하게 반하는 사람이 화가인 거군요?"

"몰인정이 아니지요. 반하는 방법이 비인정非人情이라는 겁니다. 소설도 비인정으로 읽으니까 줄거리 같은 건 아무래도 상관없습니다. 이렇게 제비 뽑듯이 착 펴서 펼쳐진 곳을 멍하니 읽는 것이 재미있습니다."

"정말 재미있을 것 같아요, 지금 당신이 읽고 있는 데를 조금 얘기해주세요. 재미있는 것이 나오는지 듣고 싶네요."

"얘기하면 안 돼요. 그림도 얘기로 해버리면 그 가치가 없어지고 마는 거 아닙니까?"

"호호호. 그러면 읽어주세요."

"영어로 읽어요?"

"아닙니다, 일본어로요."

"영어를 일본어로 읽기는 힘듭니다."

"좋지 않나요, 비인정이라서."

이것도 하나의 재미가 될 거라는 생각을 했기에, 나는 여자의 부탁에 응해 책을 띄엄띄엄 일본어로 읽기 시작했다. 만약 세상에 비인정한 독서법이 있다면 바로 이것일 거다. 듣는 여인도 물론 비인정으로 듣고 있다.

"애정의 바람이 여자에게서 분다. 목소리에서, 눈에서, 살결에서 분다. 남자의 부축을 받으며 배 뒷부분으로 가는 여자는 해가 저무는 베네치아를 바라보기 위함인가, 부축하는 남자는 자신의 맥에 번개의 피를 흐르게 하려는 것인가…. 비인정이니까 적당히 읽는 겁니다. 군데군데 빠트릴지도 모릅니다."[106]

"아무렇게나 괜찮아요. 되는 대로 보태도 좋아요."

"여자는 남자와 나란히 뱃전에 기댄다. 두 사람의 간격은 바람에 나부끼는 리본의 폭보다 좁다. 여자는 남자와 함께 베네치아야 안녕이라고 말한다. 베네치아의 도제[107]의 궁전은 지금 제2의 일몰처럼 불그스름하게 사라져간다…."

"도제가 뭐예요?"

"뭐든 상관없습니다. 옛날 베네치아를 지배한 사람의 이름입니다. 몇 대나 이어졌더라, 그 궁전이 지금도 베네치아에 남아 있습니다."

"그래서 그 남자와 여자란 누구를 말하나요?"

"누군지 저도 모릅니다. 그러니까 재미가 있는 거지요. 지금까지의 관계 같은 건 아무래도 좋습니다. 그냥 당신과 저처럼 이렇게 같이 있는 장면인데, 그 장면만의 이야기라서 재미가 있는 겁니다."

"그런 건가요. 어쩐지 배 안에 있는 것 같군요."

"배 안이든 언덕이든 쓰여 있는 그대로면 됩니다. 왜냐고 물으면 탐정이 되고 말거든요."

"호호호호. 그럼 묻지 않겠어요."

"보통의 소설은 모두 탐정이 발명한 겁니다. 비인정인 데가 없으니까 전혀 정취가 없지요."

"그럼 비인정의 다음 계속되는 것을 듣죠. 그리고는?"

---

106 이하의 이야기는 영국의 소설가이자 시인인 조지 메러디스George Meredith (1828~1909)의 작품 중 일부.

107 라틴어 '둑스Dux'에서 유래한 단어로, '지도자'를 의미한다.

"베네치아는 가라앉고 가라앉으며, 그저 하늘에 그린 일말의 엷은 선이 된다. 선은 끊어진다. 끊어져 점이 된다. 오팔 같은 하늘에 둥근 기둥이 여기저기 선다. 마침내 가장 높이 우뚝 솟은 종루가 가라앉는다. 가라앉았다고 여자가 말한다. 베네치아를 떠나는 여자의 마음은 하늘을 지나는 바람과 같이 자유롭다. 그러나 보이지 않는 베네치아는 다시 돌아가야만 하는 여자의 마음에, 굴레에 묶인 괴로움을 준다. 남자와 여자는 어두운 만 쪽으로 시선을 쏟는다. 별은 점차 늘어난다. 부드럽게 흔들리는 바다는 거품을 내지 않는다. 남자는 여자의 손을 잡는다. 울음을 멈추지 않는 활시위를 켠 기분이다⋯."

"그다지 비인정도 아닌 것 같은데요."

"아니, 이것을 비인정으로 들을 수 있는 겁니다. 그러나 싫다면 다소 간추릴까요?"

"아니에요, 전 괜찮아요."

"전 당신보다 더 괜찮습니다⋯. 그리고, 아, 좀 어려워졌네요. 아무래도 번역하기가 아니 읽기가 어려워요."

"읽기 어려우면 줄이세요."

"예, 적당히 하죠⋯. 이 하룻밤이라고 여자가 말한다. 하룻밤? 이라고 남자가 묻는다. 하룻밤이라고 한정할 수는 없고 며칠 밤을 거듭해야만 한다고 말한다."

"여자가 말하는 건가요? 남자가 말하는 건가요?"

"남자가 말하는 거지요. 여자가 베네치아에 돌아가고 싶지 않다는 거지요. 그래서 남자가 위로하는 말입니다⋯. 한밤중 갑판의 돛대 줄을 베개로 삼아 누운 남자의 기억에는 그 순간, 뜨거운 한 방울 피를 닮은 순간, 여자의 손을 꼭 쥐었던 순간이 큰 파도처럼 흔들린다. 남자는 캄캄한 밤을 쳐다보면서 부모에 의해 강제로 하게 된 결혼이라는 구렁에서 꼭 여자를 구해야겠다고 마음먹었다. 이렇게 결심하고 남자는 눈을 감는다⋯."

"여자는요?"

"여자는 길을 잃고 헤매면서 어디를 헤매는지 모르는 모양이에요. 휩쓸려 허공을 날아가는 사람처럼 그저 불가사의의 천만무량⋯. 그다음이 좀 읽기 어렵네요. 아무래도 구절이 잘 만들어지지 않아요⋯. 그저 불가사의의 천만무량⋯ 무언가 동사는 없을까요?"

"동사 같은 게 필요한가요? 그걸로도 충분해요."

"예?"

쾅 소리가 나더니 산의 나무가 일제히 운다. 엉겁결에 얼굴을 마주하는 순간, 책상 위 꽃병에 꽂아놓은 한 떨기 동백이 파르르 떨린다.

"지진!"

작은 목소리로 외친 여인은 무릎을 펴고 편하게 내 책상에 기댄다. 두 사람의 몸이 닿을 듯 말 듯 움직인다. 푸드득, 하고 날카로운 소리로 날갯짓하며 별안간 꿩 한 마리가 수풀 속에서 날아오른다.

"꿩이."

나는 창밖을 내다보며 말한다.

"어디에요?"

여자는 흐트러진 몸으로 바싹 다가온다. 내 얼굴과 여자의 얼굴이 닿을 듯이 가까워진다. 가느다란 콧구멍에서 나오는 여자의 숨결이 내 수염에 와 닿았다.

"비인정이에요."

여자는 금세 앉음새를 고치고 단호하게 말한다.

"물론이죠."

말이 떨어지자마자 나는 대답했다.

바위 웅덩이에 고인 봄물이 놀라 너울너울 느리게 흔들리고 있다. 지반의 울림으로 천 길 물속의 파도가 바닥에서 움직이기에 표면이 불규칙하게 곡선을 그릴 뿐 물결이 부서지는 부분은 어디에도 없다. 원만하게 움직인다는 말이 있다면 이런 경우에 쓸 수 있을 것이다. 차분하게 그림자를 담고 있던 산벚나무가 물과 함께 늘어났다가 오므라들었다 구부러졌다 펴졌다 한다. 그러나 어떻게 변화해도 벚나무의 모습을 분명하게 간직하고 있는 것이 매우 재미있다.

"이 녀석은 유쾌하군요. 아름답고 변화가 있어서요. 이런 식으로 움직이지 않으면 흥미 없어요."

"인간도 그런 식으로만 움직이고 있으면, 아무리 움직여도 괜찮아요."

"비인정이지 않으면 이렇게는 움직이지 못합니다."

"호호호호. 비인정을 무척이나 좋아하시는군요."

"당신도 싫어하는 편은 아닐 겁니다. 어제의 그 후리소데 같은 건…."

"뭔가 상을 주세요."

여자는 갑자기 어리광을 부리듯 말했다.

"왜요?"

"보고 싶다고 하셔서 일부러 보여드렸잖아요."

"제가 말입니까?"

"산을 넘어오신 그림 선생님이 찻집 할머니한테 일부러 부탁하셨다고 해서 말이에요."

나는 뭐라고 대답을 해야 좋을지 몰라 잠깐 인사말이 나오지 않았다.

"그렇게 건망증이 심한 사람에게 아무리 정성을 다해도 소용없군요."

여자는 곧장 조롱하듯이 원망하듯이 그리고 정면으로 따지고 들듯이 두 개의 화살을 쏘았다. 갈수록 전세가 나빠지는데, 어디서 만회해야 할지, 일단 기선이 꺾이고 보니 좀처럼 틈을 찾기가 쉽지 않다.

"그럼, 어젯밤 목욕탕에 있었던 일도 온전히 그 친절함에서 나온 겁니까?"

아슬아슬한 상태에서 겨우 제자리를 되찾는다.

여자는 아무 말이 없다.

"정말 미안합니다. 무엇으로 답례를 해드릴까요?"

가능한 한 앞서 나간다. 아무리 앞서 나가도 아무런 반응도 없다. 여자는 시치미 떼는 듯한 얼굴로 액자 속의 다이테쓰 주지의 액자를 바라보고 있다.

"죽영불계진부동."

이윽고 조용히 입속에서 다 읊고서 다시 내 쪽으로 몸을 돌렸으나 갑자기 생각이 난 듯이 일부러 큰 소리로 물었다.

"뭐라고 하셨나요?"

그 수에 넘어가지는 않는다.

"그 스님을 아까 만났지요."

지진에 흔들리던 연못의 물처럼 원만하게 움직여 보인다.

"간카이지의 주지 스님을요? 살이 쪘지요?"

"당지[108] 장지문에 서양화를 그려달라는 겁니다. 선승님은 아무래도 사람들이 그렇게 영문을 모를 소릴 하나 봅니다."

"그러니까 그렇게 살이 찌겠지요."

"그리고 또 젊은이 한 사람을 만났습니다…."

"규이치 말이지요?"

"네, 규이치 군입니다."

"잘 아시네요."

"뭘, 규이치 군만 아는 것뿐입니다. 그밖에는 아무것도 모르죠. 입 열기를 싫어하는 사람이더군요."

"뭘요, 삼가는 거예요. 아직 어리니까…."

"어리다니, 당신과 나이가 비슷하지 않습니까?"

"호호호호. 그런가요? 걔는 제 사촌 동생인데, 이번에 전쟁터로 나간다고 작별 인사하러 온 거예요."

"여기에 묵고 있습니까?"

"아뇨, 오빠 집에 있어요."

"그러면 일부러 차를 마시러 온 거군요."

"차보다는 따뜻한 온천을 좋아해요. 아버지도 그만두면 좋을 텐데. 자꾸 부르니까 온 거지요. 앉아서 참느라고 발이 저려 곤란했

---

108 예전에 중국에서 만든 종이를 이르던 말. 닥나무 껍질과 어린 대나무의 섬유에 수산화나트륨을 섞어서 뜬 것으로 색이 누렇다. 찢어지기 쉬우나 먹물이 잘 흡수되어 먹으로 글씨를 쓰거나 그림을 그리는 사람들이 애용했다.

죠? 제가 있었으면 중간에 돌려보내주었을 겁니다만….”

“당신은 어디 갔었나요? 주지 스님이 물었어요. 또 혼자 산책이
냐면서.”

“예. 가가미가 연못 근처를 돌다 왔습니다.”

“그 가가미가 연못에 나도 가보고 싶습니다만….”

“가보세요.”

“그럼 그리러 가기 좋은 곳인가요?”

“몸 던지기 좋은 곳이죠.”

“아직은 그리 쉽게 몸 던질 생각 없는데요.”

“저는 좀 있으면 던질지도 몰라요.”

여자로서는 너무 당돌한 농담이어서 나는 문득 얼굴을 들었다.
여자는 의외로 멀쩡하다.

“내가 몸을 던져 둥둥 떠 있는 장면을, 괴로워하며 떠 있는 장면
말고요, 편안하게 죽어서 떠 있는 장면을 예쁘게 그려주세요.”

“예?”

“놀랐죠, 놀랐죠, 놀랐죠?”

여인은 쑥 일어선다. 세 발자국이면 닿는 방 입구를 나갈 때 뒤돌
아보며 빙긋이 웃었다. 나는 한참을 멍한 상태로 있었다.

10

가가미가 연못에 가본다. 간카이지 뒷길의 삼나무 숲 사이 계곡
으로 내려가 건너편 산으로 오르기 전에 길이 두 갈래로 나뉘는데,
그곳이 자연스럽게 가가미가 연못 주변이 된다. 못 가장자리에는
얼룩조릿대가 많다. 어떤 곳은 오른쪽 왼쪽 할 것 없이 양쪽에 무성
하게 자라 있어, 소리를 내지 않고는 지나갈 수가 없다. 나무 사이
에서 보면 못의 물은 보이지만, 어디에서 시작되어 어디에서 끝나
는지, 일단 돌아보지 않고서는 짐작할 수가 없다. 걸어보니 뜻밖에
도 작다. 300미터도 안 될 것 같다. 다만 몹시 불규칙하게 생겨, 여기
저기에 바위가 자연 그대로의 형태로 물가에 가로놓여 있다. 못의
형태가 말로 표현하기 어렵게 물결치며 가장자리의 높이도 다양하
게 일어났다 꺼졌다 하며 불규칙하다.

못을 둘러싸고는 잡목이 많다. 몇백 그루나 되는지 헤아릴 수 없
다. 그중에는 아직 봄의 새싹을 틔우지 않은 것도 있다. 비교적 가지

가 무성하지 않은 곳은 여전히 화창한 봄볕을 받아 잎을 틔운 잡초도 보인다. 콩제비꽃의 엷은 그림자가 언뜻언뜻 잡초 사이에 섞여 있다.

일본의 제비꽃은 잠자고 있는 느낌이다. "하늘에서 내려온 듯 기이한 것처럼"이라고 표현한 서양인의 글은 도무지 맞지 않는다. 이런 생각을 하는 순간 나는 걸음을 멈췄다. 걸음을 멈추면 싫증이 날 때까지 그 자리에 있게 된다. 서 있을 수 있는 사람은 행복하다. 도쿄에서 그런 짓을 하면 금방 전차에 치여 죽는다. 전차가 죽이지 않으면 경찰이 쫓아낸다. 도회지는 태평스러운 백성을 거지로 착각하고, 소매치기 두목인 탐정에게 많은 월급을 주는 곳이다.

나는 풀을 깔개 삼아 태평스러운 엉덩이를 살짝 내려놓았다. 이런 곳이라면 대엿새 이대로 움직이지 않고 있어도 그 누구도 불편한 소리를 할 것 같지 않다. 자연의 고마움은 여기에 있다. 정작 때가 오면 용서도 미련도 없는 대신, 사람에 따라 달리 취급하는 따위의 경박한 태도는 전혀 보여주지 않는다. 이와사키나 미쓰이[109]를 염두에 두지 않는 사람은 얼마든지 있다. 예나 지금이나 제왕의 권위에 얽매이지 않고 냉담할 수 있는 것은 자연뿐일 것이다. 자연의 덕은 인간이 사는 속세를 초월하여 절대적 평등관을 무제한으로 수립하고 있다. 보잘것없는 것들을 거느리다가 부질없이 타이몬[110]

109 이와사키와 미쓰이는 자본가나 부호를 대표하는 존재를 가리킨다. 미쓰이는 미쓰이 재벌을, 이와사키는 미쓰비시 재벌의 창립자를 가리킨다.

110 티몬Timon. 기원전 2세기경의 아테네 사람으로, 극단적으로 인간을 싫어해서 높은 탑에 틀어박혀 살았다고 한다. 셰익스피어의 〈아테네의 티몬The Timon of Athens〉에서 그의 은혜를 받은 많은 소인들이 몰락한 그를 배반해 억울하게 죽는 것으로 묘사된다.

의 분노를 초래하기보다는 난蘭을 구원九畹에 뿌리고 혜초蕙草를 백휴百畦에 심어 홀로 그 속에서 기와起臥[111]하는 편이 훨씬 유리한 계책이다. 세상은 공평하고 사사로움이 없다고 한다. 그렇게도 소중한 것이라면 하루에 천 명의 좀도둑을 살육하여 그들의 시체를 재료로 해서 들판 가득히 피는 화초를 재배하는 것이 좋을 것이다.

어쩐지 생각이 이론에 빠져서 전혀 재미가 나지 않았다. 중학생 정도가 하는 이런 감상을 연마하려고 일부러 가가미가 연못까지 온 것은 아니다. 소맷자락에서 담배를 꺼내 성냥을 쓱 긋는다. 반응은 있었는데 불은 보이지 않는다. 담배 끝에 붙여서 빨아보니 코에서 연기가 난다. 그러고 보니 내가 들이마셨네, 하고 겨우 깨달았다. 성냥은 짧은 풀 속에서 잠시 우룡雨龍[112] 같은 가느다란 연기를 뿜고는 이내 사라졌다. 자리를 옮겨 점점 물가로 나가본다. 나의 깔개는 자연 그대로의 못 속으로 흘러들어 발을 드리우면 미지근한 물에 닿을지도 모른다는 그 순간에 멈춘다. 물속을 들여다본다.

시선이 닿은 곳은 그다지 깊은 것 같지 않다. 밑바닥에는 가늘고 긴 수초가 왕생하여 가라앉아 있다. 나는 왕생이라고밖에 달리 표현할 말을 모른다. 언덕의 참억새라면 바람에 나부낄 줄 안다. 마름이라면 유혹하는 물결의 정을 기다린다. 백 년을 기다려도 움직일 것 같지도 않은, 물 밑바닥에 가라앉은 이 수초는 움직여야 할 온갖 자세를 갖추고 아침저녁으로 희롱당할 기회를 기다리며, 기다리며

---

111 '자연 속에서 유유자적한 생활을 함'을 의미한다. 굴원의 《초사》에 등장하는 구절로, 자신의 삶을 노래한 것이다. 여기서 '난'과 '혜초'는 향초이고, '원'과 '휴'는 넓이를 말한다.

112 가공의 동물로, 뿔이 없는 도마뱀을 닮았다고 하는 가늘고 긴 모양의 용.

밤을 지새우고, 몇 대째 내려오는 생각을 줄기 끝에 머금고도 지금에 이르기까지 끝내 움직이지 못하며 또 죽지도 못하고 살아 있는 것 같다.

나는 일어나 풀 속에서 손에 잡기에 알맞은 돌을 두 개 주워온다. 공덕이 되리라고 생각했기에 하나를 눈앞에 던져준다. 부글부글 거품 두 개가 떠올랐다가 이내 사라졌다. 금세 꺼졌다. 이내 사라졌다, 이내 사라졌다, 하고 나는 마음속으로 되풀이한다. 자세히 들여다보니 세 가닥 정도의 긴 머리카락이 깨나른하게 흔들리고 있다. 들킬 것을 꺼리는 듯 탁한 물이 바닥 쪽에서 감추려고 온다. 나무아미타불.

이번에는 마음먹고 힘껏 한가운데로 던진다. 풍당, 그윽한 소리가 났다. 고요한 것은 결코 서로 상대하지 않는다. 이제는 던질 생각도 없어졌다. 그림 도구 상자와 모자를 그냥 둔 채 오른쪽으로 돌아간다.

4미터쯤 완만한 비탈길을 올라간다. 커다란 나무가 머리 위를 덮고 있어 갑자기 몸이 추워진다. 건너편 물가의 어두컴컴한 곳에 동백이 피어 있다. 동백 잎은 녹색이 너무 진해서 낮에 봐도 햇빛 아래에서 봐도 경쾌한 느낌은 없다. 특히 이 동백은 바위 모서리에서 안쪽으로 5미터쯤 들어간 곳에, 꽃이 없으면 무엇이 있는지 알 수 없는 그런 곳에 조용히 한 군데 몰려 있다. 그 꽃이! 하루 종일 헤아려도 물론 다 헤아릴 수 없을 만큼 많다. 그러나 눈에 띄면 꼭 헤아리고 싶을 정도로 또렷하다. 다만 또렷하기만 하지 전혀 밝은 느낌이 없다. 확 불타는 것 같아서 언뜻 마음이 쏠렸다가도 그다음에는 어쩐지 스산해진다. 저것만큼 사람을 속이는 꽃은 없다. 나는 깊은 산속의 동백을 볼 때마다 늘 요녀의 모습을 연상한다. 검은 눈으로 사람을 낚아채고 모르는 사이에 요염한 독기를 혈관에 불어넣는다. 속았다고 깨달았을 때는 이미 늦다. 건너편의 동백이 눈에 들어왔을 때 나는 이런, 보지 않았으면 좋았을 텐데 하는 생각을 했다. 저 꽃의 빛깔은 단순한 빨강이 아니다. 눈을 번쩍 뜨게 할 만큼의 화려한 빛깔 속에 말로 할 수 없는 침울한 운율을 간직하고 있다. 초연하게 시들어가는 빗속의 배꽃에는 그저 가련한 느낌이 든다. 차갑고 요염한 달빛 아래의 해당화를 보면 그저 사랑스러운 마음이 든다. 동백이 차분히 가라앉아 있는 것과는 전혀 다르다. 거무스름한 독기가 있는, 일종의 공포감마저 지닌 분위기다. 이런 분위기를 속에 품고 표면은 어디까지나 화려하게 치장하고 있다. 더구나 사람에게 교태도 부리지 않거니와, 특히 사람을 불러들이는 모습도 보이지 않는다. 활짝 피었다가 뚝 떨어지고, 뚝 떨어졌다가는 활짝 피고, 수백 년의 세월을 사람들 눈에 띄지 않는 산그늘에서 차분히 살아가고 있다. 그저 한 번 보기만 하면 그만! 본 사람은 그녀의 마력에서 결코 헤어날 수 없다. 그 빛깔은 단순한 빨강이 아니다. 도살된 죄수의 피가 저절로 사람의 눈을 끌어 저절로 사람의 마음을 불쾌하게 하는 이상야릇한 빨강이다.

보고 있으니 빨간 것이 물 위에 뚝 떨어졌다. 고요한 봄날에 움직인 것은 단지 이 한 송이뿐이다. 얼마 후에 또 뚝 떨어졌다. 저 꽃은 결코 지지 않는다. 허물어지지 않고 꽃잎이 붙은 채로 가지를 떠난다. 가지를 떠날 때는 한꺼번에 떠나기에 미련이 없는 것처럼 보이지만, 떨어져도 송이째 있는 것을 보면 어쩐지 독살스럽다. 또 뚝 떨어진다. 저렇게 떨어지는 동안, 못의 물이 붉어질 거라 생각했다.

꽃이 잔잔히 떠 있는 근처는 지금도 조금 붉은 것 같다. 또 떨어졌다. 땅 위에 떨어졌는지 물 위에 떨어졌는지 구별이 안 될 정도로 조용히 뜬다. 또 떨어진다. 저것이 가라앉을 수도 있을까, 하는 생각을 한다. 해마다 남김없이 떨어지는 몇만 송이 동백은 물에 잠겨 빛깔이 풀리기 시작해 썩어 진흙이 되고, 이윽고 밑바닥으로 가라앉을지 모른다. 몇천 년 뒤에는 이 오랜 연못이, 사람들이 모르는 사이에 떨어진 동백들이 쌓여서 원래의 평지로 되돌아올지도 모른다. 또 하나 큰 송이가 피를 칠한 사람의 도깨비불처럼 떨어진다. 또 떨어진다. 뚝뚝 떨어진다. 한없이 떨어진다.

이런 곳에 아름다운 여자가 떠 있는 장면을 그리면 어떨까, 생각하면서, 원래의 자리로 돌아와 또 담배를 피우며 멍하니 생각에 잠긴다. 온천장의 나미 씨가 어제 농담으로 한 말이 물결을 일으키며 기억 속으로 밀어닥친다. 마음은 큰 파도를 탄 한 장의 판자처럼 흔들린다. 그 얼굴을 재료로 해서 저 동백 아래에 띄우고, 위에서 동백을 몇 송이나 떨어뜨린다. 동백이 영원히 떨어지고 여인이 영원히 물에 떠 있는 느낌을 나타내고 싶지만, 그것을 그림으로 그릴 수 있을까. 저 〈라오콘〉에는… 〈라오콘〉 같은 건 아무래도 상관없다. 원리에 맞든 맞지 않든, 그런 기분만 표현하면 된다. 그러나 인간을 떠나지 않고 인간 이상의 영원이라는 느낌을 내는 것은 쉬운 일이 아니다. 무엇보다 얼굴이 곤란해진다. 그녀의 얼굴을 빌린다 해도 그 표정으로는 안 된다. 고통이 우선시되면 모든 것을 허물어뜨리고 만다. 그렇다고 무턱대고 편안하면 더 곤란하다. 차라리 다른 얼굴을 빌려오면 어떨까. 이건가 저건가 하고 손꼽아보아도 별로 좋은 것이 생각나지 않는다. 역시 나미 씨의 얼굴이 가장 어울릴 것 같다. 그런데도 어쩐지 흡족하지 않다는 생각이 들지만, 어디가 부족한지는 나로서도 분명하지가 않다. 따라서 내 상상으로 적당히 만들 수도 없는 일이다. 그 얼굴에 질투를 덧붙인다면 어떨까. 질투는 불안감이 너무 많다. 증오감은 어떨까. 증오는 너무 격렬하다. 분노? 분노는 조화를 완전히 깨뜨린다. 원한? 원한도 춘한春恨이라든가 하는 시적인 것이라면 다르겠지만, 단순한 원한이라면 너무 속되다. 여러 가지 생각 끝에 나중에 겨우 이것이구나 하고 깨달았다. 많은 정서 중에서 연민이라는 글자가 있다는 것을 잊고 있었다. 연민은 신도 모르는 정서이며, 게다가 신에게 가장 가까운 인간의 정이다. 나미 씨의 표정에는 이 연민의 정이 조금도 나타나 있지 않다. 그것이 어딘지 부족하다. 어떤 갑작스러운 충동으로 이러한 정이 그 여인의 눈썹 언저리에 번쩍이게 될 순간, 나의 그림은 완성될 것이다. 그러나⋯ 언제 그것이 보일지는 알 수 없다. 그 여인의 얼굴에 평소 충만한 것은 사람을 얕잡아 보는 미소와 이기려고, 이기려고 초조해하는 팔자 눈썹뿐이다. 그것만으로는 도저히 그림이 될 수 없다.

버석, 하고 발소리가 난다. 가슴속의 구상은 3분의 2에서 허물어졌다. 보니까 통소매 옷을 입은 남자가 등에 땔감을 지고 얼룩조릿대를 지나 간카이지 쪽으로 건너온다. 옆의 산에서 내려온 것 같다.

"날씨가 좋습니다."

수건을 풀고 인사를 한다. 허리를 굽히는 순간, 허리띠에 찬 낫의 날이 번쩍거렸다. 마흔 정도 돼 보이는 늠름한 남자다. 어디서 본 것 같다. 사내는 구면인 듯 친근하게 행동한다.

"나리도 그림을 그리십니까?"

내 화구 상자는 열려 있었다.

"아아. 이 못이라도 그려볼까 하고 와봤는데 쓸쓸한 곳이야. 아무도 다니지 않고."

"예. 정말 산속에서…. 나리, 고개에서 비를 맞아 무척 곤란하셨죠?"

"뭐? 아, 자네는 그때 그 마부군."

"예. 이렇게 땔감을 해서 성안으로 가지고 갑니다."

겐베는 짐을 내리고 그 위에 걸터앉는다. 담배쌈지를 꺼낸다. 낡은 것이다. 종이인지 가죽인지 알 수 없다. 나는 성냥을 빌려준다.

"그런 데를 날마다 넘나들려면 몹시 힘들겠네."

"뭘요, 익숙해져서요. 게다가 날마다 넘진 않습니다. 사흘에 한 번쯤이고 어떨 때는 나흘 만에 가기도 합니다."

"나흘에 한 번이라도 보통 일이 아니지."

"아하하하. 말이 가여워서 나흘에 한 번쯤 가기로 했습니다."

"그거 참 고마운 일이지. 자신보다 말이 소중하니, 하하하하."

"그 정도는 아닙니다만…."

"그런데 이 못은 꽤 오래된 모양이야. 도대체 언제부터 있었나?"

"옛날부터 있었죠."

"옛날부터? 어느 정도 옛날부터?"

"꽤 오래된 옛날부터입니다."

"꽤 오래된 옛날부터라. 그렇군."

"확실히는 모르나 그 옛날 시호다의 아가씨가 몸을 던졌을 때부터 있었습니다."

"시호다라고, 그 온천장의 시호다 말이야?"

"예."

"아가씨가 몸을 던졌다니, 지금 잘 살고 있지 않은가?"

"아니죠. 그 아가씨가 아닙니다. 훨씬 옛날 아가씨 말입니다."

"훨씬 옛날의 아가씨? 언젠데 그건?"

"확실하지는 않으나 무척 옛날의 아가씨인데…."

"그 옛날의 아가씨가 왜 또 몸을 던졌지?"

"그 아가씨 역시 지금 아가씨처럼 예쁜 아가씨였는데요, 나리."

"응."

"그랬는데 어느 날 범론자梵論字의 한 스님이 와서…."

"범론자라면 허무승[113]을 말하나?"

"예, 그 통소를 부는 범론자 말입니다. 그 범론자가 시호다 촌
장 댁에 묵는 동안에, 그 예쁜 아가씨가 그 범론자한테 첫눈에 반
해서…. 운명이라고 하나요, 기어코 부부가 되고 싶다고 울었습니
다."

"울었다고, 흠."

"그런데 촌장님이 그 말을 들어주지 않았죠. 범론자를 사위로 삼
을 수 없다고 해서 결국 쫓아냈습니다."

"그 허무승을 말인가?"

"예. 그래서 아가씨가 범론자 뒤를 따라 이곳까지 와서…. 저 맞
은편에 보이는 소나무 있는 데서 몸을 던져… 기어이 큰 소동이 벌
어지고 말았지요. 확실히는 모르나 그때 거울 하나를 들고 있었다

---

113 선종의 일파인 보화종의 스님. '범론자'는 허무승虛無僧의 다른 이름으로 인도 바
라문의 승려를 가리킨다. 그는 바구니를 삿갓처럼 머리에 쓰고 일본식 통소를 불며 방
방곡곡 다니는 것을 수행으로 삼았다.

고 전해오고 있습니다. 그래서 이 못을 지금도 거울 연못이라는 뜻으로 가가미가 연못이라고 합니다."

"아아, 그렇구나, 그럼, 이미 몸을 던진 사람이 있다는 얘기군."

"정말 당치도 않은 일입니다."

"몇 대쯤 전의 일인가, 그것은?"

"확실히는 모르나 무척 오래된 옛날 일이라고 합니다. 그리고 이것은 여기서만 하는 얘깁니다만, 나리."

"뭔데?"

"시호다 댁에는 대대로 미치광이가 나옵니다."

"저런?"

"정말이지 재앙입니다. 다들 지금 아가씨도 요즘 좀 이상하다고 그러던데요."

"하하하하. 그런 일은 없을 거야."

"없을까요? 그러나 그 어머니도 역시 좀 이상했거든요."

"집에 계신가?"

"아뇨, 작년에 세상 떠나셨습니다."

"흐음."

나는 담배꽁초에서 가느다란 연기가 피어오르는 것을 보며 입을 다물었다. 겐베는 땔감을 등에 지고 가버린다.

그림을 그리러 왔다가 이런 것을 생각하거나 이런 이야기를 듣고만 있어서는 며칠이 지나도 그림 한 장 그릴 수 없다. 모처럼 화구 상자까지 들고 나온 이상, 오늘은 체면 유지를 위해서라도 밑그림은 그려 가자. 다행히 건너편 경치는 그럭저럭 대충 짜여 있다. 저 경치에게는 미안하니 그것이라도 좀 그려두자.

3미터 남짓한 검푸른 바위가 못 밑바닥에서 똑바로 솟아 나와 짙은 물이 꺾이는 모서리에 높고 험하게 자리 잡은 오른쪽에는 아까 그 얼룩조릿대가 비탈 위에서 물가까지 한 치의 빈틈도 없이 우거진 채 자라고 있다. 위에는 세 아름 남짓한 커다란 소나무가 어린 담쟁이덩굴에 얽힌 줄기를 비스듬히 꼬며 절반 이상을 수면으로 뻗치고 있다. 거울을 품에 지닌 여인은 저 바위 위에서 뛰어내린 것일까.

삼각의자에 엉덩이를 걸치고 화면에 들어와야 할 재료를 건너다본다. 소나무와 조릿대와 바위와 물이지만, 막상 물은 어디에서 그쳐야 좋을지 모르겠다. 바위의 높이가 3미터 정도면 그림자도 3미터쯤이다. 얼룩조릿대는 물가에서 그치지 않고 물속까지 들어와 무성하게 자라고 있다고 생각될 만큼 선명하게 물밑까지 비친다. 소나무에 이르러서는 허공으로 솟아올라서, 올려다봐야 할 만큼 그림자도 무척이나 가늘고 길다. 눈에 비친 그대로의 길이로는 도저히 수습이 안 된다. 차라리 실물은 그만두고 그림자만 그리는 것이 또 하나의 재미가 아닐까. 물을 그리고, 물속의 그림자를 그리고, 그리고 이것이 그림이다, 하고 사람들에게 보여주면 놀랄 것이다. 그러나 그저 놀라게 하는 것만으로는 시시하다. 과연 이런 것도 그림이 되는구나, 하고 놀라게 하지 못하면 시시하다. 어떻게 구상할까, 하고 열심히 못의 수면을 주시한다.

기이하게도 그림자만 바라보고 있어서는 전혀 그림이 되지 않는다. 실물과 비교하며 구상을 해보고 싶어진다. 나는 수면에서 눈을 돌려 천천히 위쪽으로 시선을 옮겨 간다. 3미터 남짓의 바위를, 그림자 끄트머리에서 물가 가장자리까지 바라보고, 거기에서 점차 물 위로 나아간다. 광택의 성질에서 구김살과 주름의 모양에 이르기까지 하나하나를 음미하며 차츰 올라간다. 겨우 다 올라가 내 두 눈이 마침내 기이한 바위 꼭대기에 다다랐을 때, 나는 뱀이 노려보고 있는 두꺼비가 된 것처럼 붓을 툭 떨어뜨렸다.

초록의 나뭇가지 사이로 비치는 석양을 등지고 저물어가는 늦봄이 검푸르게 바위를 채색하고 있는 가운데 선명하게 떠오른 여인의 얼굴은… 꽃 아래에서 나를 놀라게 하고, 환영으로 나를 놀라게 하고, 후리소데로 나를 놀라게 하고, 목욕탕에서 나를 놀라게 한 여인의 얼굴이다.

나의 시선은 창백한 여인의 얼굴 한복판에 깊숙이 박힌 채 움직이지 않는다. 여인도 탄력 있고 부드러운 몸을 날씬하게 바로 세우고 높은 바위 위에 손가락 하나 까딱하지 않고 서 있다. 이 찰나!

나는 얼떨결에 벌떡 일어났다. 여인은 잽싸게 몸을 돌린다. 오비 사이로 동백꽃같이 빨간 것이 언뜻 보이는가 싶더니 이미 저편으로 뛰어내렸다. 석양은 우듬지를 스치고 조용히 소나무 줄기를 물들인다. 얼룩조릿대는 더욱더 푸르다.

또 놀랐다.

11

산골 마을의 어슴푸레함을 틈타 산책을 한다. 간카이지의 돌계
단를 오르면서 '앙수춘성일이삼'[114]이라는 시구를 얻었다. 나는 특
별히 주지 스님을 만날 일도 없다. 만나서 잡담할 생각도 없다. 우연
히 숙소를 나와서 발걸음 가는 대로 어슬렁거리다 그만 이곳 석등
아래로 나오게 된 것이다. 잠시 '불허훈주입산문'[115]이라고 새겨진
돌을 어루만지며 서 있었지만, 갑자기 기분이 좋아져 올라가기 시
작한 것이다.

《트리스트럼 샌디》[116]라는 책 속에, 이 책만큼 신의 뜻에 맞게 쓰

---

114 仰數春星一二三. '우러러 헤아리는 봄별, 하나 둘 셋'이라는 뜻.

115 不許葷酒入山門. '수행을 방해하는 냄새 나는 채소나 술을 마신 자는 산문에 들어
오지 못한다'는 뜻.

116 원제목은 《신사 트리스트럼 샌디의 생애와 의견The Life and Opinions of Tristram
Shandy, Gentleman》. 영국의 소설가인 로렌스 스턴Laurence Sterne(1713~1768)의 장
편소설로 화자의 자유 연상과 일탈을 중시하는 소설의 효시다.

인 것은 없다고 되어 있다. 처음 한 구절은 어떻게든 자신의 힘으로 꾸몄다. 그다음은 오로지 신에게 기도를 드리며 붓 가는 대로 맡긴다. 물론 무엇을 쓸지는 자신도 짐작할 수 없다. 쓰는 사람은 자신이지만, 쓰는 내용은 신의 소관이다. 따라서 저자에게는 책임이 없다고 한다. 나의 산책도 역시 이런 방식을 택한 무책임한 산책이다. 다만, 신을 믿지 않는 것이 더욱더 무책임할 뿐이다. 로렌스 스턴은 자기의 책임에서 벗어나는 동시에 이것을 하늘에 계신 신에게 전가했다. 받아들여줄 신이 없는 나는 마침내 이것을 하수구에 버렸다.

돌계단을 오르는 데도 힘들게 올라가지는 않는다. 힘이 들 정도면 이내 되돌아온다. 한 계단을 오르고 잠시 멈춰 서면 어쩐지 유쾌하다. 그러므로 두 계단을 올라간다. 두 계단째에는 시를 짓고 싶어진다. 묵묵히 내 그림자를 본다. 네모난 돌에 가로막혀 세 계단으로 끊어진 것은 이상하다. 이상하니까 또 올라간다. 우러러 하늘을 바라본다. 하늘 저 멀리에서 선잠 깬 작은 별이 연신 깜박거린다. 시가 될 것 같아 또 올라간다. 이렇게 해서 나는 결국 위에까지 다 올라왔다.

돌계단 위에서 생각해낸다. 옛날 가마쿠라에 놀러 가 이른바 고잔五山[117]이라는 곳을 빙 돌아봤을 때, 분명 엔가쿠지 본산 내의 작은 절이었을 텐데, 역시 이런 식으로 돌계단을 어슬렁어슬렁 올라가니 문 안에서 노란 법의를 입은, 머리가 바리때 모양인 스님이 나왔다. 나는 올라가고 스님은 내려온다. 서로 스쳐 지나갈 때 그 스

---

117 가마쿠라 고잔鎌倉五山은 엔가쿠지圓覺寺, 겐초지建長寺 등 선종에서 품격이 높은 다섯 개의 절을 총칭한다.

님이 날카로운 목소리로 어디 가세요, 하고 물었다. 나는 그냥 경내를 구경하러 왔다고 대답하면서 걸음을 멈추자, 스님은 이내 아무것도 없습니다, 한 마디를 내뱉고는 성큼성큼 내려갔다. 너무 솔직하고 담백해서 나는 어쩐지 선수를 빼앗긴 것 같아 계단 위에 서서 스님을 바라보고 있었다. 그러자 스님은 바리때 모양의 머리를 흔들며 마침내 삼나무 사이로 모습을 감추었다. 그러는 동안 한 번도 고개를 돌리지 않았다. 과연 선승은 재미가 있다. 태도가 시원스럽다는 생각을 하며 느릿느릿 산문에 들어서고 보니, 넓은 절 부엌도 본당도 텅 비어서 사람 모습은 전혀 없다. 그때 나는 진심으로 기뻤다. 세상에 이렇게 솔직하고 담백한 사람이 있어서, 이렇게 솔직하고 담백하게 사람을 대해주는가 싶어서 어쩐지 기분이 상쾌했다. 선을 터득하고 있었기 때문이라는 뜻은 아니다. 선의 시옷 자도 아직 알지 못한다. 그저 그 바리때 모양의 머리를 한 스님의 행동이 마음에 들었던 것이다.

세상은 집요하고 독살스럽고 좀스럽고 게다가 뻔뻔하고 싫은 놈들로 가득 차 있다. 애초에 무엇 때문에 세상에 얼굴을 내밀고 있는지 알 수 없는 놈도 있다. 더욱이 그런 얼굴일수록 하나같이 크다. 속세의 바람을 맞을 면적이 크다는 게 무슨 명예인 것처럼 알고 있다. 5년이나 10년을 타인의 엉덩이에 탐정을 붙여 방귀 뀌는 수를 계산하고, 그것이 사람 사는 세상이라 생각하고 있다. 그리하여 사람 앞에 나와 너는 방귀를 몇 번 뀌었다, 몇 번 뀌었다, 하며 부탁하지도 않은 것을 가르쳐준다. 앞에다 대고 말한다면 그것도 참고해서 들을 수 있지만, 뒤에다 대고 너는 방귀를 몇 번 뀌었다, 몇 번 뀌었다, 한다. 시끄럽다고 하면 더한다. 그만하라고 하면 점점 더한

다. 알았다고 해도 방귀를 몇 번 뀌었다, 뀌었다, 한다. 그러고는 그
것이 처세하는 방침이라고 한다. 방침은 사람마다 제멋대로다. 그
저 뀌었다, 뀌었다, 말하지 말고 묵묵히 방침을 세우면 된다. 남에
게 방해가 되는 방침은 삼가는 것이 예의다. 다른 사람에게 방해가
되지 않으면 방침이 서지 않는다고 말한다면, 이쪽에서도 방귀 뀌
는 것을 이쪽의 방침으로 삼을 뿐이다. 그렇게 되면 일본도 운이 다
한 것이다.

이렇게 아름다운 봄밤에, 아무런 방침도 세우지 않고 거닐고 있
는 것은 사실 고상한 일이다. 흥이 일어나면 흥이 일어나는 것으로
방침을 삼는다. 흥이 깨지면 흥이 깨지는 것으로 방침을 삼는다. 시
구를 얻으면 얻은 데서 방침이 선다. 얻지 못하면 얻지 못한 데서 방
침이 선다. 게다가 그 누구에게도 폐가 되지 않는다. 이것이 진정한
방침이다. 방귀 수를 계산하는 것은 인신공격의 방침이며, 방귀 뀌
는 것은 정당방위의 방침이며, 이렇게 간카이지의 돌계단을 올라
가는 것은 수연방광隨緣放曠[118]의 방침이다.

'우러러 헤아리는 봄별, 하나 둘 셋'이란 시구를 얻고 돌계단을
다 올라갔을 때, 어슴푸레 빛나는 봄 바다가 오비처럼 보였다. 산문
을 들어간다. 절구絶句는 정리할 생각이 없어졌다. 바로 그만두기
로 방침을 세운다.

돌을 깔아서 만든, 절 부엌으로 통하는 한 줄기 오른쪽 길은 산철
쭉 울타리며, 울타리 건너편은 묘지일 것이다. 왼쪽은 본당이다. 높
은 지붕에서 기와가 희미하게 반짝인다. 수만 개 기와에 수만 개 달

---

118 선종의 가르침으로, 자유롭게 행동하는 것을 말한다.

이 떨어진 것 같아 올려다본다. 어디서인지 비둘기 우는 소리가 자꾸 들린다. 용마루 밑에 살고 있는 것 같다. 그렇게 생각한 탓일까. 차양 부근에 흰 것이 점점이 보인다. 똥인지도 모른다.

빗물 떨어지는 곳에 묘한 그림자가 일렬로 줄지어 있다. 나무 같지도 않고 물론 풀도 아니다. 느낌으로 말하자면, 이와사 마타베[119]가 그린 도깨비가 염불을 그만두고 춤을 추고 있는 자세다. 본당 끝에서 끝까지 일렬로 보기 좋게 늘어서서 춤추고 있다. 그 그림자가 또한 본당 끝에서 끝까지 일렬로 보기 좋게 늘어서서 춤추고 있다. 어스름한 달밤에 이끌려 징도 징채도 시주 장부도 내팽개치고 서로 꾀어내 바로 이 산사에 춤을 추러 온 것일까.

가까이 다가가 보니 커다란 선인장이다. 높이가 2미터도 더 될 것이다. 수세미외만 한 푸른 오이를 국자 모양으로 납작하게 눌러서 자루 쪽을 아래로 하고 위로 죽 서로 이어놓은 것처럼 보인다. 그 국자가 몇 개나 이어져야 끝이 날지 모르겠다. 오늘 밤 안에 차양을 뚫고 기와지붕 위까지 나갈 것 같다. 그 국자가 생길 때는, 갑자기 뭐든 어디에서 나타나 착 달라붙을 게 틀림없다. 오래된 국자가 새로운 새끼 국자를 낳고, 그 새끼 국자가 오랜 세월을 거쳐 점차로 커지는 것이라는 생각은 들지 않는다. 국자와 국자의 연속은 무척이나 엉뚱하다. 이런 익살스러운 나무는 흔하지 않을 것이다. 게다가 점잔 뺀 얼굴을 하고 있다. 무엇이 부처냐는 질문을 받고 뜰 앞에 있는 잣나무라고 대답한 스님이 있었다는 말은 들었으나, 만약 내가 비슷한 질문을 받으면, 바로 달빛 아래의 선인장이라고 대답할

---

119 이와사 마타베岩佐又兵衛(1578~1650). 에도 시대 초기의 화가.

것이다.

어렸을 때 조보지[120]라는 사람의 기행문을 읽고, 아직도 외우고 있는 구절이 있다. "때는 9월, 하늘은 높고 이슬은 맑고, 산은 공허하며 달은 밝아, 우러러 별을 바라보니, 모두 빛나 가끔 사람 위에 있는 듯하다. 창문 사이의 대나무 수십 그루, 서로 맞닿으며 소리 내니 절절하기 그지없네. 대나무 사이로 매화나무와 종려나무 우거져 마치 요괴가 저만치 서서 웃음소리 같구나. 두세 아이 서로 돌아보며, 마음 산란하여 잠을 이루지 못하네. 동틀 녘에 모두 사라지네" 하고 또 입속으로 되뇌어보고는 나도 모르게 웃었다. 이 선인장도 때와 경우에 따라서는 나의 혼백을 움직이게 해 보자마자 산에서 달아나게 할 것이다. 가시에 손을 대보니 따끔따끔 손가락을 찌른다.

납작 돌을 깐 길의 막다른 곳에서 왼쪽으로 꺾어 절의 부엌으로 간다. 부엌 앞에는 큰 목련이 있다. 거의 한 아름은 될 것이다. 높이는 부엌의 지붕보다 높다. 올려다보니 머리 위는 가지다. 가지 위에도 또 가지다. 그렇게 서로 겹친 가지 위는 달이다. 보통 가지가 서로 겹치면 밑에서 하늘은 보이지 않는다. 꽃이 있으면 더 안 보인다. 목련 가지는 아무리 겹쳐도 가지와 가지 사이에는 시원스럽게 틈이 있다. 목련은 나무 아래에 선 사람의 눈을 어지럽게 할 정도로 잔가지를 쓸데없이 뻗지 않는다. 꽃마저도 밝다. 이 아득한 곳 밑에서 올려봐도 한 송이 꽃은 분명히 한 송이로 보인다. 그 한 송이가 어디까지 무리 지어 어디까지 피었는지 모른다. 그런데도 한 송이

---

120 조보지晁補之(1053~1110). 중국 송나라 때의 문장가.

는 끝내 한 송이며, 한 송이와 한 송이 사이로 푸르스름한 하늘이 또렷이 보인다. 꽃의 빛깔은 물론 순백이 아니다. 부질없이 흰 것은 너무 차갑다. 한결같이 흰 것에는 유난히 사람의 눈을 뺏는 기교가 보인다. 목련의 색은 그렇지 않다. 극도의 하얀색을 일부러 피하여 따사로운 맛이 나는 엷은 황색으로 그윽하고 고상하게 자신을 낮추고 있다. 나는 납작 돌을 깐 길 위에 서서 이 얌전한 꽃이 허공으로 어디까지고 겹겹이 뻗어나가는 모양을 잠시 넋을 잃은 듯 쳐다보고 있었다. 눈에 떨어지는 것은 꽃뿐이다. 이파리는 하나도 없다.

    목련 꽃뿐인 하늘을 보네

이런 시구를 얻었다. 어디선가 비둘기가 다정하게 서로 울고 있다.

부엌으로 들어간다. 부엌문은 활짝 열려 있다. 도둑이 없는 곳처럼 보인다. 개는 처음부터 짖지 않는다.

"실례합니다."

인기척을 낸다. 으슥하고 대답이 없다.

"계신가요?"

안내를 청한다. 비둘기 소리가 구구, 하고 들린다.

"아무도 안 계신가요?"

큰 소리를 낸다.

"오오오오오오오."

저쪽 먼 데서 대답하는 사람이 있다. 남의 집을 찾아가 이런 대답을 들은 적은 한 번도 없다. 이윽고 복도에서 발소리가 들리더니 거동할 때 쓰는 등잔불, 그 그림자가 장지문 너머에 비쳤다. 어린 중이 나타난다. 료넨이었다.

"주지 스님은 안 계신가?"

"계십니다. 무슨 일이십니까?"

"온천에 있는 화가가 왔다고 전해주게."

"화가세요? 그럼 들어오세요."

"미리 양해를 구하지 않아도 괜찮은가?"

"괜찮을 겁니다."

나는 나막신을 벗고 들어간다.

"예의가 별로 좋지 못한 화가시군요."

"왜?"

"나막신을 좀 더 가지런히 놓아주세요. 여기, 이것 보세요."

등잔불을 들이댄다. 검은 기둥 한가운데에, 봉당에서 150센티미터 남짓한 높이에 반지半紙[121]를 네 개로 잘라 붙인 위에 무언가가 쓰여 있다.

"자, 읽으셨죠? 발밑을 보라고 쓰여 있습니다만."

"아, 그렇군."

나는 나막신을 공손하게 가지런히 놓는다.

주지의 방은 복도를 기역 자로 꺾어 들어간 본당 옆에 있다. 장지문을 공손하게 열고, 공손하게 문턱 너머에 웅크린 료넨이 말했다.

"저, 시호다 댁에서 화가님이 오셨습니다."

몹시 황송해하는 태도다. 나는 좀 우스워졌다.

---

121 주로 붓글씨를 연습하는 일본 종이를 말한다. 원래는 가로로 긴 종이를 좌우로 이등분한 종이라는 뜻.

"그래? 이쪽으로 모셔라."

료넨이 나오고 대신 내가 들어갔다. 방이 몹시 좁다. 안에 이로리[122]가 놓여 있고, 쇠 주전자의 뜨거운 물이 뚜껑을 들썩이고 있다. 주지는 안쪽에서 책을 보고 있었다.

"자, 이쪽으로 앉으세요."

안경을 벗고 책을 옆으로 밀쳐둔다.

"료넨, 료오네엔."

"예예예엣."

"방석을 드려라."

"예예예예."

료넨은 멀리서 길게 대답을 한다.

"잘 오셨어요. 몹시 지루하셨죠?"

"달이 너무 좋아서 어슬렁어슬렁 왔습니다."

"좋은 달이지요."

장지문을 연다. 징검돌이 둘, 소나무 한 그루, 그 밖에는 아무것도 없는 평평한 정원 맞은편은 바로 낭떠러지인 것 같고, 눈 아래로 금세 어스름한 밤바다가 펼쳐진다. 갑자기 마음이 커진 것 같은 기분이다. 고기잡이배의 등불이 여기저기에서 반짝이고, 아득히 저편에서는 고기잡이배의 등불이 하늘로 들어가 별이라도 될 것 같다.

"참 경치가 좋군요. 주지 스님, 장지문을 닫아버리기에는 너무 아깝지 않습니까?"

---

122 방바닥을 사각형으로 돌려 파고 난방용·취사용으로 불을 피우는 장치.

"그렇지요. 그러나 매일 밤 보는 경치라서."

"며칠 밤을 봐도 좋습니다, 이런 경치는. 저 같으면 자지 않고 보고 있겠습니다."

"하하하하. 하기야 당신은 화가니까 나하곤 좀 다르겠죠."

"주지 스님도 아름답다고 생각하는 동안은 화가입니다."

"하기야 그것도 그렇긴 하네요. 나도 달마의 그림 정도는 그리지요. 자, 보세요, 여기 걸린 이 족자는 선대께서 그린 거지만, 제법 잘 그렸지요?"

과연 달마 그림이 자그마한 도코노마에 걸려 있다. 그러나 그림으로서는 대단히 서투르다. 다만 세속의 기운이란 찾아볼 수 없다. 실수를 감추려고 애쓴 데가 전혀 없다. 순수한 그림이다. 선대도 역시 이 그림처럼 대범한 사람이었을 것이다.

"순수한 그림이네요."

"우리 같은 사람이 그리는 그림은 그걸로 충분하지요. 기상氣像만 나타나 있으면⋯."

"잘 그렸습니다. 세속의 냄새가 나는 그림보다는 좋습니다."

"하하하하하. 그래도 칭찬은 받아두겠소. 그런데 요즘은 화가 중에도 박사가 있나요?"

"화가 박사는 없습니다."

"아, 그래요. 얼마 전에 뭐든 다 안다는 박사 한 사람을 만났어요."

"예."

"박사라고 하면 대단한 거죠?"

"네, 대단하겠지요."

"화가 중에도 박사가 있을 법한데, 왜 없을까요?"

"그렇다면 스님 중에도 박사가 있어야 하잖아요."

"하하하하. 그렇게 되나요? 뭐라는 사람이었더라, 얼마 전에 만났던 사람은…. 명함이 어디 있을 텐데…."

"어디서 만났습니까? 도쿄입니까?"

"아니에요. 여기에서요. 도쿄엔 가지 않은지 벌써 20년이나 되었어요. 요즘 전차라는 게 생겼다는데 한번 타보고 싶은 생각도 있지요."

"시시합니다, 시끄럽기만 해요."

"그래요? 촉나라 개가 해를 보고 짖고, 오나라 소가 달을 보고 헐떡인다[123]고 하니, 나 같은 촌놈은 오히려 곤란할지도 모르지요."

"곤란할 건 없지만 시시합니다."

"그럴까요?"

쇠 주전자 주둥이에서 김이 모락모락 나온다. 주지는 찬장에서 다기를 꺼내 차를 따른다.

"엽차를 한잔 드실까요? 시호다의 주인 영감이 내온 것 같은 맛있는 차는 아니에요."

"아닙니다. 괜찮습니다."

"당신은 여기저기 돌아다니는 것 같은데 역시 그림을 그리기 위해서인가요?"

"네. 도구만은 들고 다니지만, 그림은 그리지 않아도 상관없습니다."

---

123 경험이 없는 사람이 괜스레 두려워한다는 것을 비유한 표현이다.

"예, 그러면 반 놀이 삼아 하시는가요?"

"글쎄요. 그렇다고 해두시죠. 누가 방귀 수 계산하는 게 싫으니까요."

그 만사형통한 선승도 이 말만은 못 알아들은 것처럼 보인다.

"방귀 수 계산이 뭔가요?"

"도쿄에 오래 있으면 누군가 방귀 수를 계산하거든요."

"왜요?"

"하하하하. 계산뿐이라면 괜찮게요. 남의 방귀를 분석해 똥구멍이 세모꼴이라는 둥 네모꼴이라는 둥 쓸데없는 짓거리를 한답니다."

"허, 역시 위생상 그러는 건가요?"

"위생상이 아닙니다. 탐정입니다."

"탐정이라고요? 과연 그렇구먼요. 그럼 경찰이네요. 대체 경찰이건 순경이건 대체 무슨 도움이 돼요. 없으면 안 되는 거예요?"

"글쎄요. 화가한텐 필요 없는데요."

"나한테도 필요 없어요. 나는 여태껏 순경의 신세를 져본 적도 없어요."

"그렇겠지요."

"그렇지만 아무리 경찰이 방귀 수 계산을 잘한다 해도 상관없을 겁니다, 모르는 체하고 있으면 말이죠. 스스로 잘못된 행동을 하지 않으면 아무리 경찰이라도 어떻게 할 수 없는 거 아니겠어요?"

"방귀 정도로 함부로 당한다면 견딜 수 없을 겁니다."

"내가 동자승이었을 때, 선대께서 항상 말씀하셨죠. 인간은 니혼바시 한가운데서 오장육부를 드러내고도 부끄러울 것이 없을 정도가 아니면 수양을 했다고 할 수 없다고요. 당신도 그렇게 되도록 수양을 하면 될 겁니다. 그럼, 여행 같은 건 안 해도 괜찮아질 겁니다."

"온전히 화가가 되면 언제든지 그렇게 될 수 있습니다."

"그러면 온전한 화가가 되면 되겠네요."

"방귀 계산을 당하게 되면 그렇게 될 수 없습니다."

"하하하하. 그것 보세요. 저기 당신이 묵고 있는 시호다 댁의 나미 씨도 시집갔다가 돌아온 뒤로는 어쩐지 이런저런 것이 마음에 걸려서 견딜 수 없다며, 결국엔 견디다 못해 나한테 부처님의 가르침을 듣겠다고 찾아왔어요. 그런데 요즘은 제법 수양이 돼서 보시다시피 사리 분별을 아는 여자가 됐잖아요."

"아, 그렇군요. 아무래도 보통 여자는 아니라고 생각했습니다."

"아니, 무척이나 예리한 여자지요. 나한테 수양하러 와 있던 다이안이라는 젊은 스님도 그 여자 때문에 사소한 일로 큰일을 규명해야 할 인연에 맞닥뜨렸는데, 장차 훌륭한 지식인이 될 것 같아요."

고요한 뜰에 소나무 그림자가 떨어진다. 멀리 바다는 하늘빛에 순응하는 듯 순응하지 않는 듯, 있는 듯 없는 듯 희미하게 반짝인다. 어선의 불빛은 켜졌다 꺼지기를 되풀이한다.

"저 소나무 그림자를 보세요."

"아름답습니다."

"그냥 아름다운가요?"

"예."

"아름다운 데다가 바람이 불어도 걱정할 것 없어요."

찻잔에 남은 떫은 차를 다 마시고 작별을 고할 때의 예의에 맞게,

찻잔의 실굽을 위로 하고 찻잔 접시에 엎어놓고 일어선다.

"문까지 바래다드리지요. 료넨! 손님이 가신다."

배웅을 받으며 부엌을 나오니 비둘기가 구구구, 운다.

"비둘기만큼 귀여운 것은 없어요. 내가 손뼉을 치면 모두 날아오지요. 불러볼까요?"

달은 더욱더 밝다. 사방은 무척이나 고요하고, 목련은 구름 같은 여러 송이의 꽃을 하늘에 바치고 있다. 호젓한 봄밤, 그 한밤중에 주지는 손바닥을 짝짝 친다. 소리는 바람 속으로 숨을 뺏겼는지 비둘기 한 마리도 내려오지 않는다.

"안 내려오나. 내려올 것 같은데."

료넨은 내 얼굴을 보고 싱긋이 웃었다. 주지는 비둘기가 밤에도 잘 볼 수 있다고 생각하는 듯하다. 속 편한 사람이다.

산문 있는 데서 나는 두 사람과 헤어진다. 돌아보니 커다랗고 둥그런 그림자와 자그맣고 동그란 그림자가 납작 돌 깐 길에 떨어지더니, 이내 앞서거니 뒤서거니 부엌 쪽으로 사라져간다.

12

　그리스도가 최고도로 예술가의 태도를 갖추고 있다고 말한 사람은 오스카 와일드[124]라고 기억하고 있다. 그리스도에 대해서는 모른다. 간카이지의 주지와 같은 분은 바로 이런 자격을 갖추고 있다고 생각한다. 풍류를 가졌다는 뜻이 아니다. 세상 돌아가는 일에 정통하다는 것도 아니다. 그는 그림이라고 이름을 붙일 수도 없는 달마 그림 족자를 걸어놓고, 좋은 그림이라며 득의양양하다. 그는 화가 중에도 박사가 있다고 알고 있다. 그는 비둘기가 밤에도 볼 수 있다고 생각하고 있다. 그런데도 예술가의 자격이 있다고 말한다. 그의 마음은 밑이 없는 주머니처럼 막혀 있지 않다. 아무것도 정체하지 않는다. 어느 곳으로나 움직이고, 임의로 행하며, 세상의 아주 작은 더러운 것도 마음속 깊이 담아두지 않는다. 만약 그의 뇌리에

124　오스카 와일드Oscar Wilde(1854~1900). 영국의 소설가, 시인, 평론가.

한 점의 풍류를 더할 수만 있었다면, 그는 가는 곳마다 동화되어 똥을 누고 오줌을 눌 때도 완전한 예술가로 존재할 수 있을 것이다. 나 같은 사람은 탐정에게 방귀 뀌는 횟수를 조사받는 동안에는 도저히 화가가 될 수 없다. 이젤을 마주할 수는 있다. 팔레트를 들 수는 있다. 그러나 화가는 될 수 없다. 이렇게 이름도 모르는 산골 마을에 들어와 저무는 봄 풍경 속에 150센티미터 좀 더 되는 야윈 몸을 묻고서야, 비로소 참된 예술가로서의 태도를 내 몸에 지닐 수 있게 된다. 한 번 이 세계에 들어오면 미의 세계는 내 것이 된다. 작은 생견生絹에 채색하지 않아도, 작은 비단에 색칠하지 않아도, 나는 최고의 화가다. 솜씨는 미켈란젤로에 미치지 못하고 기교는 라파엘로를 따를 수 없다 해도, 예술가로서의 인격에서는 고금의 대가와 어깨를 견주어 전혀 손색이 없을 것이다. 나는 이 온천장에 온 후로 아직 한 폭의 그림도 그리지 못했다. 화구 상자는 술에 취해 일어나는 흥취에 메고 왔나 하는 느낌마저 든다. 사람들은 그래도 화가냐고 비웃을지도 모른다. 아무리 웃음거리가 되어도 지금의 나는 진정한 화가다. 훌륭한 화가다. 이러한 경지에 들어선 사람이라고 명화를 그릴 수 있는 것은 아니다. 그러나 명화를 그릴 수 있는 사람은 반드시 이런 경지를 알아야만 한다.

아침 식사를 마치고, 시키시마 궐련 한 대를 느긋하게 피울 때의 나의 감상은 이상과 같다. 해는 봄 안개를 벗어나 높이 떠올라 있다. 장지문을 열고 뒷산을 바라보니, 푸른 나무가 무척이나 맑아 전에 없이 선명하게 보였다.

나는 평소 공기와 물상과 색채의 관계를 우주에서 가장 흥미 있는 연구 가운데 하나라고 생각하고 있다. 색을 주로 하여 공기를 표현하느냐, 물物을 주로 하여 공기를 그리느냐. 또는 공기를 주로 하여 그 안에 색과 물을 짜 넣느냐. 그림은 작은 마음가짐으로 여러 가지 스타일이 나온다. 이 스타일은 화가 자신의 기호에 따라 달라진다. 그것은 논할 필요도 없지만, 때와 장소에 따라 저절로 제한을 받는 것도 역시 당연하다. 영국인이 그린 산수화에는 밝은 것이 하나도 없다. 밝은 그림이 싫은지도 모르지만, 만약 좋아한다고 해도 그 나라의 공기로는 어찌할 수가 없다. 같은 영국 사람이라도 구달[125]의 그림 등은 색조가 전혀 다르다. 다를 수밖에 없다. 그는 영국인이면서도 일찍이 영국의 풍경을 그린 적이 없다. 그의 그림이 되는 재료는 그의 향토에는 없다. 그의 본국에 비하면 공기의 투명도가 훨씬 높은 이집트나 페르시아 주변의 풍경만을 택하고 있다. 따라서 그가 그린 그림을 처음 본 사람은 누구나 놀란다. 영국 사람도 이렇게 밝은 색을 낼 수 있는가 하는 의심이 들 정도로 확연히 다르다.

개인의 기호는 어떻게 할 수가 없다. 그러나 일본의 산수를 주로 그리고자 한다면, 역시 우리도 일본 고유의 공기와 색을 내야 한다. 아무리 프랑스의 그림이 훌륭하다고 해도, 그 색을 그대로 옮겨와서 일본의 풍경이라고 말할 수 없다. 역시 직접 눈으로 자연을 접하고 아침저녁으로 다양하게 변하는 구름의 모습과 안개의 자태를 연구한 끝에, 이 색이구나 하는 생각이 들었을 때 바로 삼각의 자를 둘러메고 뛰쳐나가야 한다. 색은 순간적으로 변한다. 한 번 기회를 놓치면 같은 색은 쉽게 눈에 띄지 않는다. 내가 방금 올려다본

---

125   프레더릭 구달Frederick Goodall(1822~1904). 영국의 화가로 이집트와 아라비아의 풍경을 즐겨 그렸다.

산 끄트머리에는 이 부근에서 좀처럼 보기 어려운 좋은 색이 가득차 있다. 모처럼 나와 저것을 놓치는 것은 아까운 일이다. 조금 그려보자.

맹장지를 열고 툇마루로 나오니 맞은편 2층 장지문에 나미 씨가 몸을 기대고 서 있다. 턱을 옷깃에 파묻어 옆얼굴만 보인다. 내가 인사를 하려는 순간, 여인은 왼손을 아래로 떨어뜨린 채 오른손을 바람처럼 움직였다. 번쩍한 것은 번개인가. 이리 번쩍 저리 번쩍 가슴 언저리를 두세 번 번쩍이게 하자마자 쨀랑, 하는 소리가 나고 섬광은 금세 사라졌다. 여인의 왼손에는 길이 30센티미터 정도 되는 맨나무 칼집이 있다. 그 모습은 금세 장지문 뒤로 사라졌다. 나는 아침부터 가부키자[126]를 구경한 듯한 기분으로 숙소를 나온다.

문을 나와서 왼쪽으로 접어들면 금세 가파른 산길이 이어지는 비탈길이 된다. 여기저기에서 휘파람새가 운다. 왼쪽은 경사가 완만하게 계곡으로 흘러내리고 귤나무가 가득 심겨 있다. 오른쪽은 높지 않은 언덕이 두 개쯤 이어져, 이곳에도 귤나무만 있을 거라 생각된다. 몇 년 전인가 한 번 여기에 왔었다. 손가락을 꼽아보기도 귀찮다. 확실히는 모르나 추운 섣달 무렵이었을 것이다. 그때 산에 귤이 빽빽하게 열린 풍경을 처음 보았다. 귤 따는 사람에게 가지 하나만 팔라고 했더니, 얼마든지 드릴 테니 갖고 가세요, 하고 대답하고 나무 위에서 묘한 곡조의 노래를 부르기 시작하는 것이었다. 도쿄에서는 귤껍질조차도 약재상에 사러 가야하는데, 하는 생각을 했다. 밤이 되자 자꾸만 총소리가 났다. 무슨 소리냐고 물었더니 사냥

---

126 일본 전통 연극인 가부키를 공연하는 극장.

꾼이 오리를 잡는 거라고 가르쳐주었다. 그때는 나미 씨의 나, 라는
글자도 모르고 지나갔다.

그 여인이 배우가 된다면 젊은 여성을 연기하는 훌륭한 배우가
될 것이다. 보통의 배우는 무대에 나서면 격식 차린 연기를 한다. 그
여인은 집 안에서도 늘 연극을 하고 있다. 게다가 스스로 연극을 하
고 있다고 느끼지도 않는다. 자연스럽게 연극을 하고 있다. 그런 것
을 미적 생활이라고 하는 것일까. 그 여인 덕분에 그림 실력을 갈고
닦을 수 있었다.

그 여인의 행위를 연극이라 보지 않는다면 어쩐지 기분이 나빠
하루도 있을 수 없다. 의리니 인정이니 하는 보통의 도구를 배경으
로 해서, 보통의 소설가와 같은 관점에서 그 여인을 연구한다면 자
극이 너무 강해 이내 싫증이 난다. 현실 세계에서 나랑 그 여인이 서
로 얽혀 일종의 관계가 성립되었다고 한다면, 나의 고통은 아마 이
루 다 말로 표현할 수 없을 것이다. 내가 이번에 여행을 떠난 것은
속된 정을 벗어나 어디까지나 온전히 화가가 되기 위한 것이었기
에, 눈에 들어오는 것은 모두 그림이라고 보아야 한다. 노(能), 연극
또는 시 속의 인물로서만 관찰해야 한다. 이런 각오로 그 여인을 들
여다보면 그녀는 지금까지 본 여인 중에서 가장 아름다운 행위를
한다. 스스로 아름다운 연기를 해보인다는 생각이 없는 만큼 배우
의 연기보다도 오히려 아름답다.

이런 생각을 가진 나를 오해해서는 안 된다. 사회의 공민으로서
적당하지 못하다는 등의 평가는 가장 패씸한 일이다. 선은 행하기
어렵고 덕은 베풀기 힘들다. 지조는 지키기 쉽지 않다. 의를 위해
목숨을 버리는 것은 안타깝다. 굳이 이런 일들을 하는 것은 누구에

게나 고통스럽다. 그 고통을 무릅쓰기 위해서는 고통을 극복할 만한 유쾌함이 어딘가에 잠재해 있어야 한다. 그림이라는 것도, 시라는 것도 혹은 연극이라는 것도 이 비참함 속에 깃든 쾌감의 다른 이름에 지나지 않는다. 이러한 풍류를 이해해야만 한다. 그래야 비로소 우리의 행동은 장렬할 수도 있고, 품위를 지닐 수도 있으며, 모든 괴로움을 극복하고 마음속의 극히 얼마 되지 않은 부분을 차지하는 가장 높은 수준의 취미를 만족시키고 싶어진다. 육체의 고통을 도외시하고 물질적인 불편을 생각하지 않고 용맹정진하는 마음을 달려, 인간으로서 마땅히 지켜야 할 도리를 위해서라면, 가마솥에 넣어서 삶아 죽이는 극형을 받아도 재미있을 것이다. 만약 인정이라는 좁은 입각점에 서서 예술을 정의 내릴 수 있다면, 예술은 우리 교육받은 사람들의 가슴속에 깃들어서 사악함을 피해 바른길로 나아가고, 잘못을 배척하고 곧은 것과 함께하며, 약자를 돕고 강자를 꺾지 않으면 도저히 참을 수 없다는 일념의 결정체로서 찬연하게 빛날 것이다.

연극을 하는 것 같다고 남의 행위를 비웃는 일이 있다. 아름다운 취미를 관철하기 위해 불필요한 희생을 하는 것이 인정에서 멀다고 비웃는 것이다. 자연스럽게 아름다운 성격을 발휘할 기회를 기다리지 않고 억지로 자신의 취미관을 뽐내는 어리석음을 비웃는 것이다. 진심으로 그 사정을 이해할 수 있는 사람의 비웃음은 그 뜻을 알고 있다. 취미가 무엇인지도 모르는 하찮은 자가 자신의 천한 마음과 비교해 타인을 천하다고 얕잡아보는 행위는 용서하기 어렵다. 옛날에, '바위 위의 노래'[127]를 남기고, 150미터 높이의 폭포에서 뛰어내려 급류에 휘말려 들어간 청년이 있다. 내가 본 바로는 그 청년은 아름다울 미, 그 한 글자를 위해 버려서는 안 될 목숨을 버린 것이다. 죽음 그 자체는 참으로 장렬하다. 다만, 그 죽음을 재촉하는 동기는 이해하기 어렵다. 그러나 죽음 그 자체의 장렬함조차 터득하지 못한 자가 어떻게 후지무라의 행위를 비웃을 수 있겠는가. 그들은 장렬한 최후를 맞이하는 정취를 맛볼 수 없기 때문에, 설령 그럴 만한 사정이 있다 하더라도 도저히 장렬한 최후를 수행하지 못하는 한계가 있다는 점에서, 후지무라보다 인격적으로 열등하므로 비웃을 권리가 없다고 나는 주장한다.

나는 화가다. 화가인 만큼 취미를 전문으로 하는 남자로서, 비록 인정세계에 타락했다 하더라도 동서 양쪽의 풍류를 모르는 속된 무리보다는 고상하다. 나는 사회의 일원으로서 훌륭하게 남을 교육할 만한 지위에 서 있다. 시가 없는 자, 그림이 없는 자, 예술 소양이 없는 자보다는 아름다운 행동을 할 수 있다. 인정세계에서는 아름다운 행동은 정正이다. 의義다. 직直이다. 정과 의와 직을 행위로 나타내는 자는 천하의 공민의 모범이다.

---

127   1903년 일본 닛코日光의 게곤 폭포에서 투신자살한 후지무라 미사오藤村操 (1886~1903)라는 학생의 절필을 말한다. 폭포 옆 나무에 〈암두지감巖頭之感〉이라는 제목의 유서를 남겼다. '암두지감'은 '바위 위의 노래'라는 뜻으로, 그 내용은 다음과 같다. "머나먼 하늘과 땅, 머나먼 과거와 현재, 나 150센티미터 남짓의 작은 몸으로 이 큰 신비를 풀려하노니 호레이쇼의 철학경에서는 아무런 귀의도 찾을 수 없다. 만유의 진상은 단 하나에 다한다. 가라사대 불가해不可解. 나 이 한을 품고 번민, 마침내 죽음을 결심하기에 이른다. 이제 바위에 서니 아무런 불안도 없다. 비로소 알겠다. 큰 비관은 큰 낙관과 일치한다는 것을." 호레이쇼는 셰익스피어의 《햄릿》에 등장하는 인물로 보인다. 투신 당시 후지무라는 열여덟 살의 제일고등학교 학생이었다. 그해 4월에 제일고등학교 교수가 된 소세키는 이 제자의 죽음에 깊은 감명을 받았다고 한다. 게곤 폭포는 후지무라 미사오 사후 4년 간 같은 장소에서 자살을 시도한 사람이 185명에 이를 만큼 자살의 명소로도 알려졌다.

잠깐 인정세계를 떠난 나는, 적어도 이 여행 중에는 인정세계로 돌아갈 필요가 없다. 있다면 모처럼의 여행도 쓸모없게 되고 만다. 인정세계에서 지금거리는 모래를 털고 밑에 남는 아름다운 황금만 바라보고 살아야 한다. 나 자신도 스스로 사회의 일원으로 임하지 않으면 안 된다. 순수한 전문 화가로, 나 자신도 얽히고설킨 이해의 줄을 끊고 훌륭하게 캔버스 안을 왕래하고 있다. 하물며 어찌 산을, 물을, 타인을. 나미 씨의 행위라 할지라도 그저 있는 그대로의 모습으로 볼 수밖에 어찌할 도리가 없다.

300미터 정도 올라가니 맞은편에 하얀 벽으로 된 집 한 채가 보인다. 귤 밭 속의 집이구나 하는 생각이 든다. 길은 이윽고 두 갈래로 갈라진다. 흰 벽을 옆으로 보고 왼쪽으로 꺾어질 때 뒤를 돌아보니, 아래쪽에서 빨간 속치마를 입은 아가씨가 올라온다. 속치마가 거의 다하고 그 아래에서 갈색 정강이가 나온다. 정강이가 다 드러나고 짚으로 만든 조리가 나오고, 그 조리가 점점 움직이며 다가온다. 머리 위에 산벚꽃이 떨어진다. 등에는 반짝이는 바다를 짊어지고 있다.

산길을 다 올라가니 산부리의 평평한 데가 나왔다. 북쪽은 푸름이 겹겹이 쌓인 봄의 산봉우리로, 오늘 아침 툇마루에서 올려다보았던 그 근처일지도 모른다. 남쪽에는 불탄 들이라고도 할 수 있는 땅의 형세가 폭 50미터 정도로 펼쳐지고, 그 끝은 무너진 벼랑이 된다. 벼랑 아래에는 방금 지나온 귤 산이며, 마을 너머 맞은편을 보면 눈에 들어오는 것은 말하지 않아도 다 아는 푸른 바다다.

길은 여러 갈래로 있지만 만났다가 헤어지고 헤어졌다가 만나므로, 어느 것이 본래의 길인지 알 수가 없다. 어느 것이나 길이기도 하고 또 길이 아니기도 하다. 풀 속에 검붉은 땅이 보였다가 안 보였다가 하여, 어느 길로 이어지는지 구분이 되지 않는 곳에 변화가 있어 흥미롭다.

어디에 엉덩이를 대고 앉을까, 하고 풀밭 여기저기를 배회한다. 툇마루에서 보았을 때는 그림이 되겠다고 생각했던 경치도 막상 시작해보려고 하면 뜻밖에도 정리가 잘 안된다. 빛깔도 점차 변한다. 풀밭을 어슬렁거리는 동안 어느새 그릴 생각이 없어졌다. 그리지 않는다면 장소는 어디라도 상관없다. 어디든 앉는 자리가 내 거처다. 스며든 봄볕이 풀뿌리 깊숙이 서리어 털썩 엉덩이를 내려놓으니 눈에 들어오지 않는 아지랑이를 엉덩이로 깔아뭉갠 것 같은 기분이 든다.

바다는 발밑에서 반짝인다. 구름 한 조각조차 없는 봄볕은 빈틈없이 물 위를 비추어, 어느 사이엔가 햇빛의 여세가 파도 아래까지 스며들었다고 생각될 만큼 따사로워 보인다. 빛은 홀로 쪽빛을 평평히 흐르게 한 군데군데에 은빛의 가느다란 비늘을 겹치며 세밀하게 움직이고 있다. 봄볕은 끝없는 천하를 비추고, 천하가 끝없는 물을 채우는 동안에는 흰 돛이 새끼손톱만 하게 보일 뿐이다. 더구나 그 돛은 전혀 움직이지 않는다. 아득한 옛날 공물을 싣고 오던 고구려의 배가 먼 곳에서 건너올 때 저렇게 보였을 것이다. 그밖에는 대천세계 끝까지 비추는 해의 세계, 해가 비추는 바다의 세계뿐이다.

벌렁 드러눕는다. 이마에서 미끄러진 모자가 뒤로 젖혀 쓴 모양이 된다. 여기저기 30센티에서 60센티 정도 풀보다 키가 크고 작은 명자나무들이 무성하다. 내 얼굴은 바로 그 명자나무 한 그루 앞에 떨어졌다. 명자나무 꽃은 재미있다. 가지는 완고하여 일찍이 구부러진 적이 없다. 그렇다고 바로 쭉 뻗었는가 하면 꼭 그렇지도 않다. 다만 곧고 짧은 가지에 곧고 짧은 가지가 어떤 각도로 맞부딪치거나 비스듬하게 자세를 취하면서 전체를 이루고 있다. 거기에 붉지도 않고 희지도 않은 어중간한 꽃이 한가롭게 핀다. 부드러운 잎사귀도 어른어른 눈에 띈다. 평을 하자면 명자나무 꽃은 꽃 중에서 어렴풋이 깨달음을 얻은 꽃일 것이다. 세상에는 순수한 삶을 사는 사람이 있다. 이런 사람이 내세에 다시 태어나면 분명 명자나무가 된다. 나도 명자나무가 되고 싶다.

어릴 때 꽃이 피고 잎이 달린 명자나무를 꺾어 가지 모양을 재미있게 꾸며 붓걸이를 만든 적이 있다. 거기에 2전 5리짜리 무심필[128]을 걸어두고, 하얀 붓끝이 꽃과 잎의 틈에서 보일 듯 말 듯 하는 것을 책상에 올려놓고 즐겼다. 그날은 명자나무 붓걸이만을 신경 쓰며 잤다. 다음 날 잠에서 깨자마자 달려가 책상 앞에 가보니, 꽃은 시들고 잎은 말랐지만 하얀 붓끝만은 여전히 빛나고 있었다. 그렇게도 예쁘던 것이 어째서 이렇게 하룻밤 사이에 말라버렸을까, 하고, 그때는 미심쩍은 생각으로 견딜 수 없었다. 지금 생각하니 그 시절이 세상일에 훨씬 더 초연했다.

눕자마자 눈에 띈 명자나무는 20년 된 오랜 벗이다. 바라보고 있으니 점점 정신이 아득해지며 기분이 좋아진다. 또 시흥詩興이 떠오른다.

누워서 생각한다. 시 한 구절을 얻을 때마다 사생첩에 써간다. 잠

---

128 다른 털로 속을 박지 않은 붓.

시 후 시가 완성된 것 같다. 처음부터 다시 읽어본다.

出門多所思 春風吹吾衣
芳草生車轍 廢道入霞微
停筇而矚目 萬象帶晴暉

문을 나서니 상념도 많은데
봄바람이 내 옷깃을 스치네.
향기로운 풀은 바퀴 자리에 자라고
인적 끊긴 길은 봄 안개에 희미하네.
지팡이를 멈추고 바라보니
만물이 맑게 빛나네.

聽黃鳥宛轉 觀落英紛霏
行盡平蕪遠 題詩古寺扉
孤愁高雲際 大空斷鴻歸

휘파람새 울음소리를 듣고
분분히 지는 꽃잎을 보노라.
길은 잡초 우거진 들로 사라지고
옛 절집 문에 시를 적었네.
외로운 시름은 높은 구름 가에 걸렸고
드넓은 하늘에는 짝 잃은 기러기 떼

寸心何窈窕 縹緲忘是非
三十我欲老 韶光猶依依

逍遙隨物化 悠然對芬菲
마음은 어찌 이리 그윽한지
아득히 세상 옳고 그름을 잊었노라.
나이 서른에 내 벌써 늙으려 하고
봄 햇살은 오히려 싱싱하고 푸르구나.
유유자적 걸으며 만물과 하나 되니
느긋하게 그 꽃향기와 마주하네.

아아, 됐다, 됐어. 이것으로 됐어. 누워서 명자나무를 바라보며 세상을 잊은 느낌이 잘 표현되어 있다. 명자나무가 나오지 않아도, 바다가 나오지 않아도, 느낌만 잘 드러나면 그것으로 괜찮다. 흥얼대며 기뻐하고 있는데, 에헴, 하는 사람의 기침 소리가 들렸다. 나는 그 소리에 깜짝 놀랐다.

돌아누워 소리 나는 쪽을 보니 산부리를 돌아 잡목 사이에서 한 남자가 나타났다.

갈색 중절모를 쓰고 있다. 중절모는 형태가 무너졌고, 비스듬히 기울어진 헝겊 테 밑으로 눈이 보인다. 눈의 생김새는 모르겠으나 틀림없이 두리번거리고 있는 것 같다. 쪽빛 줄무늬 옷의 뒷자락을 걷어 올리고 맨발에 나막신을 신은 차림새로는 어떤 사람인지 도저히 판단이 되지 않는다. 자랄 대로 자란 수염만으로 판단하면 영락없는 산적이다.

사내는 샛길을 내려가는가 싶더니 길모퉁이에서 되돌아왔다. 원래 오던 길로 자취를 감추는가 싶었는데, 그렇지도 않다. 다시 또 걸어온다. 이 풀밭을 산책하는 사람 말고는 이렇게 왔다 갔다 하지 않을 것이다. 하지만 저것이 산책하는 모습일까. 또 저런 남자가 이 근처에 살고 있으리라고는 생각되지 않는다. 사내는 가끔 걸음을 멈춘다. 고개를 갸우뚱한다. 또는 사방을 둘러본다. 깊은 생각에 잠긴 것 같기도 하다. 사람을 기다리는 것처럼 보이기도 한다. 뭔지 알 수 없다.

나는 이 뒤숭숭한 남자에게서 끝내 눈을 뗄 수가 없었다. 특별히 무서웠던 것도 아니다. 또한, 그림으로 그리겠다는 생각도 들지 않는다. 그저 눈을 뗄 수 없었다. 오른쪽에서 왼쪽으로, 왼쪽에서 오른쪽으로, 남자를 따라 눈을 움직이는 동안에 사내는 딱 멈춰 섰다. 멈춤과 동시에 또 다른 한 인물이 내 눈에 들어왔다.

두 사람은 서로를 알아본 듯 점차 양쪽에서 가까이 간다. 내 시야는 점점 좁아져 들판 한가운데서 한 점 정도의 좁은 간격으로 겹쳐지고 말았다. 두 사람은 봄의 산을 등지고 봄 바다를 앞에 두고 딱 마주 섰다.

남자는 물론 아까 그 산적이다. 상대는? 상대는 여인이다. 나미 씨다.

나는 나미 씨의 모습을 봤을 때 오늘 아침의 단도를 연상했다. 혹시 품고 있지 않을까 생각하니, 아무리 비인정인 나도 섬뜩했다.

남녀는 마주 본 채 잠깐 같은 자세로 서 있다. 움직일 기미는 보이지 않는다. 입은 움직이고 있는지는 모르지만, 말은 전혀 들리지 않는다. 남자는 이윽고 고개를 숙였다. 여인은 산 쪽을 향한다. 얼굴은 내 눈에 들어오지 않는다.

산에서는 휘파람새가 운다. 여인은 휘파람새 소리에 귀를 빌려주는 것처럼 보인다. 잠시 후, 남자는 숙였던 고개를 들고 발길을 돌리려고 한다. 예삿일이 아니다. 여인은 몸을 휙 돌려 다시 바다 쪽으로 향한다. 오비 사이에서 머리를 내밀고 있는 것은 단도인 것 같다. 사내는 의기양양하게 가려고 한다. 여인은 남자 뒤를 두 걸음만 따라간다. 여인은 조리를 신었다. 남자가 걸음을 멈춘 것은 여인이 부르는 소리를 들었기 때문일까. 돌아서는 순간에 여인의 오른손이 오비 사이로 향했다. 위험하다!

쓱 빠져나온 것은 30센티미터 가까이 되는 단도인가 했는데, 지갑 비슷한 뭔가로 싼 것이다. 내민 하얀 손 아래에서 긴 끈이 흔들흔들 봄바람에 흔들린다.

한쪽 발을 앞으로 하고, 허리 윗부분을 약간 뒤로 젖히고, 내민 흰 손목에 보라색 꾸러미. 이런 자세만으로도 충분히 그림이 될 것이다.

보라색으로 잠깐 끊어졌던 화면이 7센티에서 10센티 정도의 간격을 두고, 돌아보는 남자가 몸을 움직이는 맵시로 잘 안배된 채 이어져 있다. 부즉불리[129]라는 것은 이 찰나의 모습을 형용해야 할 말이라 생각한다. 여인은 앞에서 끄는 태도며, 남자는 뒤로 끌린 자세다. 그런데 그것이 실제로는 끌지도 끌리지도 않는다. 두 사람의 인연은 보라색 지갑이 다하는 곳에서 툭 끊겨 있다.

두 사람의 자세가 이처럼 미묘한 조화를 유지하는 동시에 두 사람의 얼굴과 옷은 어디까지나 대조적이어서 그림으로 보면 한층 더 흥미가 깊다.

땅딸막한 키에 피부가 검고 수염이 많은, 이목구비가 또렷하고

---

129 관계가 붙지도 아니하고 떨어지지도 아니함.

얼굴이 야무지고 갸름한, 깃이긴 옷차림에 어깨가 민틋하게 내려온 기품 있는 날씬한 모습. 나막신을 신고, 무뚝뚝하게 몸을 뒤튼 산적과 평소 입는 거친 비단옷을 나긋나긋하게 차려입고 허리 위를 얌전하게 뒤로 젖힌 가냘픈 몸. 색 바랜 갈색 모자에 쪽빛 줄무늬의 뒤축이 해진 조리 차림과 아지랑이조차 태울 것처럼 빗살 자국이 선명한 살쩍 빛깔에, 검정 공단이 빛나는 안쪽에 슬쩍 보이는 오비의 우아함. 모든 것이 좋은 그림 소재다.

사내는 손을 내밀어 지갑을 받아 든다. 끌며 끌리며 교묘하게 균형을 취하고 있던 두 사람의 위치는 갑자기 무너진다. 여인은 더는 끌지 않고 남자는 끌리려고 하지 않는다. 마음의 상태가 그림을 구성하는 데 이렇게까지 영향을 주리라고는 화가이면서도 지금까지 깨닫지 못했다.

두 사람은 좌우로 나뉜다. 두 사람에게 마음이 없으므로 이제 그림으로서는 지리멸렬이다. 잡목 숲 입구에서 남자는 한 번 뒤를 돌아보았다. 여인은 뒤도 돌아보지 않는다. 종종걸음으로 이쪽으로 온다. 이윽고 내 얼굴 바로 앞에까지 와서 두 번 부른다.

"선생님! 선생님!"

아뿔싸, 언제 눈치챘을까.

"뭡니까?"

나는 명자나무 위로 얼굴을 내민다. 모자는 풀밭에 떨어졌다.

"거기서 뭘 하고 계신지요?"

"시를 지으며 누워 있었습니다."

"거짓말 마세요. 지금 한 것 다 보셨지요?"

"지금 한 것요? 지금 그거 말입니까? 네, 조금 보았습니다."

"호호호호, 조금 말고 많이 보셨을 건데요."

"사실은 많이 봤습니다."

"거보세요. 자, 잠깐 이쪽으로 나오세요. 명자나무 아래에서 나오세요."

나는 여인이 시키는 대로 명자나무 아래서 나간다.

"아직도 명자나무 밑에서 할 일이 있으세요?"

"이젠 없습니다. 돌아갈까 합니다."

"그럼 같이 가실까요?"

"예."

나는 다시 그녀가 시키는 대로 명자나무에서 벗어나, 모자를 쓰고 그림 도구를 정리해 나미 씨와 함께 걷기 시작한다.

"그림을 그리셨나요?"

"그만두었습니다."

"이곳에 오시고 아직 한 장도 못 그리셨죠?"

"예."

"하지만 애써 그림을 그리러 오셨는데, 전혀 못 그리시면 재미없지 않나요?"

"뭐가 재미가 없나요?"

"어머, 그래요? 왜요?"

"이유야 어떻든 재미없지 않습니다. 그림 같은 건 그리든 안 그리든 결국은 마찬가집니다."

"그거 농담이죠? 호호호호, 꽤 성격이 느긋하시군요."

"이런 곳에 왔으니까 느긋하게 지내지 않으면 여기 온 보람이 없지 않습니까?"

"뭘요, 어디에 있어도 느긋하게 지내지 않으면 살아 있는 보람이 없어요. 저 같은 사람은 조금 전과 같은 걸 남이 봐도 부끄럽지도, 아무렇지도 않습니다."

"아무렇지도 않은 것이 좋겠지요."

"그럴까요? 선생님은 지금 그 남자를 대체 누구라고 생각하시나요?"

"글쎄요. 그다지 부자는 아니던데요."

"호호호, 잘 맞추셨어요. 선생님은 대단한 점쟁이시군요. 그 남자는 가난뱅이가 되어 일본에서는 못 있겠다고 저한테 돈 빌리러 온 거랍니다."

"예? 어디서 왔습니까?"

"성안에서 왔어요."

"상당히 먼 곳에서 왔군요. 그래서 어디로 가는데요?"

"확실히는 모르나 만주로 간답니다."

"뭐 하러 가는 겁니까?"

"뭐 하러 가냐고요? 돈 벌러 가는 건지 죽으러 가는 건지 모르겠어요."

이때 나는 눈을 들어 잠깐 여인의 얼굴을 보았다. 지금 막 다문 입가에서는 희미한 웃음의 그림자가 사라지려 한다. 의미는 알 수 없다.

"그 사람은 제 남편이에요."

맹렬한 우렛소리 같은 소리에 대처할 사이도 없이 졸지에 여인이 내리는 칼을 맞은 것이다. 나는 완전히 불의의 습격을 받고 말았다. 물론 그런 것을 물어볼 생각은 없었고, 여인도 설마, 이런 것까

176

지 드러내려고는 생각하지 않았다.

"어때요, 놀라셨지요?"

여인이 말한다.

"예, 좀 놀랐어요."

"지금의 남편은 아니에요. 이혼한 남편이죠."

"그렇군요. 그래서…."

"그뿐입니다."

"그렇습니까? …저 귤나무 산에 멋진 흰 벽의 집이 있지요. 그거 위치가 참 좋던데 누구 집인가요?"

"그거 오빠 집이에요. 돌아가는 길에 잠깐 들렀다가 가시죠."

"볼일이라도 있나요?"

"예, 부탁받은 게 좀 있어요."

"같이 가시죠."

샛길로 접어드는 어귀에서 마을로 내려가지 않고 곧장 오른쪽으로 꺾어 다시 100미터쯤 올라가니 문이 있다. 문에서 현관으로 가지 않고, 곧장 뜰 출입구로 돌아간다. 여인이 사양하는 기색도 없이 들어가기에 나도 주저 없이 들어간다. 남향으로 난 뜰에 종려나무가 서너 그루 있고 흙담 아래는 바로 귤나무 밭이다.

여인은 곧장 툇마루 끝에 걸터앉아 말한다.

"경치가 좋아요. 보세요."

"정말 좋군요."

장지문 안쪽은 인기척도 없이 고요하다. 여인은 자신이 찾아왔다는 걸 알릴 기색도 없다. 그냥 걸터앉아 태연하게 귤나무 밭을 내려다보고 있다. 나는 이상하게 생각했다. 원래 무슨 볼일이 있었던 걸까.

나중에는 아무런 이야기도 없어 결국 두 사람 다 말없이 귤나무 밭을 내려다보고 있다. 낮에 가까워진 태양은 정면으로 따사로운 햇살을 산 일대에 비추고, 수없이 많은 귤나무 잎은 뒷면까지 데워진 채 반짝이고 있다. 이윽고 뒤편 헛간 쪽에서 닭이 큰 소리로 꼬끼오 꼬끼오, 하고 운다.

"어머, 벌써 정오군요. 볼일을 잊고 있었네…. 규이치! 규이치!"

여인은 엉거주춤한 자세로 닫혀 있는 장지문을 드르르 연다. 안은 텅 비어 있다. 다다미 열 장 크기의 방에 가노파狩野派[130]의 족자 한 쌍이 공허하게 봄의 도코노마를 장식하고 있다.

"규이치!"

이윽고 헛간 쪽에서 대답이 들려온다. 발소리가 미닫이 맞은편에서 멎더니 문이 활짝 열리자마자 맨 나무 칼집의 단도가 다다미 위로 구르기 시작한다.

"자, 큰아버지의 작별 선물이야."

오비 사이에 언제 손이 들어갔는지 나는 전혀 눈치채지 못했다. 단도는 공중제비를 두세 번 하더니 조용한 다다미 위를 지나 규이치 씨 발밑으로 달려간다. 칼집이 너무 느슨하게 만들어졌는지 언뜻 서늘한 것이 번쩍하고 빛을 냈다.

---

130 15세기부터 19세기까지 일본에서 가노 집안에 의해 대성해 일본 회화의 주류를 이루었던 유파.

13

물윗배로 규이치 씨를 요시다의 정거장까지 배웅한다. 배 안에 앉은 사람은 배웅을 받는 규이치 씨와 바래다주는 노인과 나미 씨와 나미 씨의 사촌 오빠, 짐 나르는 걸 도와주는 겐베, 그리고 나다. 나는 물론 그냥 동반하는 사람에 지나지 않는다.

길동무라도 부름을 받으면 간다. 무슨 뜻인지 몰라도 간다. 비인 정의 여행에 사려思慮는 필요 없다. 배는 뗏목에 테두리를 붙인 것처럼 바닥이 평평하다. 노인을 가운데에, 나와 나미 씨가 배꼬리에, 규이치 씨와 사촌 오빠가 배의 앞부분에 자리를 잡았다. 겐베는 짐과 함께 혼자 떨어져 있다.

"규이치는 전쟁을 좋아해, 싫어해?"

나미 씨가 묻는다.

"안 나가보면 모르지. 힘든 일도 있겠지만 유쾌한 일도 생기겠지."

전쟁을 모르는 규이치 씨가 말한다.

"아무리 힘들어도 국가를 위해서니까."

노인이 말한다.

"단도 같은 것을 받아보니 전쟁에 좀 나가보고 싶지 않아?"

여인이 또 묘한 것을 묻는다.

"그렇지 뭐."

규이치 씨가 가볍게 고개를 끄덕인다. 노인은 수염을 쓸어올리며 웃는다. 사촌 오빠는 모른 체하고 있다.

"그렇게 태평스러워서 전쟁할 수 있겠어?"

여인은 사정이야 어떻든 규이치 씨 앞으로 하얀 얼굴을 내민다. 규이치 씨와 사촌 형의 눈이 잠깐 마주쳤다.

"나미가 군인이 되면 아마도 강할 거야."

사촌 오빠가 누이동생에게 건넨 첫 마디는 이렇다. 말투로 짐작 건대 단순한 농담이 아닌 것 같다.

"내가? 내가 군인? 군인이 될 수만 있다면, 벌써 됐겠지. 지금쯤은 죽었을걸. 규이치, 너도 죽는 게 좋아. 살아서 돌아오면 소문이 안 좋게 날 거야."

"그런 엉터리 같은 소릴, 자자, 됐어. 그러지 말고 무사히 개선해서 돌아와줘. 죽는 것만이 나라를 위하는 건 아니야. 나도 아직 2, 3년은 살 생각이야. 또 만날 수 있어."

노인이 하는 말꼬리를 길게 끌어당기면 꼬리가 가늘어져 끝내는 눈물의 실타래가 된다. 다만 남자인 만큼 마음속을 모두 드러내지는 않는다. 규이치 씨는 아무 말 없이 고개를 옆으로 돌려 강가 쪽을 보았다.

강가에는 커다란 버드나무가 있다. 그 밑에 자그마한 배를 매어놓고, 한 남자가 연신 낚싯줄을 주시하고 있다. 일행을 태운 배가 천천히 물결을 일으키며 그 앞을 지나갔을 때, 이 남자는 문득 얼굴을 들어 규이치 씨와 눈을 마주쳤다. 눈을 마주친 두 사람 사이에는 아무런 전기도 통하지 않는다. 남자는 고기 잡는 일만 생각하고 있다. 규이치 씨의 머릿속에는 한 마리의 붕어도 머물 여지가 없다. 일행의 배는 조용히 강태공의 앞을 지나간다.

니혼바시를 지나가는 사람의 수는 1분에 몇백 명인지 모른다. 만약 다리 근처에 서서 지나가는 사람의 마음속에 맺힌 갈등을 하나하나 들을 수 있다면, 이 뜬세상은 어지러워 살기 힘들 것이다. 다만 서로 모르는 사람으로 만나고 모르는 사람으로 헤어지므로, 결국 니혼바시에 서서 전차의 깃발을 흔드는 일의 지원자도 나온다. 강태공이 규이치 씨의 울먹거릴 것 같은 얼굴에 아무런 설명도 요구하지 않아 다행이다. 돌아보니 안심하고 낚시찌를 주시하고 있다. 아마 러일전쟁이 끝날 때까지 주시할 것 같다.

강폭은 그다지 넓지 않다. 바닥은 얕다. 흐름은 완만하다. 뱃전에 기대 물 위를 미끄러져 어디까지 가는가. 봄이 다 가고, 사람이 떠들고, 우연히 마주치고 싶어 하는 곳까지 가지 않으면 멈추지 않는다. 비린내 나는 한 점의 피를 미간에 찍은 이 청년은 우리 일행을 사정없이 끌고 간다. 운명의 끈은 이 청년을 멀고 어둡고 처참한 북쪽 나라까지 끌고 갈 것이기에, 어느 날 어느 달 어느 해의 인과에 이 청년과 휘감긴 우리는 그 인과가 다하는 곳까지 이 청년에게 끌려가야만 한다. 인과가 다할 때, 그와 우리 사이에 갑자기 끊어지는 소리가 나고, 그 한 사람은 어쩔 수 없이 운명의 바로 옆까지 끌려

가게 된다. 남는 우리도 좋든 싫든 남아야 한다. 간청해도, 몸부림쳐도, 끌려갈 수는 없다.

배는 흥미로울 정도로 편안하게 흐른다. 강 양쪽 언덕에는 쇠뜨기라도 자라고 있을 것 같다. 둑 위에는 버드나무가 많이 보인다. 드문드문 나지막한 집이 그 사이로 초가지붕을 보인다. 그을은 창문을 보인다. 때때로 하얀 집오리를 내놓는다. 집오리는 꽥꽥 울면서 강 중간까지 나온다.

버드나무와 버드나무 사이에 반짝반짝 빛나는 것은 백도白桃인 것 같다. 철커덕 털컥, 하고 베 짜는 소리가 들린다. 철커덕 털컥, 하는 소리 사이사이로 여인의 노래가 하이이, 이요오, 하고 물 위에까지 울린다. 무얼 부르는 건지 전혀 알 수 없다.

"선생님, 저를 그려주세요."

나미 씨가 주문한다. 규이치 씨는 사촌 형과 줄곧 군대 이야기를 하고 있다. 노인은 어느새 꾸벅꾸벅 졸기 시작했다.

"그려드리죠."

나는 사생첩을 꺼낸다.

봄바람에 느슨해져 풀리는 공단에 적은 글은 무엇인가

이렇게 적어 보인다. 여인은 웃으면서 말한다.

"이런 일필휘지 정도로는 안 됩니다. 좀 더 제 기상이 나오도록 정성껏 그려주세요."

"저도 그러고 싶지만 아무래도 당신 얼굴은 그것만으론 그림이 되지 않아요."

"좀 무례하시네요. 그럼 어떻게 하면 그림이 되나요?"

"뭐, 지금 그걸로도 그림이 되긴 하지만, 다만 좀 부족한 데가 있어요. 그게 나오지 않는 모습을 그리면 아깝지요."

"부족하다니요, 타고난 얼굴인데 어쩔 수 없잖아요."

"타고난 얼굴도 여러 가지가 되는 겁니다."

"자기 마음대로 말입니까?"

"예."

"여자라고 사람을 아주 바보 취급하시네요."

"당신이 여자니까 그런 바보 같은 소릴 하는 겁니다."

"그럼, 선생님 얼굴을 여러 가지로 해서 보여주세요."

"이렇게 날마다 여러 가지가 되어주면 되지 더 어떻게 해요."

여인은 아무런 말 없이 건너편을 향한다. 강변은 어느새 물에 스칠 듯이 낮게 잠겼고, 멀리 보이는 논은 온통 연꽃으로 가득하다. 선명한 주홍빛 방울방울이 언제 내린 비에 휩쓸려 갔는지, 반쯤 녹은 꽃바다는 안개 속에 끝없이 펼쳐지고, 올려다본 허공에는 우뚝 솟은 험한 산봉우리 하나가 중턱쯤에서 희미하게 봄 구름을 토해내고 있다.

"선생님은 저 산 반대쪽을 넘어오셨지요?"

여인은 하얀 손을 뱃전 밖으로 내밀며 꿈 같은 봄 산을 가리킨다.

"덴구이와는 저 근처인가요?"

"저 짙은 초록빛 아래쪽 보랏빛으로 보이는 곳이 있지요?"

"저 햇볕 비치는 곳 말입니까?"

"햇볕일까요? 벗겨진 것이겠죠."

"아니, 움푹 파여 있어요. 벗겨졌다면 좀 더 갈색으로 보일 거예요."

"그럴까요. 아무튼 그 뒤쪽이 된다고 합니다."

"그렇게 되면, 꼬부랑 고개는 좀 더 왼쪽이 되지요?"

"꼬부랑 고개는 건너편으로 훨씬 떨어져 있습니다. 저 산 너머의 산입니다."

"정말 그렇군요. 그런데 짐작으로 얘기한다면 저 엷은 구름이 걸려 있는 근처죠?"

"예, 방향은 그 부근입니다."

졸고 있던 노인은 뱃전에서 팔꿈치가 미끄러져 번쩍 눈을 뜬다.

"아직 도착 안 했어?"

가슴을 앞으로 내밀며 오른쪽 팔꿈치를 뒤로 빼고 왼손을 똑바로 펴서 으응, 하고 기지개를 켜는 김에 활을 당기는 흉내를 내보인다. 여인은 호호호, 웃는다.

"아무래도 이게 버릇이라…."

"활을 좋아하시는 것 같은데요."

나도 웃으면서 묻는다.

"젊었을 땐 7푼 5리[131]까지 당겼습니다. 의외로 미는 힘은 지금도 확실합니다."

노인은 왼쪽 어깨를 툭툭 쳐보인다. 뱃머리에서는 전쟁 얘기가 한창이다.

배는 겨우 읍내 같은 곳으로 들어간다. 징두리널이 있는 장지에 안주, 라고 쓴 선술집이 보인다. 고풍스러운 새끼줄 포렴이 보인다.

---

131 활의 한가운데 손으로 쥐는 부분을 줌통이라 하는데, 그 두께가 약 2.3센티미터라는 뜻. 당기는 데 많은 힘이 필요하다.

재목이 놓인 곳이 보인다. 인력거 소리도 가끔 들린다. 제비가 지지 배배 노래하며 공중회전을 한다. 집오리가 꽥꽥, 하고 운다. 일행은 배에서 내려 정거장으로 향한다.

드디어 현실 세계로 끌려 나왔다. 기차가 보이는 곳을 현실 세계라고 한다. 기차만큼 20세기 문명을 대표하는 것은 없을 것이다. 수백 명이나 되는 인간을 같은 상자에 채워 넣고 굉음을 내며 지나간다. 인정사정없다. 채워 넣어진 인간은 모두 같은 속력으로 같은 정거장에 정차하고, 그렇게 똑같이 증기의 혜택을 입어야만 하는 것이다. 사람들은 기차를 탄다고 한다. 나는 실린다고 한다. 사람들은 기차로 간다고 말한다. 나는 운반된다고 말한다. 기차만큼 개성을 경멸하는 것은 없다. 문명은 할 수 있는 모든 수단을 다해 개성을 발달시킨 후에 할 수 있는 모든 방법으로 이 개성을 짓밟으려 한다. 한 사람 앞에 몇 평 몇 홉인가의 지면을 주고, 이 지면 안에서는 눕든지 일어나든지 멋대로 하라는 것이 현재의 문명이다. 동시에 이 몇 평 몇 홉의 주위에 철책을 치고, 철책 밖으로는 한 발자국도 나가면 안 된다고 위협하는 것이 오늘날의 문명이다. 몇 평 몇 홉 안에서 자유를 마음껏 누리던 자가 이 철책 밖에서도 자유를 마음껏 누리고 싶은 것은 자연스러운 일이다. 가련한 문명의 국민은 밤낮 이 철책을 물고 늘어져 포효하고 있다. 문명은 개인에게 자유를 주고 호랑이처럼 사납게 날뛰게 한 뒤에, 이것을 우리 안에 가두고 천하의 평화를 유지하고 있다. 이 평화는 참된 평화가 아니다. 동물원의 호랑이가 구경꾼을 노려보며 드러누워 있는 것과 같은 평화다. 우리의 쇠창살이 한 개라도 빠지면 세상은 아수라장이 된다. 제2의 프랑스 혁명은 이때 일어날 것이다. 개인의 혁명은 이미 지금 밤낮으로 일어나고 있다. 북유럽의 위인 입센[132]은 이 혁명이 일어나야 할 상태에 대해 구체적으로 그 예증을 우리에게 보여주었다. 나는 누구나 할 것 없이 모든 사람을 짐처럼 취급하며 맹렬하게 달리는 기차의 모습을 볼 때마다 객차 속에 갇힌 개인과, 개인의 개성에 추호의 주의도 베풀지 않는 이 쇠수레를 비교하며, 위험하다, 위험하다, 조심하지 않으면 위험하다는 생각을 한다. 현대의 문명은 이와 같은 위험이 코를 찌를 정도로 가득 차 있다. 앞길을 전혀 내다볼 수 없는 상태에서 분별없이 함부로 날뛰는 기차는 위험한 표본의 하나다.

정거장 앞의 다과점에 앉아 쑥떡을 바라보면서 기차론을 생각했다. 이것은 사생첩에 쓸 수도 없고 다른 사람에게 이야기할 필요도 없으니까, 말없이 떡을 먹으면서 차를 마신다.

맞은편 걸상에는 두 사람이 앉아 있다. 똑같이 짚신 차림이며 한 사람은 빨간 담요를 둘렀고, 연두색 작업복 바지를 입은 한 사람은 무릎에 헝겊을 댄 자리를 손으로 가리고 있다.

"역시 안 돼?"

"안 돼."

"소처럼 위가 두 개 있으면 좋겠네."

"두 개 있으면 정말 좋지. 하나가 고장 나면 잘라내면 되니까."

이 촌놈은 위장병인 것 같다. 그들은 만주 벌판에 부는 바람의 냄새도 모른다. 현대 문명의 폐단도 알아보지 못한다. 혁명이란 어떤 것인지, 그 글자조차 본 적이 없을 것이다. 혹은 자기 위가 하나 있

| 132 헨릭 입센Henrik Ibsen(1828~1906). 노르웨이의 시인이자 극작가.

는지 둘 있는지 그것조차도 분간 못 할 것이다. 나는 사생첩을 꺼내 두 사람의 모습을 그렸다.

딸랑딸랑, 종이 울린다. 차표는 이미 끊어두었다.

"자, 갑시다."

나미 씨가 일어선다.

"일어설까."

노인도 일어난다. 일행은 함께 개찰구를 빠져나가 플랫폼으로 나간다. 종이 자꾸만 울린다.

굉음을 내며 하얗게 반짝이는 철로 위를 문명이라는 긴 뱀이 꿈틀대며 기어 온다. 문명의 긴 뱀은 입에서 검은 연기를 내뿜는다.

"이젠 작별인가."

노인이 말한다.

"그럼, 건강하세요."

규이치 씨가 머리를 숙인다.

"죽어서 돌아와."

나미 씨가 또다시 말한다.

"짐은 왔어?"

사촌 형이 묻는다.

뱀은 우리 앞에서 멈춰 선다. 옆구리의 문이 몇 개나 열린다. 사람들이 나오고 들어가고 한다. 규이치 씨가 탔다. 노인도 사촌 형도 나미 씨도 나도 밖에 서 있다.

차바퀴가 한 번 구르면 규이치 씨는 이미 우리 세상 사람이 아니다. 멀고 먼 세계로 가버린다. 그 세계에서는 화약 냄새 속에서 사람이 일하고 있다. 그렇게 붉은 피에 미끄러지고 마구 넘어진다. 하늘에서는 대포 소리가 쾅쾅 울린다. 이제부터 그런 곳으로 가는 규이치 씨는 기차 안에 서서 아무 말 없이 우리를 바라보고 있다. 우리를 산속에서 끌어낸 규이치 씨와 끌려 나온 우리의 인과는 여기에서 끊어진다. 이미 끊어지려 하고 있다. 기차의 문과 창문이 열려 있을 뿐, 서로의 얼굴이 보일 뿐, 떠나는 사람과 뒤에 남는 사람 사이가 180센티미터 이상 떨어져 있을 뿐, 인과는 이미 끊어지려 하고 있다.

차장이 문을 탁탁 닫으면서 이쪽으로 달려 온다. 문 하나를 닫을 때마다 떠나는 사람과 보내는 사람의 거리는 더욱더 멀어진다. 이윽고 규이치 씨가 탄 객차 문도 탁, 닫혔다. 세계는 이미 둘이 되었다. 노인은 엉겁결에 창가로 다가선다. 청년은 창문에서 고개를 내민다.

"위험해. 출발합니다."

목소리 아래에서 미련 없는 쇠수레 소리가 덜커덕덜커덕, 박자를 맞추면서 움직이기 시작한다. 기차 창문은 하나하나 우리 앞을 지나간다. 규이치 씨의 얼굴은 작아지고 마지막 삼등 열차가 내 앞을 지나갈 때, 창문 안에서 또 하나의 얼굴이 나왔다.

갈색의 빛바랜 중절모 아래로 수염투성이의 산적이 이별이 아쉬운 듯 고개를 내밀었다. 그때 나미 씨와 산적의 얼굴이 엉겁결에 마주쳤다. 쇠수레는 덜커덕덜커덕, 돌아간다. 산적의 얼굴은 금세 사라졌다. 나미 씨는 우두커니 떠나가는 기차를 보내고 있다. 그녀가 우두커니 서 있는 동안에 신기하게도 지금까지 일찍이 본 적이 없는 '애련哀憐'이 얼굴 가득히 떠 있다.

"그거야! 그거야! 그게 나오면 그림이 됩니다."

나는 나미 씨의 어깨를 두드리면서 속삭였다. 내 가슴속의 화면
畫面은 바로 이 눈 깜짝할 사이에 완성된 것이다.

1. 나쓰메 소세키의 생애

(1) 태생에서 작가 시대 이전까지

나쓰메 소세키夏目漱石(1867~1916, 이하 '나쓰메')는 1867년 2월, 에도 우시고메 카쿠이쵸(지금의 도쿄 신주쿠구)에서 5남 3녀 중 막내로 태어났다. 본명은 긴노스케金之助다. 일본 역사에서 근대의 시작으로 일컬어지는 메이지유신이 1868년의 일이니, 그의 삶은 일본의 근대와 함께 시작되었다고 할 수 있다. 부모가 고령이었기 때문에 태어나자마자 고물상에 수양아들로 보내졌으나 양부모가 다시 그를 고가구점의 수양아들로 보냈으니 유년기를 보냈다. 이러한 복잡한 가정환경이 그의 예민한 감수성을 기른 바탕으로 작용한다.

세 살이 되던 1870년 여름에는 천연두를 앓아 얼굴에 흉터가 생겼다. 이 흉터는 평생 그의 얼굴에 남는다. 1874년 일곱 살에 도다 초등학교에 입학해, 우수한 성적으로 다녔다. 열두 살이던 1879년 간다의 도쿄부립제일중학교에 들어갔으나, 2년 후 생모 지에千枝의 사망으로 중퇴하고 니쇼 학사에서 한학을 배웠다. 한문학의 토대가 마련되었다는 점에서 이는 그의 인생에서 중요한 전환점이 된다.

열여섯이던 1883년에는 좋아하던 한학을 그만두고 영어를 배우기 위해 세리쓰 학사에 입학했다. 처음에는 별다른 흥미를 느끼지 못했다. 이듬해 도쿄제국대학 예비문예과에 입학했지만, 곧 맹장염이 터져 복막염까지 앓는 바람에 낙제하게 된다. 그러나 이후에는 수석을 놓치지 않는 학구열을 보였다. 나중에 본과로 진학할 때는 건축과를 희망했지만, 친구 요네야마 야스사부로米山保三郎의 권유로 문학을 전공하기로 결심하고 영문학을 선택했다.

스물둘이던 1889년은 처음으로 자신의 필명 '소세키'를 쓴 해로 기록된다. 소세키의 생애에서 중요한 존재로 자리 잡게 되는 친구 마사오카 시키正岡子規와 교류한 것도 이 해다. 하이쿠 작가로 유명한 시키는 소세키와 동갑이며, 일본의 하이쿠 잡지로 잘 알려진 《호토토기스》로 니혼파日本派의 신新하이쿠를 추진해 '사생문'을 제창한 인물이다. 니혼파는 1892년부터 신문 〈니혼〉에 의해서 제창된 사생주의로, 시키를 중심으로 한 하이쿠의 유파다. '사생문'이란 실물이나 경치를 있는 그대로 묘사하는 글을 뜻한다. 소세키는 한문체의 기행문인 〈보쿠세쓰로쿠木屑錄〉를 써서 시키에게 칭찬을 듣게 되고, 하이쿠에 열중하기도 했다.

이듬해에 본과 영문과에 진학해 문부성의 학비 대여 장학생이 된다. 동급생으로는 시키를 비롯해 야마다 비묘山田美妙가 있었고, 선배로는 한국인에게도 익숙한 오자키 고요가 있었다. 스물넷에는 일본의 중세 수필《호조키方丈記》를 영역하기도 했다. 다음 해 분가를 하여 본적을 홋카이도로 옮겼는데, 후대 연구자들에게는 병역 기피가 목적이었던 것으로 회자되기도 했다. 이해에 와세다대학의 전신인 도쿄전문학교에서 강의를 시작했으며, 와병 중인 시키를 방문하여 하이쿠의 거목인 다카하마 교시를 만난다.

1893년 스물여섯에 도쿄제국대학 영문과를 졸업하고 대학원에 진학하는 등 학구열을 보였다. 같은 해 10월에는 도쿄고등사범학교에 영어 교사로 부임해 강의를 하기도 했다. 그러나 이 학교의 형식을 존중하는 관료주의에 염증을 느꼈으며, 이듬해 폐결핵과 신경쇠약 악화와 함께 염세주의에 빠지고 말았다.

스물여덟에는 에히메현의 마쓰야마중학교로 직장을 옮겼는데, 이곳에서의 체험이 후일 그의 대표작으로 유명해진《도련님坊っちゃん》의 소재가 되었다는 것은 잘 알려진 일화. 스물아홉 살이 되던 1896년에는 마쓰야마중학교를 그만두고, 구마모토의 제오고등학교 강사로 부임했다. 같은 해 서기관장 시게카즈重一의 장녀 나카네 교코中根鏡子와 약혼해 그다음 해 결혼식을 올리고 가정을 꾸렸다. 이해에 교수로 승진하기도 했다. 그러나 1897년 그는 곧 문학에만 전념하고 싶다는 생각을 친구 시키에게 내비쳤다고 후세의 소세키 연구자들은 전하고 있다. 그해 연말에 오아마 온천을 여행하며, 그의 또 하나의 대표작인《풀베개》의 소재를 얻게 된다.

1900년 서른셋의 소세키는 문부성의 명으로 영어 연구를 위해 2년간 영국 유학길에 오른다. 이 기간에 장인에게 보낸 서한에서, 영일동맹에 들떠 있는 일본인들을 비판하고, 대규모의 저술을 계획하고 있는 자신의 포부를 밝힌다. 그러나 소세키가 정신 이상자가 되었다는 소식이 일본에 전해져 문부성에서 사람을 보내 확인하는 소동이 벌어지기도 했다. 이때의 일은 소세키 문학의 '문명 비평적 성격'에 상당한 영향을 미쳤다. 또한 영국 유학은 그의 문명관·금전관·예술관이 확립되는 중요한 시기로 평가받기도 한다. 이역만리 외국 땅에서 자신의 오랜 벗이었던 시키의 사망 소식을 접한 것도 이 무렵이다.

(2) 작가 시대

1903년 서른여섯에 나이에 귀국한 소세키는 교직 생활에서 얻은 지식을 바탕으로 《문학론文學論》과 《문학평론文學評論》을 간행했다. 이듬해에는 대표작의 하나인 《나는 고양이로소이다吾輩は猫である》를 집필한다. 자신의 신경쇠약을 걱정하는 다카하마 교시의 권유가 계기가 되었다. 이 작품은 이듬해 《호토토기스》에 발표되어 그야말로 공전의 호평을 받았고, 11회분까지 장편으로 연재되었다. 이와 함께 〈런던탑倫敦塔〉, 〈칼라일박물관カーライル博物館〉, 〈환영의 방패幻影の盾〉 등을 연이어 발표하며, 집필에서 왕성한 한 해를 보냈다.

1906년 서른아홉의 나이에 《도련님》과 《풀베개》를 발표했다. 이른바 '목요회'라는 모임이 생긴 것도 이때의 일. 이는 그의 집에 출입이 잦은 문하생들이 십일월 어느 날부터 매주 목요일에 방문한다고 하여 붙여진 이름이다. 이 모임에는 물리학자이며 수필가인 데라다 도라히코寺田寅彦, 소설가이며 아동문학가인 스즈키 미

에키치鈴木三重吉 같은 사람들이 있었고, 그 후에는 일본 단편소설
을 대표하는 작가 아쿠다가와 류노스케芥川龍之介도 그의 문하에
들어왔다.

모든 교직을 사임하고《아사히신문朝日新聞》에 입사해, 전속 작
가의 길을 걷게 되는 것은 1907년. 그의 인생에서 또 하나의 전환
점이 된다. 불혹 때의 일이다. 이후《우미인초虞美人草》등 많은 작
품을 이 신문에 연재하며 인연을 맺는다.《갱부坑夫》,〈열흘 밤의
꿈夢十日〉,《산시로三四郎》는 1908년에 발표되었다.《그 후それか
ら》,《영일소품永日小品》은 그 이듬해인 1909년의 작품. 이 해 관심
이 가는 대목은 소세키가 만주와 한국을 여행했다는 기록이다.《만
주와 한국 이곳저곳滿韓ところどころ》이 그때의 경험을 토대로 한
것이다.

《문門》을 발표하던 1910년에 소세키는 요양하러 갔던 슈젠지 온
천에서 피를 토하는 등 위독한 상태에 빠졌는데, 이것이 그 유명한
'슈젠지의 대환'이다. 대환이란 큰 병 또는 몹시 위중한 병이라는
뜻으로, 그것은 곧 그의 작품 세계의 변화를 예고하는 것이었다. 그
의 인간관과 사생관에 커다란 영향을 주었다고 후세의 소세키 연
구자들은 기록하고 있다.

1911년 소세키는 문부성으로부터 문학박사 학위 수여를 통보받
았으나, 불쾌함을 드러내며 수여를 거부했다. 마흔다섯인 다음 해
에《춘분이 지날 때까지彼岸過迄》,《행인行人》의 연재를 시작했으
나, 신경쇠약과 위궤양의 재발로《행인》의 연재는 중단되었다. 이
외에도《마음こころ》,《유리문 안硝子戶の中》,《노방초道草》,《명암明
暗》등 빼어난 작품을 남기며, 일본 근대문학을 대표하는 작가로 그

이름을 남겼다. 《명암》을 집필하던 1916년 12월 9일 위궤양 내출혈로 사망했다. 49세였다.

2. 나쓰메 소세키의 작품들에 대한 이해

(1) 왜 나쓰메 소세키는 최고의 작가인가

나쓰메 소세키가 생전에 남긴 작품 수는 정확하지는 않지만, 약 111 작품 정도라고 알려져 있다. 이는 소설 및 여러 유형의 글을 포함해 헤아린 것으로 생각된다. 그는 오랫동안 일본의 천 엔 지폐의 초상이 되기도 했던 인물로, 그가 세상을 떠난 지 100년이 넘었음에도 여전히 소세키의 작품들은 지구촌 여기저기에서 최고의 작가, 최고의 작품으로 읽히고 있다. 현재 진행형이다. 물론, 앞으로도 그의 작품들에 대한 인기는 식지 않을 것이라는 것이 평자들의 공통된 견해다. 말하자면 고전의 위상을 갖춘 것이다. 왜 그럴까.

이와 관련한 소세키 작품을 연구하는 후세 학자들의 평가를 옮겨본다. 먼저 그의 손녀 사위로 소세키 문학을 연구하는 작가이며 저널리스트였던 한도 가즈토시半藤一利(1930~2021)는 "소세키의 작품은 현대 소설로도 읽힌다. 그가 집필한 시기는 러일전쟁의 승리로 입신출세와 금권주의, 향락주의가 심해지던 시대였고, 한편으로는 장기불황으로 일본인들에게 염세주의가 확산되었던 불안의 시대로, 그 모습이 현대와 유사했고, 그가 세상을 직시하며 소설에서 다룬 테마가 오늘날에도 통하기 때문"이라고 진단했다.

또한, 도쿄대학 명예교수인 고모리 요이치小森陽一(1953~)는

"소세키는 동시대의 풍속이나 사건을 절묘하게 끼워넣어 독자의 관심을 유도한다. 그러면서도 수준을 떨어뜨리지 않고 작품마다 다양한 실험을 시도해 다른 장르를 다룸으로써 유사한 작품이 하나도 없다. 따라서 그의 작품은 순문학이면서도 대중소설이기도 하다"고 평가했다. 덧붙여 그는 "소세키는 20세기 초에 이미 근대 문명의 어두운 면에 공포감을 느끼며 통찰했다. 현대의 우리도 같은 시대의 시스템 아래 살고 있는 이상 앞으로도 소세키는 계속 읽힐 것"이라는 전망을 내놓았다. 귀를 기울이고 가슴에 새길 필요가 있으리라. 즉 소세키의 작품은 이지적인 태도를 갖추고 있는 것. 외국 유학을 바탕으로 한 풍부한 교양과 넓은 시야, 그리고 날카로운 비판 정신을 바탕으로 시대의 한계를 넘어섰다는 것이 세평의 핵심이다.

(2) 당시 일본 문단의 흐름

소세키는 메이지 시대의 소설가다.《풀베개》를 출판했던 것도 메이지 39년(1906). 이 시기를 전후로 일본 문단은 근현대 문학이 싹트는 시기였다.《풀베개》를 비롯한 그의 작품들이 품고 있는 시대적 배경과 당시 일본 문단의 흐름을 살피는 것도 좋은 공부가 될 것이다.

잘 알려진 것처럼 메이지 초기에는 그 전의 에도시대(1603~1868) 말기까지의 문학을 청산하는 듯한 과도기적인 작품의 출현이 있었다. 그러나 메이지 10년대(1878~1888)가 되면서, 서양 문학의 번역서나 민권운동과 호응한 정치소설이 유행하기도 했다. 시에서는 서구 시를 모방하는 '신체시 운동'이 일어나기도 했고.

소설 쪽에서 일본에서 '최초의 새로운 소설론'으로 평가받는 쓰보우치 쇼요坪內逍遙 의《소설신수小說神髓》(1885)가 나온 것도 이 무렵의 일.

이후 일본 문단에서는 여러 문예사조와 관련한 문학이 펼쳐진다. 소설《무희舞姬》(1890)와《청년靑年》(1910),《기러기雁》(1911)의 작가인 모리 오가이森鷗外 는 '낭만주의' 작가이고 (후에는 반자연주의 작품도 썼지만), 역시 한국인에게 잘 알려진 소설《금색야차金色夜叉》(1902)의 오자키 고요나《오중탑五重塔》(1892)의 고다 로한幸田露伴 같은 작가는 '의고전주의擬古典主義'라고 불리는 일련의 작품을 써서 일본 문단에 자신들의 이름을 새기고 있었다. 우리에게 다소 생소한 용어인 '의고전주의'는 문예 등에서 과거 어느시대의 표현 형식의 전형을 숭배하고 존중해 그 형식을 모방하고자 하는 주의를 말한다.

그러나 무엇보다도 이 시기에 관심을 가져야 할 것은 '자연주의 문학'일 것이다. '자연주의 문학'이란 적나라한 자아의 고백을 통해 인생의 진실을 묘사하고자 한 문학운동이다. 당시 일본에서는 이러한 경향의 문학이 유행했다. 한국인에게도 잘 알려진 시마자키 도손島崎藤村의《파괴破壞》(1906)와 다야마 가타이田山花袋의《이불蒲團》(1908)이 일본의 자연주의 문학을 대표하는 작품이라고 이해하면 될 듯하다. 시 쪽에서 문어시文語詩의 전통을 깨트리는 구어자유시口語自由詩가 성행한 것도 이 시기다. 그러나《풀베개》는 이런 자연주의와는 대립되는 입장을 취했다고 보는 것이 좋다. 여행을 소재로 했고, 작가인 소세키 또한 이 소설과 같은 경험이 없다고는 말할 수 없지만, 이 작품은 경험을 그대로 모방한 것이 아니기 때문이다. 후세의 문학 연구자들이 소세키를 '반자연주의 파'라고 분류하는 것도 그런 사실에 바탕을 두고 있다.

이러한 '반자연주의'는 메이지 후반부터 다이쇼(1912~1926) 중기까지 계속된다. 앞에서 거론했던 모리 오가이와 함께 소세키는 일본 문학사에서 '고답파高踏派', '여유파餘裕波'라고도 불리며, 후세 학자들에 의해 근대 문학사상 탁월한 작가로 분류되는 영광을 누린다. 많은 작가에게 영향을 주었을 뿐만 아니라 현재도 폭넓은 독자층을 확보하고 있기 때문이다. '고답파'란 감상적感傷的이고 주관적인 낭만파의 반동으로 생겨났으며, 이지적 태도로 몰개성적沒個性的, 객관적인 미를 추구한 프랑스 근대시의 한 유파를 가리킨다. '여유파餘裕波'는 현실을 대하는 데 여유를 갖고 임하고자 하는 경향을 띤다.

문예사조 이야기가 조금은 딱딱하게 읽혔을지 모르겠으나, 당시의 일본 문단의 흐름을 이해하는 좋은 길잡이가 되었을 것이다. 나아가 한국 문단과 일본 문단의 근대성을 서로 비교해 보는 것도 좋은 공부가 될 듯. 그리고《풀베개》가 차지하는 위치가 당시의 문단 흐름과 어떤 연관성이나 차이를 갖는지도 생각하면서 작품을 읽으면 유용한 독서로 이어질 것이다.

(3) 나쓰메 소세키 작품의 특징

이러한 당시의 일본 문단의 흐름에서 나쓰메 소세키의 작품들은 어떤 특징을 갖고 있을까. 살펴보자.

한국에서도 번역·출간된 그의 처녀작인《나는 고양이로소이다》는 '사생문寫生文'으로 쓰인 소설이다. '사생문'이란 당시 소세키의 친한 친구이며 하이쿠 작가인 마사오카 시키가 중심이 되어 시작한 것으로, 본 것을 있는 그대로 그려내는 양식이다. 이 작품은 유머와 풍자, 비평의 정신으로 가득 차 있다. 마쓰야마중학교의 영어 교사로 있던 시절의 경험을 살려서 펴낸 작품《도련님》도 같은 계열의 풍자 문학으로, 명쾌한 주제와 단순한 주인공, 유형적인 등장인물로 대중으로부터 큰 인기를 얻었다. 한국에서도 특히 이 두 작품이 일찍부터 번역되어 잘 알려져 있다. 시기적으로 보면《풀베개》도 이 무렵의 소설이다.

그 후의 작품도 간단하게 설명하면 다음과 같다.《아사히신문》에 입사하고 나서 쓴 첫 번째 작품은《우미인초》. 문체나 테마가 다소 진부하다는 평가가 있기도 했다. 그러나 세 번째 작품인《산시로》부터는 긴장감도 있고, 장편 소설 작가로서의 자신감도 생겼다는 것이 평자들의 시각이다.《산시로》,《그 후》,《문》을 소세키의 '전기 삼부작'이라고 부르는데, 이 시기의 작품들은 청춘의 문제를 다루고 있다. 청춘의 무대인 메이지 사회가 다양하게 그려져 있고, 날카로운 문명의식도 엿볼 수 있다. 한 마디 덧붙인다면, 역시 일본의 근대 문학을 대표하는 작가의 한 사람인 모리 오가이는《산시로》에 자극을 받아《청년》을 썼다고 전해진다. 그리고 이들 삼부작의 주제는《마음》으로 전개되어 가는 양상을 띤다,

《마음》은《춘분이 지날 때까지》,《행인》과 함께 흔히 소세키의 '후기 삼부작'의 하나로 불린다. 이들 작품에는 인간의 에고이즘이 전면에 나타나 있다.《마음》은 인간 존재를 보다 깊이 탐구하고 있는 것으로 읽힌다. 서양의 개인주의 사상을 토대로 소세키는, 자신

의 보편적인 세계와 자아의 가능성의 극한을 추구했다. 그래서 소설 속 주인공을 자기 절대화로 인한 고독과 적막함에 고뇌하게 하고, 자살, 발광, 종교 중 하나로 결정하지 않으면 안 되는 모습으로 그려냈다. 《노방초》는 소세키의 유일한 자전적 소설로 이해해야할 것이다. 그의 마지막 작품인 《명암》은 염세주의에서 벗어나 문학과 인생의 이상으로 도달한 경지인 '칙천거사則天去私'를 실천하려고 했던 소설. '칙천거사'는 아집을 버리고 하늘(자연)의 절대적인 예지叡智에 따라서 살아가고자 하는 태도를 말한다. 이 작품은 안타깝게도 미완이었다. 하지만 인간의 본성을 훌륭하게 묘사했다는 평가는 분명 그의 작품성에 일조하고 있다.

한국인 독자 입장에서는 소세키와 한국과는 인연이 있을까. 그것이 몹시 궁금해질 것이다. 그는 한국을 다녀갔다. 《만주와 한국 이곳저곳》이 바로 그때의 저작이다. 1909년에 《아사히신문》에 연재되었다. 그해 9월과 10월에 만주와 한국을 다녀갔지만, 아쉽게도 한국 여행에 관한 것은 신문에 연재하지 않았다. 신의주, 평양, 경성, 개성 등을 방문했는데, 평양에서는 대동문, 을밀대, 부벽루, 모란대 등의 명소를 견학했다. 개성에서는 인삼 관계 시설과 만월대를, 경성에서는 창덕궁의 비원 등을 둘러보았다. 비원을 보고는 태어나서 이런 정원은 처음 봤다고 그 감상을 얘기한 적도 있다고 한다. 그리고 공장과 사범학교에도 가보았고 박물관에서 고려청자도 봤으나, 이에 대한 감상은 따로 남기지 않았다.

3. 《풀베개》를 어떻게 읽을 것인가

《풀베개》는 소세키의 1906년 작품이다. '풀베개'라는 말은 '풀로써 베개를 삼는다'는 뜻으로, 여행을 상징한다. 즉, 자연 속 '비인정非人情'의 경지를 상징하는 말로 이해하면 된다. 소설에 등장하는 용어인 '비인정'은 인간의 의리나 인정 따위에서 벗어나 그것에 구애되지 않는 것을 가리킨다.

우선 그가 이 소설에 대해서 평가를 하고 있는 문장이 있어 관심을 끄는데, 그것을 읽어보는 것에서부터 출발하자. 소세키는《풀베개》를 "하이쿠적 소설"이라고 불렀다. 또한, "자신의 예술관과 인생관을 나타낸 것"이라고 자평했다. 당시 그가 독일 문학자이자 문예평론가인 고미야 도요타카小宮豊隆에게 보낸 편지와《신소설新小說》이라는 잡지에서, "이런 소설은 천지개벽 이래 유례가 없는 것입니다. 그렇다고 개벽 이후의 걸작이라고 오해해서는 안 됩니다만, 아마도 서양에서는 이런 종류의 소설은 아직 없었을 것입니다. 물론 일본에도 없었지요. 그것이 일본에서 나왔다는 것은 우선 일본 소설계에 새로운 운동이 일어났다고 말할 수 있을 겁니다"라고 하여《풀베개》에 대한 무한한 애정을 드러내고 있다.

따라서 독자들도 소세키의 이런 발언에 주목해 다음 두 가지에 초점을 맞추어《풀베개》를 읽으면 훌륭한 독서로 이어질 것이다. 첫째, 소설 속의 화자인 '나'와 여자 주인공 '나미'가 어떤 인물로 묘사되고 있는지를 꼼꼼히 들여다보는 일이다. 동시에 이 두 인물의 전개를 통해 소설 속의 '그림'은 어떻게 완성되는지, 그 긴장감을 즐겨야 한다. 둘째, 앞서 언급한 것처럼 소세키는 이 소설을 하이쿠적 소설이라 자평했다. 작품에 빈번하게 등장하는 시적 표현을 음미하라. 그것은 곧 재미와 함께 소설에 담긴 동양적 세계관을 이해하는 일이 될 것이다.

(1) 소설 속의 두 주인공 '나'와 '나미' 읽기

소세키의 초기 작품이지만 《풀베개》에서도 이미 개성적인 인물이 등장한다. 작품에 전개되는 두 주인공의 묘사에 주목하여 읽기 바란다. 그래야 소설이 재미있다.

도쿄에서 온 서른 살의 '나'가 남자 주인공이다. 복잡한 일상에서 벗어나 적어도 여행을 하는 동안만큼은 '이해利害'나 '인정人情'이라는 세속적인 개념에서 벗어나려는 희망을 품고 길을 떠난 사람이다. 즉 '비인정非人情'을 꿈꾸는 인물이다. 20세기의 서양에 도취한 세상을 떠나 초연히 출가적出家的인 동양의 시가詩歌에 묻히고 싶어 하는 서양화가다. 여기서 동양의 시가란 한시를 가리킨다. 그는 그런 세계를 묘사하는 곳에서 시간을 보내고, 그런 자연과 벗하고 싶어 한다. 결국 '나'는 마부나 찻집의 할머니, 그 외에 여행에서 만나는 사람들을 '그림 속의 인물', '자연의 경치'로 파악하려는 의도를 드러낸다.

이에 반해 소설에 등장하는 여자 주인공 '나미'는 강렬한 개성과 분방한 언동을 한다. 아름다운 여자이지만, 화가인 '나'는 그런 그녀에게 압도당한다. 그녀를 그려보려고 애를 쓰지만, 도저히 그려내지 못한다. 따라서 소설에는 그녀를 둘러싼 경치는 그려낼 수있지만, 중요한 여자의 표정을 결정하지 못하는 화가인 '나'의 안타까움이 긴장감과 함께 서술된다. '애련함'이야말로 그녀의 마지막 모습이라 생각하지만, 현실의 나미는 재기발랄한 기색이 너무 강해서 그림으로 잘 그려내지 못한다.

그러던 어느 날, 전쟁터로 나가는 그녀의 사촌 동생 규이치를 역에서 배웅하기 위해서 모두 산을 내려간다. 화가는 현실 세계로 다시 옮겨졌다는 생각을 하지만, 바로 그때, 규이치를 싣고 움직이기 시작한 열차의 창에서 몰락해서 중국 동북부로 가는 나미의 헤어진 남편의 얼굴을 보게 되는데, 거기에서 전혀 예상하지 못한 만남에 망연해하며 일어선 채 움직이지 못하는 그녀의 얼굴에서 '애련함'이 떠올라 화가인 '나'는 마침내 그림을 완성한다.

한편《풀베개》에는 20세기 문명의 하나인 기차나 여러 교통수단이 등장하지만, 그런 교통수단을 통한 여행을 생각한다면 이 소설의 묘미에 접근하기가 어렵다. 산길을 오르면서, 혹은 대자연을 접하면서 얻게 되는 마음속의 구도가 선행되어야 한다. 소설의 세계로 들어가서 눈에 띄는 기본적인 구도를 함께 그려보는 시간이 필요하다는 뜻이다. 눈에 보이지 않는 나머지 부분들도 소설이 가르쳐 줄 거라고 생각하지만, 혹여 그 그림을 완성하지 못했더라도 실망할 필요는 없다. 그림을 완성하기까지의 과정이 즐거울 것이다. 그걸로 만족하면 된다. 자신의 완성되지 못한 그림 역시 중요하기 때문이다. 만약, 그 과정까지가 즐거웠다면 얼마든지 더 훌륭한 그림을 그릴 수 있다. 소설 속의 화가는 그림을 완성했지만, 그것은 비인정의 미학에 의해서, 여성을 그림 속의 사람으로 삼는 형태는 취하지 않았다.

다시 말해서 '애련함'은 나미와 전 남편과의 관계에서 얻어진 것이다. 화가는 비인정의 관찰자에 머물러 있을 뿐이다. 소설의 말미에서 화가는 현실 세계로 이끌려 나갔지만, 문명과 대치하는 방법론을 확립할 수 있었던 것은 아니다. 별천지에 몸을 둘 필요는 여전히 사라지지 않았다. 이 소설이 전편을 통해서 비인정의 여행을 만끽하고 싶어 하는 화가의 예술적이고 유미적인 감각 표현이 돋보인다는 평가를 받는 것은 그러한 이유 때문이다. 많은 사람이 근대의 환상에 경도되어 있을 당시, 그는 이미 근대의 부정적인 면들을 보고 있었던 것이다. 과학의 발달은 인간을 편리하게는 만들었을지 모르나, 정서적으로는 공허하게 만들었기에, 소설의 마지막에 언급한 '기차론'은 '문명론'이라고 해석할 수도 있다.

《풀베개》는 발표 당시 그의 제자들을 비롯해 당시의 청년들과 문단으로부터 많은 인기를 얻었지만, '저회취미低徊趣味'가 가장 잘 나타난 작품으로 평가되기도 했다. '저회취미'란 감정이나 사상 따위를 바로 표현하지 않고, 빙 둘러서 표현하는 태도나 내용을 가리키는 용어다. 말하자면, 현실 도피의 경향이 있다는 의견이 제기되기도 한 것이다. 염세에 바탕을 둔 '인생관', '문명관'도 토로하고 있다는 점에서 보면, 일종의 '사상소설思想小說'처럼 읽히기도 한다. 이런 생각으로 이 소설에 접근해 보라.

(2) 하이쿠적 소설에 담긴 동양적 세계관의 이해

《풀베개》에 그려진 시적 표현

《풀베개》의 특징을 표현하는 중요한 핵심어의 하나는 '하이쿠적 소설'이다. 하이쿠俳句는 5·7·7의 3구句 17자로 이루어진 일본 고유의 짧은 시다. 소세키는 평범한 자연을 섬세한 시각으로 바라보고 거기에 새로운 의미를 부여하거나 시적으로 형상화하는 수법을 작품 전반에 드러내고 있다. 따라서 하나의 사물, 하나의 현상에 대해 쏟아 넣는 집중력과 상상력은 그가 왜 뛰어난 작가인지를 명료하게 보여주는 사례로 거론할 만하다. 빈번하게 등장하는 시적 표현이 드러난 곳을 들여다보면, 소설의 매력이 보일 것이다. 몇 곳을 인용한다.

먼저 "나는 깊은 산속의 동백을 볼 때마다 늘 요녀의 모습을 연상한다. 검은 눈으로 사람을 낚아채고, 모르는 사이에 요염한 독기를 혈관에 불어넣는다. 속았다고 깨달았을 때는 이미 늦다. 건너편의 동백이 눈에 들어왔을 때 나는 이런, 보지 않았으면 좋았을 텐데 하는 생각을 했다. 저 꽃의 빛깔은 단순한 빨강이 아니다. 눈을 번쩍 뜨게 할 만큼의 화려한 빛깔 속에 말로 할 수 없는 침울한 운율을 간직하고 있다"는 동백에 대한 묘사다. 이 부분만 발췌해서 '동백'이라는 제목을 붙인다면 한 편의 시가 된다.

종달새 소리를 들으며 서술한 다음의 표현도 예사롭지 않다. "부지런히 바쁘게 쉴 새 없이 울고 있다. 사방 몇 리의 공기가 온통 벼룩에 물려서 쩔쩔매는 것 같은 기분이 든다. 그 새가 우는 소리에는 조금의 여유도 없다. 화창한 봄날을 울며 보내고, 울며 지새우고, 또 울며 보내지 않으면 마음이 편안하지 않은 것처럼 보인다. 게다가 끝없이 높이 올라간다. 언제까지고 올라간다. 종달새는 틀림없이 구름 속에서 죽을 것이다. 올라가고 또 올라간 끝에 구름 속으로 흘러 들어가서 떠돌아다니는 동안에 그 모습은 사라지고, 울음소리만이 하늘에 남을지도 모른다"를 음미하면, 종달새 소리에 대한 새로운 감각이 생기는 것 같다. 역시 '종달새' 혹은 '종달새 소리'라는 제목을 붙이면 시 한 편이 탄생한다.

또한 양갱을 "별로 먹고 싶지는 않지만 겉이 매끈하고 치밀한 데다가 반투명한 속에 빛을 받아들일 때는, 아무리 봐도 하나의 미술품이다. 특히 푸른 기운을 띠도록 잘 손질하여 훌륭하게 마무른 것은 옥과 납석의 잡종 같아 아무리 봐도 기분이 좋다. 그뿐 아니라 청자 접시에 담겨 있는 푸른 양갱은, 청자 속에서 지금 막 돋아난 것같이 반들반들해서 나도 모르게 손을 내밀어 만지고 싶어진다"고 표현한 것 역시 백 년이 지난 지금 읽어도 재미와 감동을 준다.

회중시계를 묘사한, "베개 밑에 있는 시계까지 똑딱똑딱 말을 한다. 지금까지 회중시계 소리가 신경에 거슬린 적은 없었는데, 오늘 밤만은 자 생각해봐, 자 생각해봐 하고 재촉하듯이 자지 마라, 자지 마라 충고하는 것처럼 말을 한다. 발칙하다"도 시인인 필자의 입장에서는 적잖이 감탄의 대상이다. 독자들은《풀베개》를 읽으며 이런 표현을 즐겨야 할 것이다.

《풀베개》에 그려진 하이쿠

또한 이 소설에는 하이쿠를 넣어서 독자들의 시적 호기심을 자극한 곳도 눈에 띈다. 살펴보자. "봄바람이여, 이젠의 귓가에 말방울 소리", "마부의 노래, 스즈카 넘어가니 봄날의 비여"가 소설의 묘미에 일조하고 있다. 이제는 에도시대 활약한 하이쿠 작가이고, 스즈카는 미에현과 시가현의 경계에 있는 스즈카 산맥을 가리킨다. 예로부터 시가에 자주 나오는 명소다. "마부의 노래, 백발도 물들이지 못하고 저무는 봄"은 하이쿠를 지으려는 소세키의 시도가 엿보이는 대목이다.

하이쿠에 대한 소세키의 주장과 함께 다수의 하이쿠를 지은 문장도 재미있게 읽힌다. "시인이란 자신의 시체를 스스로 해부하고 그 병의 상태를 천하에 발표할 의무를 갖고 있다. 그 방법에는 여러 가지가 있지만 가장 손쉬운 것은 닥치는 대로 5·7·5의 열일곱 자로 정리해 보는 것이다. 열일곱 자는 시형詩形으로서도 가장 간편하기 때문에, 세수할 때나 뒷간에 있을 때도 전차에 탔을 때도 쉽게 만들 수 있다. 열일곱 자를 쉽게 만들 수 있다는 것은 쉽게 시인이 될 수 있다는 뜻이며, 시인이 된다고 하는 것은 일종의 깨달음이기에 간편하다고 모멸할 필요는 없다"고 하며, 다음과 같은 시를 남긴다.

"꽃 그림자, 몽롱한 여자 그림자인가", "정일품, 여자로 변신했나 으스름달", "봄밤의 별 떨어져 한밤중의 비녀인가 / 봄밤의 구름에 적시누나 감고 난 풀어진 머리 / 봄이여, 오늘 밤 노래하는 모습 / 해당화의 요정이 나타나는 달밤이런가 / 노랫소리는 그때그때 달빛 아래 봄을 여기저기로 / 생각을 멈추고 깊어가는 봄밤 혼자이런가"와 같은 문장들이 우리에게 여운을 선물하고 있다.

(3) 《풀베개》에 그려진 고전 시가와 한시

소세키는 일본에서 가장 오래된 고전 시가집인 《만요슈》에서도 소재를 빌려온다. 2장에 등장하는 산골의 찻집 노파와 소설 속 주인공인 '나'가 나누는 대화에,

"사사다오를 택할지, 사사베오를 택할지, 처녀는 밤낮으로 고민했지만, 그 어느 쪽에도 마음을 주지 못했어요.

'가을이 되면 그대도 억새꽃에 맺힌 이슬처럼 덧없이 사라져버릴 것만 같습니다' 마침내 이런 노래를 부르고 깊은 강물에 몸을 던져버렸어요.""나는 이런 산골에 와서 이런 할머니에게서, 이런 고풍스러운 말로, 이런 우아한 얘기를 들으리라고는 상상도 못했다"라는 문장이 바로 그것이다. 여기서 사사다오와 사사베오는 《만요슈》속에 나오는 이름을 빌린 것. 두 남자가 나가라의 처녀를 연모했는데, 처녀는 이러한 상황을 견디지 못해 괴로워하며 연못에 몸을 던졌다는 내용에서 차용했다.

더불어 한시가 삽입된 곳도 군데군데 나타난다. 그중 한 곳을 인용해서 읽어보자. "동쪽 울타리 밑에서 국화를 꺾다가, 느긋하게 남산을 바라보네[採菊東籬下, 悠然見南山]", "홀로 대나무 숲속에 앉아[獨坐幽篁裏], / 거문고 타다가 또다시 길게 휘파람 분다[彈琴復長嘯]. / 깊은 숲속이라 남들은 알지 못하고[深林人不知], / 밝은 달만 내려와 서로를 비추네[明月來相照]"(17쪽)라고 노래하며, 소세키는 '20세기에 이런 비세속적인 시의 맛은 귀중하다'는 생각을 밝히고 있다.

(4) 《풀베개》에 그려진 외국 시

《풀베개》에는 외국 시도 등장한다. 영국의 낭만주의 시인 셸리의 시 〈종달새에게〉가 바로 그것이다. 두세 구를 인용한 대목이다. "앞을 보고, 뒤를 보고, / 가지지 못함을, 우리는 안타깝게 여긴다. / 진심 어린 웃음이라도, / 거기 괴로움이 있으리라. / 가장 아름다움이 넘치는 노래에는 가장 슬픈 생각이 맺혀 있음을 알라."

덧붙여 소세키는 서양 시가와 동양 시가에 대해 자신이 생각하는 한 단면을 이렇게 드러내고 있다. "특히 서양의 시는 인간사가 바탕이기 때문에, 이른바 시가詩歌 중에서 순수한 것이라도 그 경지를 해탈할 줄 모른다. 동정이라든가, 사랑이라든가, 정의라든가, 자유라든가, 세속의 만물상에 있는 것만으로 볼일을 해결한다. 아무리 시적이라 하더라도 땅 위를 뛰어다니며 돈 계산을 잊어버릴 틈이 없다. 셸리가 종달새 소리를 듣고 탄식한 것도 무리는 아니다"와 "애석한 일은 지금은 시를 쓰는 사람도, 시를 읽는 사람도, 모두 서양식으로 물들어버렸기 때문에, 일부러 한가한 쪽배를 띄우고 도원을 찾아 올라가는 사람은 없는 것 같다. 나는 원래 시인이 직업이 아니니까, 왕유나 도연명의 경지를 지금 세상에 널리 알리고자 할 생각은 조금도 없다. 다만, 나에게는 이런 감흥이 연회보다도, 무도회보다도 더 약이 된 것처럼 생각된다.《파우스트》보다도 《햄릿》보다도 고맙게 여겨진다"는 문장은 의미 있게 읽힌다. 여기서 왕유는 당나라 시인을 왕유를 가리키고, 연명은 진나라의 시인 도연명이다.

이처럼 이 소설에는 동양의 학문이나 지식의 바탕이 되는 한문과 중국의 학자, 문장가, 그리고 일본의 화가나 문장가, 하이쿠, 노 등이 나온다. 또한 서양의 화가나 문인들도 등장한다. 어쩌면 서양의 것에도 관심을 가져달라는 메시지가 포함되어 있는지도 모른다.《풀베개》의 매력은 그렇게 짙은 울림을 갖고 있다. 주요 등장인물 외에 몇 명이 더 등장하는지 정확하게 세어보지는 않았지만, 그들에 대한 지식이 없으면 이 소설의 깊이는 반감된다. 이런 점에서 한국의 독자들이 이 소설을 통하여 동양의 미를 발견하는 것뿐만 아니라 서양의 것에도 많은 관심을 기울여 주었으면 하는 바람이다. 한 나라의 문화가 동서양을 아우르는 다양성을 포용하고 있다는 것은 분명 선진국으로 가는 지름길이라. 이를 통해 또 다른 독서의 즐거움을 찾을 수 있기를 기대한다.

마지막으로 이 소설의 도입 부분에 인생의 교훈을 담고 있다고 해서 후세의 사람들에게 널리 알려진 유명한 문장이 있다. 소개한다. 산길을 올라가면서 생각한 것을 표현하는 대목이다.

"이지理智에 치우치면 모가 난다. 감정에 말려들면 낙오하게 마련이다. 고집을 부리면 외로워진다. 아무튼 인간 세상은 살기 어렵다. / / 살기가 지나치게 어려워지면, 살기 편한 곳으로 옮기고 싶어진다. 어디로 이사를 해도 살기가 쉽지 않다고 깨달았을 때, 시가 태어나고 그림이 생겨난다. / / 인간 세상을 만든 것은 신도 아니고 귀신도 아니다. 역시 보통 사람이고 이웃끼리 오고 가는 그런 사람이다. 보통 사람이 만든 인간 세상이 살기 어렵다고 해도 옮겨갈 나라는 없다. 있다면 사람답지 못한 나라로 갈 수밖에 없다. 사람답지 못한 나라는 인간 세상보다 더 살기 힘들 것이다."

4. 마무리 글

이 글은 크게 '나쓰메 소세키의 생애'와 '나쓰메 소세키의 작품들에 대한 이해', 그리고 《풀베개》를 어떻게 읽을 것인가'의 세 가지로 나누어 나쓰메 소세키와 《풀베개》에 대한 이해를 돕고자 쓴 것이다. 살펴본 것처럼, 이 소설을 이해하는 키워드는 '하이쿠적 소설'이라는 것과 '소세키의 예술관과 인생관이 나타난 작품'이라는 것이다. 이러한 점을 염두에 두고 풀베개를 읽으면, "이런 소설은 천지개벽 이래 유례가 없는 것입니다. 그렇다고 개벽 이후의 걸작이라고 오해해서는 안 됩니다만, 아마도 서양에서는 이런 종류의 소설은 아직 없었을 것입니다. 물론 일본에도 없었지요. 그것이 일본에서 나왔다는 것은 우선 일본 소설계에 새로운 운동이 일어났다고 말할 수 있을 겁니다."라고 한 소세키의 이 소설에 대한 자평의 글이 몸과 마음에 새겨질 것이다.

무엇보다 이 작품이 소설가를 꿈꾸는 젊은이나 기성 작가뿐 아니라, 일반 독자들에게도 고전으로서의 기능으로 작용한다면 번역자로서는 더 없는 기쁨이다. 지금까지 필자가 번역한 그 어떤 책보다도《풀베개》는 많은 공부를 하게 했다. 그것이 이 책의 출판과 함께 얻은 수확이다. 즐거움이다.

이 글은 히라오카 도시오平岡敏夫 외,《나쓰메 소세키 사전夏目漱石事典》(東京: 勉誠出版, 2000); 미요시 유키오三好行雄 편,《나쓰메 소세키 사전》(學燈社, 1992): 아바에 다카오饗庭孝南 외,《신편 일본문학사新編日本文學史》(東京: 第一學習社, 1969, 개정판 2003); 요시노 다카오吉野孝雄 외 편,《일본문학가이드日本文學ガイド》(東京: 河出書房新社, 1996); 다카사키 소지高崎宗治, 〈일본지식인의 조선기행日本知識人の朝鮮紀行〉,《한국문학연구》(동국대학교 한국문학연구소, 2004); 유상희,《나쓰메 소세키 연구》(보고사, 2001)를 참고로 했음을 밝힌다.

작가 연보

1867년

- 에도 우시고메 카쿠이쵸(지금의 도쿄 신주쿠구)에서 아버지 나쓰메 고헤나오카쓰夏目小兵衛直克와 어머니 지에의 5남 3녀 중 막내로 태어남. 본명은 긴노스케.

1868년

- 시오바라塩原가의 양자로 입양됨. 메이지유신이 일어남.

1870년

- 여름, 천연두에 걸림. 이때 생긴 흉터가 평생 얼굴에 남음.

1874년

- 공립 도다초등학교에 입학.

1875년

- 양부모 이혼. 이후 나쓰메 본가에 맡겨짐.

1876년

- 공립 이치가야초등학교로 전학.

1878년

– 4월, 이치가야초등학교 졸업.

1879년

– 도쿄부립제일중학교 입학.

1881년

– 생모 지에 사망.

– 제일중학교를 중퇴하고 한학을 공부하기 위해 사립 니쇼 학사에 입학. 이는 한문학의 토대를 마련한 것으로 인생에서 중요한 전환점이 됨.

1883년

– 한학을 그만두고 대학 예비교 시험을 준비하기 위해 스루가다이의 세리쓰 학사에 입학.

1884년

– 도쿄대학 예비문 예과에 입학. 이 학교는 1886년에 제일고등중학교로 개칭되었으며, 훗날 제일고등학교가 됨.

1886년

– 7월, 제일고등중학교 예과 2급에서 1급으로의 진학 시험에 합격하지 못하고 유급함.

1888년

- 1월, 나쓰메가로 호적을 되돌림.
- 9월, 제일고등중학교 문과에 입학.

1889년

- 1월경, 후에 하이쿠 작가로 유명해진 마사오카 시키를 알게 됨.
- 2월, 영어모임에서 〈내 형제의 죽음The Death of My Brother〉 발표.
- 5월, 마사오카 시키의 《칠초집七艸集》에 '소세키'라고 서명하는데, 이는 처음으로 자신의 필명을 '소세키'라고 쓴 것으로 기록됨.
- 9월, 한문체의 기행문인 〈보쿠세쓰로쿠〉를 집필.

1890년

- 도쿄제국대학 문과대학 영문과에 입학. 문부성의 학비 대여 장학생이 됨.

1891년

- 딕슨 교수에게 의뢰를 받아 일본의 중세 수필 《호조키》를 영역함.

1892년

- 4월, 분가해 본적을 홋카이도로 옮김. 이는 후대 연구자들에게는 병역 기피가 목적이었던 것으로 회자되기도 함.
- 5월, 와세다대학의 전신인 도쿄전문학교에서 강의를 시작함. 이 무렵 와병 중인 시키를 방문해 하이쿠의 거목인 다카하마 교시

를 만남.

1893년

- 7월, 도쿄제국대학 대학원에 들어감.
- 10월, 고등사범학교(훗날 도쿄고등사범학교)에서 영어 촉탁(임시직)으로 근무함. 신경쇠약에 걸리기도 함.

1894년

- 폐결핵 초기 진단을 받았으며, 신경쇠약 악화와 함께 염세주의에 빠짐.

1895년

- 4월, 에히메현 마쓰야마 중학교 교사로 임명됨. 이때의 경험이 소설《도련님》의 소재가 됨.
- 12월, 귀족원 서기관장 나카네 시게카즈의 장녀 교코와 약혼함.

1896년

- 4월, 쿠마모토현 제오고등학교에 부임.
- 6월, 교교와 결혼식을 올림.

1897년

- 6월, 아버지 나오카쓰 사망.
- 7월, 아내 교코가 유산함.

1898년

‒ 7월, 교코가 자살을 시도한다.

1899년

‒ 5월, 장녀 후데코筆子 태어남.

1900년

‒ 5월, 문부성에서 영국 런던에 2년간 국비 유학을 명받음.

‒ 10월 런던 도착.

1902년

‒ 9월, 오랜 벗이었던 마사오카 시키 사망.

1903년

‒ 귀국 후 제일고등학교와 도쿄제국대학 영문과에서 강사로 강의함.

1904년

‒ 러일전쟁 발발.

‒ 메이지대학 강사로 근무함.

1905년

‒ 1월, 하이쿠 잡지《호토토기스》에《나는 고양이로소이다》를 발표하며 11회분까지 장편으로 연재함. 이와 함께〈런던탑〉,〈칼

라일박물관〉,〈환영의 방패〉등을 연이어 발표함.

1906년

– 《도련님》을《호토토기스》에,《풀베개》를《신소설》에 발표함.
– 10월, '목요회木曜会'를 시작함. 그의 집 출입이 잦은 문하생들이
11월 어느 날부터 매주 목요일에 방문한다고 해서 붙여진 이름.
이 모임에는 물리학자이며 수필가인 데라다 도라히코, 소설가
이며 아동문학가인 스즈키 미에키치 같은 사람들이 있었고, 이
후 일본 단편소설을 대표하는 작가 아쿠다가와 류노스케도 그의
문하에 들어옴.

1907년

– 《아사히신문》에 입사. 전속 작가의 길을 걷기 시작하는, 인생에
서 또 하나의 전환점이 됨.《우미인초》등 많은 작품을 이 신문에
연재함.

1908년

– 《갱부》,〈열흘 밤의 꿈〉,《산시로》발표.

1909년

– 《그 후》,《영일소품》발표.
– 만주와 한국을 여행했다는 기록이 있음.《만주와 한국 이곳저곳》
이 그때의 경험을 토대로 쓴 작품임.

1910년

– 《문》 발표. 요양하러 갔던 슈젠지 온천에서 피를 토하는 등 위독한 상태에 빠졌는데, 이것이 그 유명한 '슈젠지의 대환'임.

1911년

– 2월, 문부성이 문학박사 학위를 수여하겠다고 통보했으나 불쾌함을 드러내며 수여를 거부함.

– 8월, 간사이에서 강연한 후 위궤양이 재발해 오사카의 한 병원에 입원.

1912년

– 《춘분이 지날 때까지》, 《행인》을 연재하기 시작했으나 신경쇠약과 위궤양의 재발로 《행인》 연재는 중단됨.

1914년

– 《마음》, 〈나의 개인주의〉 발표.

1915년

– 《유리문 안》, 《노방초》 발표.

– 12월경부터 아쿠타가와 류노스케 등이 '목요회'에 참가함.

1916년

– 4월, 당뇨병 진단을 받고 치료를 시작함.

– 12월 9일, 《명암》 집필 중 위궤양 내출혈로 사망함.

1993~1999년

– 《소세키 전집》간행(이와나미쇼텐岩波書店, 전 28권·별권1). 2016
년 12월부터 신판 간행.

그가 길을 떠나기는 한 것일까?

《풀베개》는 교양소설이라고 하기에는 서른 살이나 되는 주인공의 나이가 좀 많다. '어떻게 살아야 하는가?'라는 질문을 껴안고 방황을 시작하는 교양소설의 주인공은 대개 10대 후반이거나 20대 초반이다. 도쿄의 집을 나와 무작정 길을 떠난 끝에 구리광산의 갱부가 되는 나쓰메 소세키의 또 다른 소설 《갱부》의 주인공은 고작 열아홉 살이었다. 10대나 20대를 주인공으로 삼은 교양소설이 시행착오와 좌충우돌을 보여주는 반면, 서른 살 난 화가의 가출(?)은 음전하기 짝이 없다. 그에게는 청년들의 실존을 위협하는 가족이나 학교와의 불화가 없고, 성이나 여성에 대한 막연한 불안이 없다. 《풀베개》의 주인공은 이미 성인인 것이다. 그런데도 그는 여행을 시작했다. 모든 여행자는 자신의 영혼을 증명하기 위해 길을 떠난다.

나쓰메는 이 소설을 '하이쿠적 소설'이라고 불렀다. 이게 뭘까?

현실에서 찾아보기 어려운 상상력을 바탕으로 압축되고 상징적인 문장을 구사하며, 다의적인 해석을 가능케 하는 결말을 가진 소설을 '시적 소설'이라고 부르기도 하므로, 하이쿠적 소설도 그와 같은 것이라고 여길 수 있겠다. 하지만 방금 꼽은 세 가지 사항과《풀베개》를 대조해보면 이 소설은 결코 시적 소설이라고 말할 수 없다.《풀베개》는 현실에서 찾아보기 힘든 상상력보다 흔한 일상을 나열한 것에 더 가까우며, 문장도 평범하다. 마지막 사항은 딱 잘라 말하기 애매하지만, 그렇다고 이 소설의 결말이 다의적 해석을 품고 있는 것처럼 보이지는 않는다. 그러므로 나쓰메의 말처럼 도로 하이쿠적 소설이라고 하는 게 맞겠다.

에도시대(1603~1867) 때 탄생하고 번성한 하이쿠는 일본의 여러 전통 시 형식 가운데 비교적 뒤늦게 자리 잡은 시 형식이다. 거기에 대비되는 우리나라의 전통 시 형식이 고려 후기에 생겨난 시조다. 외형적으로 시조는 3행이고 하이쿠는 1행이다. 이 차이는 외형에만 그치지 않는다. 이어령은《하이꾸 문학의 연구》(홍성사, 1986)에서 우리나라의 시조 가운데 초장만 읽는다든지 종장을 삭제하면 하이쿠와 비슷한 것이 되는 게 많다고 했다. 다시 말해 시조의 초장, 중장만 읽으면 풍경 제시로 끝나는 하이쿠와 같아진다. 그런 하이쿠와 달리 시조는 마지막 행인 종장에 가서 항상 관념이나 이념적인 교훈을 내세운다.

이어령이 예로 든 작품은 고려 후기의 문신 이조년李兆年(1269~1343)의 〈다정가多情歌〉다. 이 시의 초장과 중장 "배꽃에 달빛이 쏟아져 은하수 같은 한밤에 / 배꽃 가지에 닿은 봄기운을 소쩍새는 알까?"까지만 읽으면 풍경이나 사물의 모습이 도드라지는 하이쿠와 닮았다. 그러나 시인은 풍경 제시만으로 만족하지 않고, "그리움도 병과 같아서 잠을 못 이루겠구나"라는 마지막 행을 추가해 자신의 주관을 드러낸다. 이럴 때 초장, 중장에 나온 풍경은 독립된 미적 가치로 존재하기보다 종장에 나오는 주관을 논리적으로 뒷받침하는 과정에 지나지 않는다. 이런 비교를 통해 이어령은 "반反이데올로기적인 세계가 하이쿠의 핵"(212쪽)이라고 말한다. 하이쿠는 주인공이 "이 경치는 그림도 되고 시도 된다"(33쪽)라고 감탄했던 '시 속의 그림, 그림 속의 시〔詩中畵 畵中詩〕'와 같은 경지를 구한다.

일본에 시조가 소개된 역사는 확인할 수 없지만, 하이쿠가 한국에 처음 소개된 기록은 있다. 1764년 제11회 조선통신사가 도쿠가와 이에하루(제10대 쇼군)의 습직을 축하하기 위해 일본에 갔을 때, 가가번의 번주 마에다 시게미치가 자신의 관내에 거주하던 이름난 하이진俳人(하이쿠를 짓는 사람) 치요조에게 하이쿠를 쓴 족자를 만들게 했다. 이에 치요조는 자신의 하이쿠 스물한 수를 골라 족자 6폭과 부채 15자루에 써서 올렸고, 조선통신사가 그것을 선물로 받았다.

치요조는 바쇼와 함께 현재 서양에서 가장 널리 알려진 하이쿠 시인이기도 한데, 당대의 일류 문장가들이었을 조선통신사는 치요조의 하이쿠를 어떻게 평가했을까. 그리고 바다를 건너온 족자와 부채는 어떻게 취급되었을까. 조선통신사에게 건너간 치요조의 하이쿠 스물한 수가 손순옥의《조선통신사와 치요조의 하이쿠》(한누리미디어, 2006)에 고스란히 게재되어 있는데, 문장이란 우주의 근본을 밝히고 국가(사직)의 안위를 위한 것이라는 도학적인 문학관을 지녔던 조선의 사대부들이 이 작품들을 존중했을 리 없다. 게다가 치요조는 고관대작도 뭣도 아닌 평민 출신 여성이었으니 아무런 근본 없는 아녀자의 음풍농월로 보아 넘겼을 게 뻔하다.

일제 36년 동안 한국은 강제적이거나 자발적으로 일본 문물을 수용하고 흉내 냈다. 하지만 그 시기 한국에 하이쿠가 유행했다는 소리는 들어보지 못했다. 또 어떤 시인도 하이쿠를 창작하지 않았다. 이는 당대의 한국 문인들이 일본으로부터 근대문학을 수입하면서도 사소설을 쓰지 않았던 것과 같은 이치다. 까닭은 저항이나 '왜색'에 대한 거부가 아니다. 이어령이 주장했듯이, 관념성과 이념성이 강한 한국인에게 하이쿠와 사소설은 문학 같지 않았던 것이다. 게다가 나라를 세워야 하는 상황은 도학적인 글쓰기를 더욱 강화시켰을 것이다.

작중에는 평민의 취미였던 하이쿠를 예술의 경지로 끌어 올린 에도시대의 대표적인 하이쿠 시인 바쇼와 부손이 나온다. 바쇼는 방랑을 하면서 하이쿠를 지었기에 많은 하이진이 바쇼를 본떠 방랑을 했다. 또 그의 뒤를 이었던 부손은 하이진이면서 화가로도 유명하다. 《풀베개》의 주인공이 여행을 하며 하이쿠를 짓는 화가인 점은 바쇼와 부손을 한 사람으로 섞어놓은 것 같은데, 그림을 그리고 하이쿠를 짓는 그는 자신의 그림과 하이쿠로 대결해야 하는 것과 증명해야 하는 것이 있다. 서구/근대와의 대결과 일본적인 미학을 완성해보는 것이 그것이다. 작중에 펼쳐진 그의 논리에 따르면, 서구/근대의 미학은 탐정놀이 끝에 '인식'을 얻는 것이고, 동양은 현실이 망각한 '마음'을 찾는 것이다. 인식은 전쟁이나 기차와 같은 폭력과 지배를 불러오는 반면, 마음은 인식과 같은 조작에 의해서는 찾아지지도 나오지도 않는다.

이 소설은 한학에 조예가 깊었던 나쓰메가 도연명(365~427)의 〈도화원기桃花源記〉를 모방했다는 해석이 정설로 나돈다. 나코이 온천이 주인공의 무릉도원인 것이다. 그런데 그가 도쿄에서 나코이 온천으로 여행을 하기는 한 것일까? 도쿄와 나코이 온천이 진짜로 서로 이질적인 공간일까? 주인공은 서양의 예술 이론과 작품을 줄줄이 꿰뚫고 있으면서 그것을 즐기기도 하는 서양화가다. 또 그가 나코이 온천에서 만난 나미도 도쿄의 속진俗塵이 이미 묻어 있다. 여기와 저기가 같다면 여행은 불가능하다. 둘 가운데 하나를 버리거나 선택하는 것이 가능하지 않은 것이다.

나쓰메가 작중에 삽입해놓은 설화는 능청스럽고 섬찟하다. 옛날에 '나가라의 처녀'라는 아름다운 처녀가 살았는데, 사사다오와 사사베오라는 두 청년이 그녀를 연모했다. 누구를 선택해야 할지 밤낮으로 고민하던 처녀는 그 어느 쪽의 말도 들을 수 없어서 자신의 신세를 한탄하는 노래를 부르고 강물에 몸을 던져 죽었다. 소설의 앞부분에 나온 이 설화를 나쓰메는 조금 후에 한 번 더 반복한다. 나코이와 도쿄, 양쪽에서 다 살아보았다는 나미에게 주인공은 "여기하고 도시하고 어느 쪽이 좋습니까?"라고 묻는다. 나미는 서슴지 않고 "마찬가지예요"라고 대답한 뒤에 이렇게 덧붙인다. "마음이 편하든 편치 않든 세상일은 마음먹기에 달린 것 아닌가요?"(이상 66쪽) 나쓰메의 메시지는 분명하다. '이것이냐 저것이냐'로 고민하다가 죽는 것이 설화의 세계였다면, 무엇을 선택해도 '모두가 마찬가지'라고밖에 생각할 수 없는 진퇴양난이 오늘의 세계라고.

나쓰메는 이 작품을 발표한 해에 《문장세계》라는 잡지에 이 소설은 사람들이 보통 소설이라고 말하는 것과는 정반대로 쓴 것이라면서 여기에는 플롯도 없고 사건의 발전도 없다고 말했다. 그저 아름답다는 어떤 느낌만 독자의 머리에 남기고 싶다는 것이 이 소설을 쓴 목적이다. 그러나 그는 결말에 이르러 '하이쿠적 소설'을 배반했는데, 그 배반은 주인공이 드디어 그가 찾는 '마음'을 보았을 때 일어났다. 덜거덕덜거덕 돌아가는 "쇠바퀴"에 깔려버린 "애련." 현대의 상징 사전 속에서 기차는 인간도 잡아먹고 자연도 잡아먹는 일직선적이고 양적(생산)인 역사발전법칙을 뜻한다. 거기에 깔리고도 애련은 다시 살아날까? 나쓰메는 나미의 입을 빌려 대답한다. "죽어서 돌아와."(이상 185쪽) 죽을 각오가 있어야만 기차에 저항할 수 있다는 건지, 아무런 몫 없는 유령 같은 존재가 되어서만 기차에 대항할 수 있다는 건지…. 이런 생각을 하게 만드는 것이 나쓰메의 힘이고, 그가 계속 읽히는 이유다.

앞서 일제시대에 하이쿠를 쓴 한국 시인은 없었다고 하지만, 그것은 하이쿠의 외형을 받아들이지 않았다는 말이다. 에즈라 파운드Ezra Pound(1885~1972)의 이미지즘 시운동은 중국의 한시와 일본의 하이쿠를 깊이 연구한 끝에 탄생했다. 그 자신은 물론이고 이미지즘의 대표 시로 가장 많이 인용되는 〈지하철 정거장에서〉를 보자. "군중 속 이 얼굴들의 유령,/ 젖은, 검은 나뭇가지에 맺힌 꽃잎들." 두 행으로 된 이 시는 하이쿠풍으로 쓰였다. 이미지즘은 1930년대에 조선 문단에 도착했다.

장정일(소설가, 시인)

책세상 세계문학 009

풀베개
草枕

초판 1쇄 발행   2024년 7월 15일

지은이	나쓰메 소세키
옮긴이	오석륜
펴낸이	김준성
펴낸곳	책세상
등록	1975년 5월 21일 제2017-000926호
주소	서울시 마포구 동교로23길 27, 3층 (03992)
전화	02-704-1251
팩스	02-719-1258
이메일	editor@chaeksesang.com
광고·제휴 문의	creator@chaeksesang.com
홈페이지	chaeksesang.com
페이스북	/chaeksesang 트위터 @chaeksesang
인스타그램	@chaeksesang 네이버포스트 bkworldpub

ISBN 979-11-7131-105-7 04800
ISBN 979-11-5931-794-1 (세트)